HAYMON taschenbuch **293**

Werner Stanzl

Das Phantom von Baden

Ein Wienerwald-Krimi

Werner Stanzl

Das Phantom von Baden

1

Der Andrang vor der Leichenhalle überraschte. Nie hätte Alfred angenommen, dass sich so viele Menschen zum Begräbnis seiner Mutter einfinden würden. Der Auflauf passte genauso wenig zu ihrer schroffen, abweisenden Art wie das Wetter zum unvermeidlichen Gang ans offene Grab. Begräbnisse waren nun mal auch Freilufttermine. Da blieb man doch angesichts der dunklen Wolken über den Dächern der Stadt lieber weg. Gleich würde es schütten. Die Ersten spannten schon vorbeugend ihre Schirme auf.

Wieso wussten überhaupt all die vielen von dem Termin? Er hatte ihn doch gegenüber keinem Dritten erwähnt. Frau Stöger ausgenommen, der besten, weil einzigen Freundin der Mutter. Deren Wissen über die notwendigen Behördenwege und das Verabschiedungsritual waren übrigens ganz nützlich gewesen. Doch Trauergäste waren in ihren Ausführungen nicht vorgekommen. Offensichtlich hatte auch sie keine erwartet.

Alfreds Schritte wurden kürzer. Ob er etwas verwechselt hatte? Nein. Der Friedhofsbedienstete hatte ihm doch den Weg gewiesen und gemeint: „Nur zu, nur zu, es gibt nur die eine Leichenhalle."

Folglich musste ihn seine Uhr im Stich gelassen haben. Er war doch eine gute Stunde vor der Zeit von zu Hause aufgebrochen, um sich nur ja rechtzeitig neben der Bahre postieren zu können. Befallen von Schuldgefühlen rechnete Alfred nach: Kurz vor sieben war er bei der Hundesitterin, um Rauhaardackel Adolf loszuwerden. Der Gang durch den Doblhoffpark, vorbei am Weilburgpark zum Helenenfriedhof hatte vielleicht eine halbe Stunde gedauert und das Schlendern zwischen den Gräbern vom Friedhofstor hier herauf zur Aufbahrungshalle höchstens eine weitere. Oder hatte ihn dabei trotz des unfreundlichen Wetters das Zeitgefühl verlassen? Möglich. Er wusste nur zu gut, wie leicht er sich bei der Lektüre von Grabsteininschriften verlor. Sie gemahnten an die Ordner mit den Versicherungsfällen, deren Belege er in seinen ersten Arbeitsjahren nachzurechnen und nach Daten zu ordnen hatte, bevor sie als erledigt dem Zentralarchiv anheimfielen. Einmal hatte er einen davon selbst hinuntergetragen. Er wollte den Aktenfriedhof einfach mal sehen und staunte über kilometerlange Regale, bis unter die Decke gefüllt mit Schwarten. Eine letzte Ruhestätte dort wie hier. Dort im Zentralarchiv warteten Protokolle, Schimpforgien von Kunden, Gutachten und Quittungen auf eine jederzeit mögliche Nachkontrolle, hier die Toten auf das Letzte Gericht. Alfred fürchtete weder das eine noch das andere. Die von ihm bearbeiteten Schadensfälle wusste er gewissenhaft abgerechnet, und an das Endgericht eines allmächtigen und allwissenden Abrechners glaubte er nicht. Dafür waren die *Terra-X*-Sendungen über die Evolution und *Universum* zu überzeugend.

Leicht gebeugt, wie es für den Anlass geboten schien, ging er an den aufgefädelten Trauergästen vorbei in Richtung Sarg. Dabei spürte er das Brennen ihrer Blicke auf seinem Rücken. Er fühlte förmlich den hellen Punkt zwischen seinen Schultern, der in den Fernsehkrimis den vermummten Beamten der Sokos vor dem Kommando „Zugriff“ das Ziel wies.

Aufatmend erreichte er die Stätte mit den Kerzen und Kränzen am Ende des Saals. Als nächster Angehöriger war dies sein Platz. So viel wusste er über die Spielregeln von Bestattungen. Und darüber hinaus auch noch, dass dunkle Kleidung für den Trauerfall als angebracht galt.

Sehen konnte er wenig, erkennen keinen. Nach den Anstrengungen des im letzten Teilstück relativ steilen Weges war ihm die Brille angelaufen. Als sich der Beschlag auflöste, stellte er fest, dass sich der allgemeine Schlendrian über die Kleiderordnung für Trauerfälle hinwegsetzte. Selbst die Erwachsenen von über vierzig standen in Jeans und Lederjacken herum. Lediglich die sehr betagte Dame, die ihm zögernd und mit einem Blick zwischen Staunen und Missbilligung die Poleposition neben dem Sarg überlassen hatte, trug Schwarz mit einem Ansatz von Trauerschleier vor dem Gesicht.

Sie musste wohl Tante Hermine sein, die Schwester seines Vaters. Er kannte sie fast nur aus Erzählungen und hatte sie bloß ein einziges Mal gesehen. Das war nach dem Fall der Berliner Mauer. Sie war unangemeldet aus einem brandenburgischen Dorf zu Besuch gekommen und überstürzt wieder abgereist. Die drei Stunden dazwischen gab es Streit über ein Foto im Familienalbum. Ursprünglich hatten darauf Tante Hermine und Mutter in die Kamera eines jener Fotografen geblickt, die seinerzeit im Kurpark ihre Dienste anboten. Etliche Jahre nach der Aufnahme war Mutter um ein Passfoto verlegen. Also trennte sie ihr Konterfei von dem der Tante und schnitt es passend zurecht. Die Tante vermutete böse Absicht hinter den Schnitten und fauchte. Es endete damit, dass sie die Wohnungstür zuknallte. Von außen.

Offensichtlich hatte Tante Hermine inzwischen die Banalität des Streits eingesehen und der Mutter verziehen. Es war also doch richtig gewesen, sie brieflich vom Todesfall zu benachrichtigen.

Tante Hermines Adresse war Teil des Inhalts einer blechernen Keksdose gewesen. Diese hatte alles enthalten, was Mutter als bewahrenswert erschien oder was schlicht notwendig war: Reisepass, Staatsbürgerschaftsnachweis, Geburtsurkunde und das Büchlein zum Aufkleben der Beitragsmarken des Sterbevereins. Dazwischen ein nie abgeschickter Brief mit der Adresse der Tante. Alfred hatte den Inhalt studiert und war zu dem Schluss gekommen: Alles, was seine Mutter ausgemacht hatte, lag in der kleinen Keksbüchse verwahrt. Mehr war da wohl nicht. Auch er würde sich beizeiten nach einem Behälter für sein Leben und Sterben umsehen müssen. Jemand würde die enthaltenen Utensilien sichten, Maßnahmen setzen und alles entsorgen. Den Gedanken, am Ende nicht mehr als ein paar persönliche Daten auf Formularen mit Amtssiegel zu sein, empfand er als beklemmend.

Mit ihren letzten Worten war seine Mutter über das Wetter hergezogen. Danach hatte sie sich zum Mittagsschlaf in ihr Zimmer zurückgezogen. Weil sie zu vorgerückter Stunde nicht zum Kochen des Abendmahls erschienen war, hatte Alfred nach ihr gesehen. Sie lag friedlich auf ihrem Bett und atmete nicht. Daraufhin war er mechanisch in das Vorzimmer gegangen, hatte nach der Nummer des Hausarztes gesucht, sie auf dem Wandzettel über dem Telefon gefunden, die Nummer gewählt und den Doktor gebeten zu kommen. Das Telefonat hatte den Rauhaardackel Adolf geweckt. Nach einem langen Gähnen hopste er aus seinem Korb, um auf sich und seinen Hunger aufmerksam zu machen. Am Bett von Frauchen angelangt, stellte er sich auf seine Hinterpfoten, schnüffelte aufgeregt an dem leblosen Körper und machte, ohne ein Kommando erhalten zu haben, „Sitz". Alfred kannte den darauffolgenden Blick des Hundes, den ein verhaltenes Knurren unterstrich. Es war die Körpersprache, mit der Adolf draußen auf der Jagd totgeschossenes Wild bewachte.

„Herzversagen“, hatte der Arzt konstatiert und ein Formular aus seiner Tasche geholt. Alfred reagierte darauf wie auf einen Befehl. Mit den mechanischen Schritten eines Golem war er in die Küche gegangen, hatte die Keksdose aus der Kredenz hervorgeholt und dem Arzt die Geburtsurkunde der Mutter gereicht. Wortlos hatte sie der Arzt entgegengenommen, Namen und Daten auf das Formular übertragen, während Alfred darüber nachdachte, wie das Problem Hund für die Zeit des Begräbnisses zu lösen sei. Er war sich nämlich sicher, dass Hunde bei einem Begräbnis nicht vorgelassen wurden. Bei dem Gedanken an Adolfs Marotte, Alleingelassenwerden schon nach Minuten als grobe Vernachlässigung zu empfinden und wutentbrannt alles zu zerbeißen, was er irgendwie erreichen konnte, war Alfred ein Schauer über den Rücken gelaufen.

„Das hat sie aber gut hingekriegt“, hatte der Arzt neben der toten Mutter gemurmelt. Alfred wusste, was der Mediziner damit sagen wollte. Die Mutter hatte einen Graus davor gehabt, dereinst als Pflegefall anderen zur Last zu fallen. Ein zeitgerechter Tod war ihr letzter großer Wunsch, dessen Erfüllung sie hartnäckig vom Schicksal eingemahnt hatte. Als billig und gerecht, weil es ihr in allen anderen Dingen die kalte Schulter gezeigt hatte. Die guten Blutwerte bei den diversen Kontrolluntersuchungen hatte sie stets jammernd zur Kenntnis genommen. Dem Hausarzt hatte sie bei solcher Gelegenheit mehr als einmal vorgehalten: „Ihr verlängert nicht das Leben, sondern die Jahre der Gebrechlichkeit. Belastet Sie das nicht?“

„Ist das Ihr Ernst?“

„Und ob!“, hatte sie gefaucht und nicht die Spur von Empathie für die Betroffenheit des Medicus gezeigt.

In der Aufbahrungshalle roch es wie in dem Blumengeschäft am Ende der Fußgängerzone, stellte Alfred nüchtern fest. Er nahm die Brille ab, putzte sie, und anstatt sie wieder aufzusetzen, steckte er sie in seine Rocktasche. Das tat er immer in Momenten, in denen er sich unsicher fühlte. Und das tat er oft. Er gab sich der Illusion hin, wenn er als stark Kurzsichtiger nicht klar sehen und Details nicht ausmachen konnte, könnten die anderen auch ihn nicht erkennen. Diese naive Gleichung aus dem Versteckspiel früher Kindheitstage hielt er sich auf Abruf, um ganz banale, ihm aber brenzlich erscheinende Situationen auszuhalten. Sein Getriebe stellte er dabei auf Leerlauf.

Dass jetzt unangemeldet ein Priester, gefolgt von einem Ministranten mit Wuschelkopf die Szene betrat und zu einem Gebet anstimmte, widersprach grob der Übereinkunft mit dem Bestattungsunternehmen. Die Verstorbene wollte bei der Verabschiedung keine Geistlichkeit, und Alfred hatte dies pflichtschuldig weitergegeben. Zudem erinnerte ihn jetzt das Erscheinen des Priesters daran, dass die Mutter keine Blumen zu ihrem Begräbnis geopfert sehen wollte. „Nur ein Mistelzweig auf meinem Sargdeckel, sonst nichts. Kümmere dich darum", hatte sie mehrmals reglementiert. Dabei war sie bis zuletzt geblieben. Doch der Mistelzweig fehlte. Und wie um Alfreds Ärger darüber zu steigern, hob der Priester jetzt auch noch an: „Oh Herr, gib ihr und allen Christgläubigen die ewige Ruhe, und das ewige Licht leuchte ihnen."

Wie immer, wenn Alfreds Widerspruch oder Protest gefordert gewesen wäre, duckte er sich ganz einfach weg, verschloss sich. In der gegebenen Situation mochte das aus Rücksicht auf die versammelte Trauergemeinde durchaus angemessen erscheinen. Aber genauso verhielt er sich beispielsweise beim Fleischer. „Hundert Gramm Extrawurst, bitte sehr, bitte gleich. Oh, darf es etwas mehr sein?" Diese Draufgabe ganz einfach abzulehnen, dazu wäre Alfred nie fähig gewesen. Und schon waren seine beiden Semmeln mit Wurst vollgepappt und das Verhältnis Fleisch-Backware zu fleischlastig, was er verabscheute.

Deshalb war die Meinung, dass so ein Mensch der letzte wäre, der Versicherungspolizzen eines Konzerns wie der Länderversicherung erfolgreich anbieten könnte, eine relativ einhellige. Alfreds Abteilungsleiterin, die ihn auf Weisung von oben in ihr Team nehmen musste, teilte diese Einschätzung nicht nur, sondern trug sie offen zur Schau. Der Weisung von oben hatte sie sich zu fügen, ganz geschlagen geben wollte sie sich aber nicht, und so versuchte sie, Alfred ohne weiteres Zutun rasch wieder loszuwerden. Damit war klar: Alfred musste in den Außendienst. Im direkten Kontakt mit den Kunden würde sich der unerwünschte Neuling sein Grab schaufeln. Danach brauchte es nur noch einen kleinen Schubs und schon würde er ohne Aufsehen in die Grube fallen. Nur dank solcher und ähnlicher Tücken im mittleren Managementbereich waren die Bilanzen der Länderversicherung trotz ebenso ständiger wie statutenwidriger Einmischungen von Landespolitikern und Parteifunktionären im grünen Bereich. Dass Alfred den Job seiner Mutter, die Kontakte zu einem hochrangigen Landespolitiker hatte, verdankte, war ihm klar geworden. Aber welcher Qualität diese Beziehungen zu dem Landespolitiker waren, blieb im Dunkeln. Er wusste nur vage, es hatte mit dem tödlichen Verkehrsunfall seines Großvaters zu tun.

Während der Priester seine Totengebete abspulte, dachte Alfred darüber nach, ob der Tod der Mutter Auswirkungen auf seine Position in der Versicherungsgesellschaft haben könnte und wenn ja, welche. Inmitten dieser Überlegungen wichen die Trauergäste zur Seite, um einer Kohorte Pompfinebrer aufgetakelter Mitarbeiter des Bestattungsunternehmens, den Weg freizumachen. Deren Schuhe hinterließen nasse Abdrücke auf dem Steinboden, die schwarz aufgedonnerten Uniformmäntel tropften. Offensichtlich hatte es draußen zu regnen begonnen. Mit einem Ruck hoben sie den Sarg an und bewegten sich in Richtung Grabzeilen. Gefolgt vom Priester, Alfred und der angereisten Tante. Keiner von ihnen trug geeignetes Schuhwerk. Bloß der Ministrant. Er schlürfte in Gummistiefeln neben dem Priester her und rasselte dazu mit dem Weihrauchkessel.

Draußen hatte es tatsächlich zu regnen begonnen. Nicht wie ursprünglich befürchtet aus Kübeln, aber heftig genug, um nach wenigen Schritten durchnässt zu sein. Dagegen halfen auch keine Schirme. Heftige Sturmböen vom Wienerwald herab sorgten dafür, dass das Wasser nicht von oben, sondern beinahe horizontal auf sie niederprasselte. Jetzt galt es Krägen aufzustellen, Köpfe einzuziehen und durchzuhalten. Ein Seitenblick verriet Alfred, dass das Mäntelchen der Tante als Schutz vor dem Unwetter völlig ungeeignet war, weshalb er ihr seinen Burberry umhing.

„Du bist Gerhard, gelt?", fragte sie mit brüchiger Stimme und setzte, wie um Entschuldigung bittend, nach: „Man sieht sich ja nur noch zu Begräbnissen. Das letzte Mal, als wir deinen Vater begraben haben. Oder war es bei Rudis Begräbnis?"

Offensichtlich war Tante Hermine in den letzten Jahren rasch gealtert und leicht verwirrt. Sein Vater war seit Ewigkeiten tot, einen Gerhard oder Rudi gab es nicht in der Familie. Als sie ihn für „danach" zu sich nach Mödling einlud, war er sich einer beginnenden Demenz ihrerseits sicher. In Mödling hatte sie einmal gewohnt, ja. Alfred wusste das aus Erzählungen. Aber da war sie ein schulpflichtiges Mädel und nicht eine gealterte Ostdeutsche. Oder war sie inzwischen zurückgekehrt, ohne sich bei Mutter zu melden? Aber wie hatte sie dann seinen Brief, den er ihr nach Brandenburg gesendet hatte, erreicht? Per Nachsendeauftrag, das war natürlich möglich.

Gleich nach der nochmaligen Bitte des Priesters um ewige Ruhe und ewiges Licht für alle Christgläubigen löste sich ein älterer Herr aus der Trauergemeinde, hakte sich etwas resolut bei Tante Hermine unter und entschwebte mit ihr und Alfreds Burberry, bevor der noch nach der Mödlinger Adresse fragen konnte. Zum Glück hatte er prinzipiell nie Wertsachen in Manteltaschen gesteckt. Die Mutter hatte ihm diese Regel als Vorsichtsmaßnahme gegen Taschendiebe eingebläut.

Alfred sah noch etwas wehmütig, aber felsenfest unentschlossen seinem Burberry nach, bevor er entlang der Grabzeile dem Ausgang zustrebte – im Regen, von dem er annahm, er würde mit jener Beständigkeit andauern, die typisch war für den Herbst. Der kannte nicht die Sprunghaftigkeit und Kapriolen des Frühlings. Was war eigentlich die Jahreszeit seines Lebens? Den Übergang von der Jugend zum Erwachsenensein gab eine Zahl vor: 18, nach dem Gesetz volljährig. Wie aber erkannte man den Wechsel vom Frühling des Lebens in den Sommer und vom Sommer in den Herbst, wenn man nicht verheiratet war, keine Kinder hatte und zeitlebens im Hotel Mama gewohnt hatte? Da gab es zwischen achtzehn und fünfzig keine einschneidenden Erlebnisse als Orientierungshilfe. War der Tod der Mutter eine solche, vielleicht eine Mahnung gar, sinnierte er vor sich hin.

Alfred versuchte sich zu orientieren. Eine Gräbergasse sah wie die andere aus. Da drang von rechts kommend eine weitere Gruppe Pompfinebrer in sein Blickfeld. Auf einem Radgestell schoben sie einen Sarg vor sich her. Dahinter eine Frau, in Schieflage gegen den Wind ankämpfend, unter einem jener ausladenden Regenschirme, die Hotelportiere nur bei extremem Bedarf herausrückten. Mit hochgehobenen Armen kämpfte sie, um den Schirm nicht an den Sturm zu verlieren, sodass ihr der leichte Übermantel und Rock nur noch bis über das Knie reichte. Diese Schwachstelle weiblicher Kleidung nutzte die nächste Böe und zeigte fauchend alles, was gutgebaute Weiblichkeit hüftabwärts ausmachte. Für Alfred blieb nicht unbemerkt, dass die Farbe der Reizwäsche dem Trauerfall angepasst war. Plötzlich wechselte der Wind von der Reizwäsche der Frau auf das Sargtuch. Er entriss ihm den darauf gehefteten Mistelzweig und ballesterte damit zwischen den Gräbern.

Dieses Treiben löste bei Alfred einen Denkprozess aus. Eine dunkle Ahnung stieg in ihm hoch. Er griff nach der Brille und erkannte in der wohlgebauten Frau Elvira Stöger. Er überlegte kurz. Nein, am Sarg der Mutter hatte er sie nicht gesehen. War sie in den hinteren Reihen gewesen? Sich vornehm zurückzuhalten war nicht ihre Art, oder doch? Wozu aber ging sie hinter einem fremden Sarg her? Noch dazu bei diesem Wetter. War sie etwa beruflich hier? Gab es neuerdings auch Frauen in dem makabren Berufsstand der Totengräber? War die Stögerin überhaupt berufstätig? Obwohl sie seit Jahren in dem Mutter-Sohn-Haushalt ein und aus ging und es immer wieder meisterlich verstand, die meist griesgrämige Mutter mit ein paar Zoten und eindeutigen Witzen aufzuheitern, wusste er von ihr bloß, dass sie die Männer wechselte wie der Kalender die Jahreszeiten und dass sie nackt mehr als ansehnlich war. Oh ja, Alfred hatte sie nackt gesehen. Na gut, genau genommen nur halbnackt, aber für den damals noch sehr jungen Alfred trugen die Frauen ihre Reize oberhalb der Taille. Von jenen unterhalb der Gürtellinie hatte er noch keine konkrete Vorstellung gehabt.

Damals war sie mit einem neuen Kleid zur Mutter gekommen, um es vor ihr anzuprobieren. „Glaubst du, ich kann es ohne BH tragen?“, hatte sie die Mutter gefragt, nachdem sie sich vergewissert hatte, dass die Tür zu Alfreds Zimmer offenstand. „Geht das so, was meinst du?“, fragte sie die Mutter wieder und wieder. Dabei drehte sie sich einmal nach rechts, einmal nach links, strich sich über die nackten Brüste und lockte: „Nicht schauen, Herr Alfred, Sie werden als junger Gentleman doch nicht schauen, gelt?“ Still hatte er die Impulse genossen, die das optische Erlebnis in ihm auslöste. Doch fortan war er dieser Frau ausgewichen. Meist entschuldigte er sich in sein Zimmer oder ging mit dem Hund Gassi, wenn sie zu Besuch kam und die Unterröcke rascheln ließ. Gleichzeitig versuchte die Mutter zu kuppeln. Wollte sie für Sohn eine Partnerin finden, so wie sie seinerzeit den ersten passenden Anzug für ihn gefunden hatte und die Anstellung bei der Versicherung?

Eine Windböe riss die Schleife vom einzigen Kranz auf dem Karren. Alfred sah ihr hinterher und setzte die Inschrift aus den Puzzleteilen, die der Wind erkennen ließ, zusammen: „Letzte Grüße, in Liebe Dein Alfred“.

Allmählich begriff er: Er war bei der falschen Trauerfeier gewesen. Seine Uhr hatte ihn nicht im Stich gelassen, er war einfach zu früh vor Ort. Er hatte nicht damit gerechnet, dass an einem so wichtigen Tag wie dem Begräbnistag seiner Mutter auch noch anderen erlaubt wäre, begraben zu werden. Also war die alte Dame gar nicht seine Tante, und seinen Burberry würde er nie wiedersehen. Frau Stöger aber ließ ihm keine Zeit, seinen Gedanken nachzuhängen. Mit der überflüssigen Frage: „Hast du keinen Schirm?“, nahm sie ihn unter ihr Großkaliber und konstatierte: „Wo bist du gewesen?“

Das Du in ihrer Rede und der Vorwurf im Tonfall ähnlich dem der Mutter alarmierten. Vor allem das Du. Wie um es von sich zu weisen, suchte er nach einem Satz, der mit einem Sie begann. Dabei war nicht mehr herausgekommen als: „Sie?“ Und danach ein: „Sie hier?“

„Wo sonst? So war wenigstens ein Mensch bei der Verabschiedung deiner Mutter.“

Wieder suchte Alfred nach einem Satz mit einem Sie vorneweg. Doch Frau Stöger ließ ihn nicht zu Wort kommen, plapperte von einem Mann, der sich im vollen Bus an sie herangedrängt hätte, dass sie seinen Atem hinter ihrem Ohr spürte, von Friedhofsgärtnereien, die viel teurer seien als solche an weniger absatzträchtigen Adressen, von den undankbaren Hausparteien in dem Mietshaus der Eders, von denen kein Mensch es der Mühe wert gefunden habe, Alfreds Mutter auf ihrem letzten Weg zu begleiten. Wo sie doch so gut zu allen gewesen sei.

Alfred fiel beim besten Willen keiner ein, zu dem seine Mutter „so gut“ gewesen wäre. Im Gegenteil. Schon im Umgang mit den Nachbarn von früher war sie auf Distanz bedacht gewesen. Als ein Gutteil von ihnen wegstarb und Türken, Kurden und Afrikaner die Vakanz füllten, hatte sie von Distanz auf pure Verachtung umgeschaltet, auch gegenüber den verbliebenen Alteingesessenen, weil diese aus den Gegebenheiten das Beste zu machen versuchten und um ein gutnachbarliches Einvernehmen mit den Neuankömmlingen aus Entwicklungsländern bemüht waren. Weshalb also sollte das Lager der Verachteten Notiz von dem Begräbnis nehmen, noch dazu, wo Alfred keinen im Haus von dem Todesfall informiert hatte.

Endlich hatte der Sturm das Sargtuch an sich reißen können. Einer der Pompfinebrer grapschte danach und klemmte es sich unter den Arm. Diese schienen nur noch wegkommen zu wollen ins Trockene, und Alfred erkannte eine Gelegenheit, um durch einen Haken nach rechts die Stögerin loszuwerden. Allerdings verlor er nach ein paar weiteren Haken neuerlich die Orientierung. Endlich sah er ein Schild mit der Aufschrift *Ausgang*. Es führte zum anderen Ende des Friedhofs. Dort stand abfahrtsbereit ein Taxi mit laufendem Motor. Alfred atmete auf. Er war durch und durch nass. Deshalb schnellstmöglich nach Hause, Heizung auf höchste Stufe und ein warmes Bad einlassen.

Nur mit Mühe konnte er sich aus den nassen Kleidern schälen. Trotzig wie ein kleiner Junge betrachtete er von der Wanne aus die Markierungen der gewollten Unordnung: Nasse Hose, Unterwäsche, Socken, alles verstreut auf den Badezimmerfliesen. Und keine Mutter weit und breit, die deshalb keifen würde. Er hatte die Badezimmertür hinter sich abgeschlossen, bevor er sich eines Besseren besann. Wozu abschließen? Die Wohnung gehörte ja nun einzig und allein ihm. Na gut, ihm und dem Hund Adolf, den er gleich nach dem Bad von der Hundesitterin abholen musste.

Er hatte den Dackel Adolf genannt, weil er irgendwann irgendwo gelesen hatte, dass Hitler ein anderer Mensch geworden wäre, hätte er statt der Schäferhündin Blondi so einen kleinen Terroristen besessen. Alfreds Hund übertraf sich in all den negativen Eigenschaften, die man Dackeln nachsagte. Er war lauter als der Dackeldurchschnitt, noch leichter reizbar, noch anmaßender und dazu hinterlistig und bissig. So war Alfred auf den Namen Adolf gekommen. Und um seine Mutter zu ärgern, die vehement für einen „Lumpi" gekämpft hatte.

Mit geschlossenen Augen erinnerte er sich der Wortgefechte darüber. Danach döste er in der Wanne vor sich hin. Plötzlich hörte er, wie jemand einen Schlüssel im Schloss der Wohnungstür zweimal umdrehte, die Tür öffnete und wieder schloss. War es ein Spuk, mit dem sich die von ihm nicht verabschiedete Mutter rächte? Hatte sie vor, hier heute und in Zukunft herumzugeistern, oder war er des Wahnsinns? Alfred erinnerte sich, wie wehrlos er war, nackt in seinem Bade.

Just als er „Mutter, bist du's?" fragen wollte, rief eine Frauenstimme durch die Tür: „Ich komme!"

Er war nicht des Wahnsinns und es war nicht die Stimme der Mutter – sondern die der Stögerin. Seit Jahren schon war sie bemüht, Alfred anzufüttern. Mit ihren Reizen als Köder. Nicht, dass sie sich Großes dabei erwartet hätte. Der Sturkopf Alfred hatte ja doch nur seine Börsenberichte im Kopf. Und doch: Seine schnöde Ignoranz war ihr Ansporn und Ärgernis zugleich. Wär doch gelacht! Der Trotz war sozusagen der ideelle Teil ihres Vorhabens. Der materielle hatte den exklusiven Zirkel der Jägerschaft im Visier, für die Alfred als Versicherungsmakler und Anlageberater fungierte. Alles Männer von Stand, die mit beneidenswerter Regelmäßigkeit in den *Seitenblicken* des ORF Austern oder Champagner schlürften. Es klang wie ein Widerspruch, und doch war es Tatsache: Zu diesem exklusiven Zirkel hatte Alfred Zutritt. Der illustre Kreis der Austernschlürfer hielt ihn für eine Art Autisten mit der Sonderbegabung, ihr Anlagevermögen erfolgreicher zu vermehren, als Banken oder irgendwelche plakatierten Wachstumsversprecher das konnten. Über bessere Margen war er ihr Maskottchen in Geldsachen geworden.

Und Elvira Stöger hatte erkannt: Falls überhaupt, würde sie nur über Alfred einem aus der betuchten Jagdgesellschaft auffallen. Also musste sie ihn so weit bringen, sie zu einem der Halalis mitzunehmen. Sozusagen als Frau an seiner Seite. Sie kannte die Männer und wusste, dass ihre Vorzüge in Begleitung einer Null nur noch mehr auffallen würden. Wetten würden die Jäger darauf abschließen, wer sie als Erster abschießen könnte.

Und so stand sie jetzt vor Alfred, nackt, wie Gott sie schuf, und drall, wie der dosierte, aber doch regelmäßige Genuss von Likörbonbons sie über die Jahre hatte werden lassen. Er verkutzte sich vor Schreck am Badewasser, weshalb er nichts Rechtes herausbrachte. Sie aber sagte mit echtem oder gespieltem Ärger: „Willst du mich hier erfrieren lassen?"

Bevor er noch richtig begriff, war sie auf ihm. Da zwei Körper eine weitaus größere Wasserverdrängung hatten als einer, kam es rundum zu einer hässlichen Überschwemmung. Er besah das Durcheinander aus seinen Kleidern im übergeschwappten Badewasser und dachte: „Dieser Saustall wär das Ende der Mutter." Die Stögerin aber zeigte Routine. Mit beiden Händen griff sie nach der Stange des Handtuchhalters über ihrem Kopf. Sie fand Halt, hob ihren Schoss leicht an und nahm ihn mit kumpelhaftem Augenzwinkern in sich auf. Just in diesem Augenblick polterte jemand gegen die Tür und rief: „Aufmachen, Polizei!"

Er fühlte, wie sie erstarrte. Sie ließ den Handtuchhalter los, um ihn von sich zu stoßen. Darüber verlor sie den Halt und soff ab. Pustend kam sie wieder hoch, rang nach Luft und keuchte: „Was hast du angestellt?"

Indigniert stieg er aus der Wanne, schwang sich das Badetuch um die Lenden und stellte mit leichter Verärgerung fest, dass sie ihn noch immer oder schon wieder duzte. Dazu noch die Unterstellung, dass er etwas angestellt habe. Wie konnte sie nur? Zwei Ungereimtheiten, die der Klärung bedurften. Rechnete man das polternde Erscheinen der Polizei hinzu, waren es drei.

Mit dem Ruf: „Ich komme!“, schlüpfte er in seine Badeschlappen und ging ab, um die Wohnungstür zu öffnen.

2

Eine Frau, sportlicher Typ, irgendwo zwischen dreißig und fünfzig – wer konnte das Alter gepflegter Damen im Bereich dieser Jahresringe schon annähernd genau einschätzen? – hielt Alfred flüchtig eine Ausweiskarte unter die Nase, fixierte das Brustgeschirr der Stögerin an der Garderobenwand und sagte mit spöttischem Unterton: „Oh, Sie haben Besuch." Und zu dem Uniformierten hinter ihr gewandt meinte sie in sachkundigem Tonfall: „Die Dame trägt Schwarz."

Alfred errötete.

„Sind Sie Alfred Eder?", fragte sie weiter.

Der so Angesprochene sah völlig überfordert aus dem kleinen Stück Wäsche, das er sich um die Lenden gewickelt hatte.

Die Polizistin wertete sein Schweigen als ein Ja und fuhr fort: „Am besten Sie ziehen sich an und kommen mit. Wir haben nämlich ein paar Fragen."

„Ja, aber ...", stotterte Alfred verständnislos.

„Machen Sie schon, wir warten einstweilen hier im Stiegenhaus. Sie werden uns doch nicht aus dem Fenster springen wollen? Falls doch, bedenken Sie: vierter Stock."

Alfred lehnte die Wohnungstür halb zu und öffnete die in das Bad. Die Stögerin hatte sich von dem Schrecken erholt, stand unter dem Brausekopf und duschte, als ob nichts geschehen wäre.

Alfred sagte nur: „Sie verzeihen", nahm Kamm und Bürste von der Ablage und eilte in sein Zimmer, um sich anzukleiden.

„Ich gehe jetzt", sagte er dann in Richtung Bad und ließ sich von der wortführenden Polizistin und deren Kollegen in die Mitte nehmen.

Im Polizeikommando stellte sie sich vor: „Kontrollinspektorin Ilse Strasser. Bitte nehmen Sie Platz, ich mache uns erst mal einen Kaffee."

Alfred musterte den Schreibtisch der Frau und nahm innerlich Anstoß an dem Durcheinander darauf. Auf Ordnung und Organisation ließ das wenig schließen. Das alles passte ganz und gar nicht zum gestrafften Aussehen und dem schnörkellosen Auftreten der Frau Kontrollinspektorin. Er fand sie beachtlich. Umso mehr schämte er sich, beim Öffnen der Wohnungstür beinahe nackt vor ihr gestanden zu haben. Mit der Reizwäsche der Stögerin an der Garderobenwand hinter ihm.

Während die Polizistin in einer Ecke ihres Büros an der Melitta mit Schalen, Filter, Milchkanne und Kaffeedose hantierte, gab sie per Handy im Stakkatoton Anweisungen an die Adresse eines Untergebenen weiter. Schließlich kam sie mit einer dampfenden Tasse und einem länglichen Glas zu ihm zurück. Das Glas stellte sie vor ihm ab und meinte: „Tut mir leid, Sie müssen damit vorliebnehmen, die Tassen sind alle schmutzig. Doch keine Angst, das Glas ist dickwandig, Sie werden sich nicht die Finger verbrennen."

Noch nie hatte Alfred so schöne Hände gesehen. Erst nachdem sie ihre Frage, ob er Zucker nehme, wiederholt hatte, lehnte er ab und trank von der schwarzen Brühe.

„Geht's?", fragte sie interessiert.

„Mhm."

„Woher kennen Sie Agnes Brunner?", fragte sie wie beiläufig weiter.

Alfreds Wangen liefen rot an.

„Schämen Sie sich etwa? Was ist schon dabei, Agnes zu kennen. Bloß weil sie Geld dafür nimmt, dass sie Männer an sich ranlässt?"

Alfred war erleichtert, dass sie nicht das hässliche Wort Nutte oder gar Hure gebrauchte, sondern die Zusammenhänge rein merkantilistisch beschrieb. Zu einer Antwort war er dennoch nicht fähig.

„Oder war es mehr als ein Kennen? Waren Sie vielleicht ihr Zuhälter?"

Alfred konnte sich auf Zuhälter keinen Reim machen.

„Oder sind Sie bloß ihr Mörder!"

Das war keine Frage mehr. Das kam wie ein Peitschenhieb, verfehlte aber sein Ziel. Denn Alfred war im Augenblick nicht bei der Sache. Ihm fiel ein, dass er bei seinem hastigen Abgang aus der Wohnung vergessen hatte, die Schlüssel einzustecken. Die Stögerin würde doch auf ihn warten und ihn nicht gar etwa aussperren?

Die Kontrollinspektorin konnte scheinbar Gedanken lesen und wurde ungehalten: „Sagen Sie, hören Sie mir überhaupt zu?"

„Bitte?"

„Schmeckt Ihnen mein Kaffee nicht?"

Da er wieder nichts sagte, nahm sie sein Glas und kippte den Rest Kaffee in die Spüle neben der Melitta-Maschine. Danach wählte sie eine Nummer und sagte in ihr Handy: „Komm herüber. Ich habe etwas für die Spurensicherung."

Der Uniformierte aus dem Abholkommando kam, nahm das Glas und entschwand. Da meldete sich bei Alfred wieder dieses Zittern. Es begann mit einem Tremor in beiden Händen. Alfred versuchte ihm Herr zu werden, das Übergreifen auf den ganzen Körper zu unterdrücken. Umsonst.

Ilse Strasser beobachtete Alfreds Probleme, fragte sich besorgt, ob sie es mit einem Epileptiker zu tun habe, und wünschte, sie hätte Pfeiffer nicht weggeschickt. Das

Sichern der Fingerabdrücke auf dem Glas hätte noch Zeit gehabt. Besorgt fragte sie: „Ist Ihnen nicht gut?“

„Nein, geht schon“, brummte Alfred, und tatsächlich hatte das Zittern nachgelassen.

„Sie fragen sich vielleicht, was jetzt mit dem Glas geschieht, das da eben durch die Tür in den Kriminaltechnischen Dienst abging. Also: Da sind Ihre Fingerabdrücke drauf. Und die beschäftigen jetzt unseren Computer, und danach werden wir ja sehen. Ich will nämlich ganz genau wissen, mit wem ich es zu tun habe. Inzwischen plaudern wir ein wenig. Einverstanden? Also, woher kennen Sie Agnes Brunner?“ Die Strenge im Ton klang nicht nach einer beginnenden Plauderstunde.

„Ich habe sie durch meine Mutter kennengelernt.“

„Lauter.“

„Ich habe sie durch meine Mutter kennengelernt.“

„Durch Ihre Mutter?“ Ilse Strasser setzte sich wieder hin. Nach einer kurzen Pause bohrte sie weiter: „Ist ja interessant. Erzählen Sie.“

Und Alfred bemühte sich, einen roten Faden für seine Geschichte zu finden. Es sei vor zwei Jahren gewesen, stotterte er. Seine Mutter habe ihm einen Zettel mit einer Adresse gegeben. Mit der Bitte, einer Dame drei Flaschen Holunderlikör zu bringen, die diese bestellt habe.

„Holunderlikör?“

„Ja, Mutter sammelt immer im Sommer Holunder und macht daraus Likör, den sie dann verkauft. Angeblich bekommt man keine Grippe, wenn man rechtzeitig vor dem Winter regelmäßig davon trinkt. Sie hat eine ganze Menge begeisterter Kunden.“

„Also Holunderlikör. Und weiter?“

„Das habe ich gemacht.“

„Was haben Sie gemacht? Und etwas genauer, wenn ich bitten darf.“

Alfred lief rot an und sah zu Boden.

„Hören Sie zu, Herr Eder. Wir sind hier nicht zum Spaß. Sie sagen mir jetzt genau, was Sie bei dieser Agnes oder mit ihr gemacht haben und wann das war, kapiert?“

„Ich bin mit dem Holunderlikör zu ihr gegangen und habe ihn mit einem schönen Gruß von meiner Mutter übergeben.“

„Und dann?“

„Die Dame, also Agnes war sehr freundlich, hat mich in die Wohnung gebeten und mich gefragt, ob ich sie nicht lieben wolle.“

„Lieben, tatsächlich?“ In der Stimme der Polizistin lag Spott.

„Aber so war's.“

„Und?“

„Ich dachte, sie wollte sich über mich lustig machen, aber sie begann, sich auszuziehen.“

„Und da haben Sie sich auf sie gestürzt?“

„Aber wo. Doch Agnes sagte: ‚Komm doch, mein Kleiner. Mach deiner Mutti die Freude.‘“

„Das hat sie gesagt?“

„Ja, hat sie. Und sie hat mir gesagt, ich solle sie Agnes nennen. Erst danach hat sie mir erklärt, meine Mutter mache sich Sorgen, weil ich kein Interesse für Frauen zeige.“

„Das hat sie danach gesagt.“

„Ja, danach.“

„Wonach?“

Alfred wurde wieder rot im Gesicht und sagte ergeben: „Sie wissen schon.“

Ilse Strasser konnte es kaum glauben. Ein ausgewachsenes Mannsbild, vielleicht etwas fett um die Mitte herum, beruflich vielleicht sogar recht erfolgreich, sprach wie ein Vierzehnjähriger, der beim Pornoschauen überrascht worden war. Oder hielt er sie bloß zum Narren?

„Wann genau war das?"

„Vor nicht ganz zwei Jahren."

Die Kontrollinspektorin schien aus irgendeinem Grund enttäuscht zu sein, bohrte aber nach einer Art Verlegenheitssekunde weiter: „Und wer war die Frau, die bei Ihnen war, als wir Sie abholten?"

„Die Stögerin."

„Aha, die Stögerin."

„Ja, Frau Stöger, eine Freundin meiner Mutter."

„Ach, schon wieder Ihre Mutter. War sie von der Nummer mit Agnes Brunner nicht überzeugt gewesen?"

„Meine Mutter ist tot", sagte Alfred traurig.

„Das tut mir leid. Wann ist sie gestorben?"

„Vorige Woche. Heute Vormittag war das Begräbnis."

„Und danach war Leichenschmaus, und da haben Sie sich gedacht, jetzt nehme ich mir noch schnell die Stögerin vor, oder wie?"

Alfred war dem Weinen nah. „Nein, sie kam einfach in mein Bad."

„Haben Sie aber ein Glück bei den Frauen. Geht das schon länger so?"

„Nein. Agnes nannte mich ‚meine Jungfrau'."

Pfeiffer kam herein, wechselte einen Blick mit seiner Vorgesetzten und sagte: „Auf den ersten Blick sauber", und setzte sich dazu.

Ilse Strasser nahm den Faden wieder auf: „Also, wo waren Sie heute Vormittag zwischen acht und zehn Uhr?"

„Da war ich bei meiner Hundesitterin, um ihr Adolf zu bringen."

„Adolf?"

„Ja, mein Dackel. Ich bin nämlich Jäger."

„Ach, Sie sind Jäger. Sie ballern also gerne in der Gegend herum."

„Ich hasse das Ballern."

„Warum dann Jagen?"

„Beruflich, nur beruflich."

„Ach, Sie sind hauptberuflicher Jäger?"

„Nicht ganz. Ich gehe als Versicherungsangestellter sozusagen beruflich jagen."

„Gehört Jagen neuerdings zum Hauptgeschäft von Versicherungskonzernen?"

„Aber nein. Ich war damals als Außendienstmitarbeiter ziemlich unter Druck, weil ich zu wenig brachte."

„Das ist das Erste, was ich Ihnen vorbehaltslos glaube, Herr Eder", sagte die Polizistin und lehnte sich entspannt zurück.

„Ja, und mein Kollege, Herr Semmelweis, der damals auf Altersteilzeit umstieg, wollte mir aus der Patsche helfen. Nicht um mir einen Gefallen zu tun, wie er sagte, sondern um der Greilinger eins auszuwischen. Denn die hatte mich in den Außendienst abkommandiert. Sie hatte gemeint, dort könne ich nur versagen, und so würde sie mich über kurz oder lang loswerden. Das hat sie mir auch so ins Gesicht gesagt."

„Wer ist die Greilinger?"

„Grete Greilinger, meine Abteilungsleiterin."

„Gut, weiter."

„So kam ich zum Klientel des Kollegen Semmelweis. Beste Adressen. Alles Jäger, aber gute Kunden. Versichert werden müssen Jagdhütten, Waffen, Hunde, Jagdfahrzeuge und jede Menge Haftpflicht. Darüber hinaus ist ja die Länderversicherung über die Hypo im Investmentgeschäft aktiv geworden. Und vermögend sind meine Jäger auch. Sehr sogar. Also komme ich auch als Anlageberater ins Geschäft. Das Verfolgen von Aktienkursen war schon immer mein Steckenpferd. Meine Kunden haben im Schnitt zuletzt 13,8 Prozent an den von mir empfohlenen Transaktionen verdient. Im Jahr davor waren es 19. Wohlgemerkt, im Schnitt, also alle Gewinne addiert, Verluste abgezogen und geteilt durch die Kopfzahl. Damit war ich Viertbester von einhundertzweiundsechzig Anlageberatern bundesweit."

Ilse Strasser registrierte, dass er über seine Geschäfte in einem veränderten, viel trittfesteren Ton sprach, sich beinahe ereiferte, als ob er von seinem Lieblingsspielzeug spreche. Dennoch hatte sie Zweifel: „Wie haben Sie das hingekriegt?"

„Dank meiner Mutter."

„Aha. Schon wieder Ihre Mutter."

Alfred merkte nicht den Spott in Ilse Strassers Worten, fand im Gegenteil, dass es sich mit der Frau mit den wunderschönen Händen gut plaudern ließ: „Da haben Sie recht. Um sich Zugang zu verschaffen, musste die Jagdprüfung bestanden werden. Sie hat mich dafür angemeldet, mit mir gebüffelt, mich abgehört, Adolf besorgt und mich grün eingekleidet. So wurde ich Weidmann. In dieser Beziehung war Mutter schon gut", sagte er bar jeder Trauer, ja sogar mit leichtem Vorwurf im Unterton, den Ilse Strasser herauszuhören glaubte.

„Aber für den großen Weidmann reichte es nicht, oder?"

„Nein. Mir wird schlecht, wenn ich Blut sehe. Das merkt auch Adolf. Deshalb verachtet er mich."

„Ein Kollege?"

„Aber nein, mein Dackel. Eine bösartige Kreatur, bissig und laut."

„Adolf mag Sie also nicht?"

„Gott, ein Dackel eben. Die sind angeblich alle so. Die Jägerschaft aber meint, Adolf sei ein Prachtexemplar, mutig beim Aufspüren von Wild und flink wie ein Wiesel im Unterholz. Ich werde manchmal richtig beneidet."

„Warum verkaufen Sie ihn dann nicht einfach?"

„Kollege Semmelweis meinte und meint heute noch, den Dackel brauche ich vor der Jagdgesellschaft als Statussymbol."

„Und heute früh haben Sie den Dackel Ihrer Hundesitterin übergeben. Wann genau?"

„So gegen acht."

„Und die Hundesitterin kann das bezeugen?"

„Natürlich."

Das Telefon läutete. Ilse Strasser hob ab und unterhielt sich mit dem Anrufer über irgendwelche Vorgänge. Alfred hörte nicht hin. Vielmehr wunderte er sich über seine Gesprächigkeit. So viel wie in den letzten Minuten sprach er sonst in Tagen nicht. Wie hatte es diese Frau geschafft, diesen Redeschwall in ihm loszutreten? Er musterte sie genau. Das schwarzglänzende Haar, straff zurückgekämmt, der markante Schnitt ihres Gesichts, der kluge Blick aus zwei grüngrauen Augen. Sie hätte ein besseres Modell für das Shampoo auf dem Plakat zwischen den Spiegeln seines Friseurs abgegeben als jenes, das dafür posierte. Und dazu ihre feingliedrigen Hände. Die farblos lackierten Fingernägel reflektierten das Licht der Deckenlampen, während sie in das Telefonkabel Locken drehte. Er sah nur die bewundernswerte Erscheinung vor sich und ahnte nicht, wie durchtrainiert und angriffslustig sie war.

Ilse Strasser legte auf und wandte sich wieder ihm zu: „Also, dann schreiben Sie uns mal Ihren vollen Namen, geboren wann und wo, Namen von Vater und

Mutter, den Geburtsnamen der Mutter und Ihre genaue Adresse auf dieses Blatt Papier hier."

Er tat, wie geheißen, sie nahm den Zettel entgegen, reichte ihn dem Kollegen weiter, worauf sich dieser erhob und abging. Danach lehnte sie sich zurück und musterte Alfred aus halbgeöffneten Augen.

„Wollen Sie nicht wissen, was mit Agnes Brunner geschehen ist?"

„Wieso, was ist mit ihr geschehen?"

„Sie wurde vergiftet. Vielleicht mit Holunderlikör. Genaues wissen wir erst, wenn unser Gerichtsmediziner ihren Mageninhalt analysiert hat."

Jetzt zitterte Alfred von oben bis unten und wurde blass. Was sie erstaunte. Vom Ableben seiner Mutter hatte er gesprochen, als ob er den Wetterbericht verlesen würde, doch die Nachricht vom Tod dieser Liebesdienerin schien ihn zu erschüttern. Vielleicht, weil er der Täter und sie dabei war, ihm das zu beweisen? Spielte er ihr etwas vor? War alles an ihm, jedes seiner Worte nur Maskerade?

„Kann ich jetzt gehen?", sagte der Erblasste unvermittelt und schien mit Atemproblemen zu kämpfen.

Ilse Strasser hatte dafür nur ein „Wo denken Sie hin!" über und entschied: „Gehen Sie doch mal ans Fenster. Ein wenig frische Luft wird Ihnen guttun."

Schwer seufzend stand Alfred auf, tat, wie geheißen und atmete tief durch. Der Regen hatte aufgehört. Es roch ein wenig nach faulem Ei, wie in so vielen Teilen des Zentrums von Baden. Doch von der Waldandacht wehte es nadelgrün herab und Alfreds Wangen nahmen wieder Farbe an.

Inzwischen war der Polizist mit dem Zettel zu Alfreds Personalien wieder auf seinem Platz und redete auf die Kontrollinspektorin ein. Als Alfred nähertrat, verstummte er vielsagend und lehnte sich weit zurück. Seine Körpersprache schrie die Verachtung für Alfred geradezu heraus. Ilse Strasser aber meinte: „Ok, ein Tapetenwechsel und ein wenig frische Luft wird uns allen guttun. Kommen Sie, Herr Eder, auf geht's in die Wohnung von Agnes Brunner. Sie werden sich dort für uns umschauen und uns sagen, ob etwas fehlt und ob sich etwas seit Ihrem letzten Besuch dort verändert hat."

Alfred musste das erst einmal verdauen. Wenn er sie richtig verstanden hatte, wollte sie, dass er sie zu Agnes begleitete.

„Sie meinen, ich soll …?"

„Keine Sorge, das Opfer ist schon in der Gerichtsmedizin. Also handelt es sich bloß um einen kleinen Gefallen, und den werden Sie mir doch sicherlich gerne machen, Herr Eder. Sie wollen doch auch, dass wir den Täter zu fassen kriegen, bevor er noch einmal zuschlägt."

Alfred registrierte, dass ihr Blick etwas hatte, das Neinsagen unmöglich machte. Offensichtlich kannte sie die Wirkung ihres Blicks aus unzähligen Erfahrungen und hatte schon nach ihrer Lederjacke gegriffen.

„Komm, Pfeiffer", sagte sie zu ihrem Kollegen und ergänzte für Alfred: „Übrigens, Abteilungsinspektor Leo Pfeiffer, mein Mitarbeiter."

„Sehr erfreut", log Alfred und deutete eine Verbeugung in dessen Richtung an. Der hatte sich aber schon abgewendet, um seine Uniformjacke zu holen.

Im Auto suchte die Kontrollinspektorin Blickkontakt mit Alfred durch den Rückspiegel: „Wissen Sie, Kollege Pfeiffer ist im Kriminaldienst, wie ich. Für gewöhnlich trägt er also keine Uniform. Nur wenn wir Adressen abklappern. Das verschafft uns bei unseren Klienten mit islamischem Migrationshintergrund wenigstens etwas Respekt. Gegenüber einer Frau erlauben sich die ja alles, egal ob Polizistin oder nicht."

Ihr Handy läutete. Obwohl sie den Wagen lenkte, hob sie ab, horchte hinein, sagte: „Aha", und danach: „Nicht jetzt", und legte auf.

Am Tatort fröstelte Alfred, und Ilse Strasser sah, dass er mehrmals schluckte. Ein Mann in grauem Zivil kam vom oberen Stockwerk herab. Sie stellte ihn als Gruppeninspektor Gerald Korninger vor und wollte von ihm wissen, ob sich schon etwas ergeben hätte. Dieser verneinte.

„Kollege Korninger fragt sich nämlich hier für uns durch", klärte sie Alfred auf.

Im Wohnzimmer hatte jemand die Umrisse eines Körpers mit weißer Kreide auf den Teppich und darüber hinaus auf den Parkettboden gezeichnet. Neben der Kontur des Kopfes franste ein tellergroßer Blutfleck aus. Alfred wich vor dem Anblick zurück, wankte und musste sich auf den Stuhl setzen, unter dem die Hausschuhe standen, die er hier immer trug. Das Zittern war diesmal so heftig, dass er sich kaum auf dem Stuhl halten konnte.

Ist das alles Theater, fragte sich Ilse Strasser und sprach mit Alfred wie mit einem Kind, das sich den Kopf angeschlagen hat und sich nun den Dübel reibt: „Kommen Sie, Herr Eder, sehen Sie es als Bewährungsprobe."

„Wieso so viel Blut?"

„Weil ihr jemand eine Kugel in den Kopf geschossen hat. Wahrscheinlich war es davor zu einem kurzen Kampf gekommen. Dabei fiel der Papagei da zu Boden."

„Papagei?"

„Ja, das steinerne Ding, das da stand. Hier, sehen Sie den Abdruck im Tuch? Da hat es gestanden. Alles klar, Herr Eder?"

Alfred war wieder blass geworden, brachte aber immerhin ein „Ach so, die Eule!" hervor.

„Na gut, eine Eule halt. Unsere Spusi wird das noch genau feststellen."

„Aber ich dachte, vergiftet. Sagten Sie nicht vergiftet?"

Wenn er das spielt, spielt er es verdammt gut, dachte sie und blieb bei ihrem Plauderton: „Vergessen Sie's. Da wollte ich nach der Geschichte mit den drei Flaschen Holunderlikör nur Ihre Reaktion sehen."

„Das ist aber nicht fair."

„So ist das Leben, Herr Eder. Es ist nicht fair. Wenn es fair wäre, würde Agnes Brunner noch leben, Sie wären in Ihrem Büro und ich müsste mich um einen anderen Job umschauen. Wenn wir es aber schaffen, so bald wie möglich den Mörder Ihrer Agnes zu finden, können wir die Welt ein wenig fairer und sicherer machen, indem wir ihn hinter Schloss und Riegel bringen. Okay? Übrigens, haben Sie eine Feuerwaffe in Ihrem Besitz, Herr Eder?"

„Ja, ein Jagdgewehr, Steyr Mannlicher."

„Und haben einen Waffenschein?"

„Ja doch."

„Und jetzt sagen Sie mir, ob etwas fehlt. Agnes Brunner hat ja, soweit wir wissen, keine Angehörigen. Jedenfalls konnten wir bis dato keine ausfindig machen."

„Sie hat keine", sagte Alfred, erhob sich und ging zielsicher zum Kastenfenster im Stil der vorigen Jahrhundertwende. Er hob das Fensterbrett leicht an und zog es wie eine Schublade heraus. Darunter war eine Vertiefung in der Größe von drei bis vier Mauerziegeln.

„Aha, ein Geheimfach. Donnerwetter, Sie wissen aber vielleicht Bescheid, Herr Eder."

„Die Kassette mit dem Bargeld und den Kontoauszügen und der Schlüssel zum Bankfach fehlen."

„Und wie viel Bares war in der Kassette?"

„Exakt 12.000 Schweizer Franken."

„Und im Bankfach, was müsste da drinnen sein?"

„Schmuck und vier Goldbarren à 250 Gramm, Ankaufswert 40.000 Euro summa summarum gerundet.

„Sie waren also nicht nur der beste Kunde der Nymphe, sondern auch ihr Buchhalter?"

„Ich habe sie in puncto Geldanlage beraten."

„Und wieso Franken und nicht Euro, Herr Buchhalter?"

„Ich habe damit für Agnes Kursgewinne lukriert. Eigentlich könnte man sie jetzt abstoßen, sie aber wollte sie noch ein wenig behalten."

„Gibt es Erben? Wissen Sie als Buchhalter der Toten von einem Testament?"

„Ja."

„Kennen Sie vielleicht gar den Inhalt?"

„Ja."

„Also, wer wird erben?"

„Ich", sagte Alfred, als ob dies der natürlichste Vorgang der Welt wäre.

Ilse Strasser erschrak fast bei dieser Mitteilung. Also nicht Tölpel, sondern ein ganz gerissenes, habgieriges Scheusal, das quasi sich selbst bestiehlt, um die Polizei von seiner Unschuld zu überzeugen? War dieser Versicherungsheini, mehr Wurm als Mann, für eine solche Vorgangsweise tatsächlich perfide genug? Es kostete Überwindung, aber sie behielt ihren Plauderton bei: „Sie sind mir vielleicht ein komischer Vogel, Herr Eder. Jetzt müssen Sie mir aber schon sagen, warum ich Sie nicht auf der Stelle als Mörder und Erbschleicher verdächtigen, festnehmen und zurück ins Polizeikommando bringen soll. Wie ist es dazu gekommen, dass Agnes Brunner Sie als Erben eingesetzt hat?“

„Sie war ja immer recht sparsam und keineswegs unvermögend. Und als Versicherungsfachmann kläre ich meine Kunden auch über die Vorteile eines Testaments im Fall der Fälle auf. Das habe ich auch hier getan. Und sie hat gesagt, gut, dann setze ich dich als Erben ein.“

„Sie sind aber ein beachtlicher Frauenflüsterer, Herr Eder. Und das soll ich Ihnen glauben?“

„So war es. Wort für Wort.“

„Können Sie mir etwas bieten, das es mir leichter macht, Ihnen das abzunehmen?“

„Sie hatte keine Nachkommen. Ich habe auch keine. Darum habe auch ich sie als Erbin eingesetzt. Sozusagen im Gegenzug.“

„Aber Sie hatten doch Ihre Mutter!“

„Meine Mutter ist – war – doch nicht nur viel älter als ich, sondern zudem noch herzkrank. Dass sie mich überleben würde, war nicht sehr wahrscheinlich. Außerdem war es nicht immer leicht mit ihr. Nichts konnte ich ihr rechtmachen, immer hat sie genörgelt. Bloß zu Adolf war sie die Nette.“

„Nun sagen Sie bloß, dass Sie auf den Hund eifersüchtig waren.“

Hatten ihn diese Worte tatsächlich aus der Fassung gebracht? Jedenfalls begann Alfred zu schluchzen.

Abteilungsinspektor Pfeiffer verdrehte dazu die Augen und sagte: „Mir reicht’s. Ich habe noch nichts im Magen. Ich genehmige mir einen Happen im Café Zentral und bin danach im Büro.“

Pfeiffer hat leicht reden, dachte sie. Ich aber muss herausfinden, ob ich es hier mit einem Irren oder dem größten Bluffer aller Zeiten zu tun habe. Der in diesem Moment in sein Taschentuch trompetete. Sie konnte es kaum fassen: in ein glattgebügeltes Stofftaschentuch, deutlich erkennbar mit Monogramm.

„Übrigens, der Anruf vorhin im Wagen war ein Kollege. Er hat hier alles abgesucht und den Schlüssel im Versteck unter dem Fensterbrett gefunden. Jetzt ist er bei der Sparkasse. Ob der Schmuck besonders wertvoll ist, muss erst mal überprüft werden."

„Nur wegen der paar Franken wurde sie umgebracht?", stammelte Alfred fassungslos, und Ilse Strassers Verdacht, dass er damit seine Show glaubhafter machen wollte, stieg sprunghaft an.

„Ein paar Franken ist gut, bei 12.000 davon. Immerhin ein ganz schöner Batzen von Ihrem Erbe. Haben Sie einen Verdacht, wer zu Ihrer Gespielin so grob gewesen sein könnte?"

Das Wort Gespielin hätte sie nicht gebrauchen sollen: Alfreds Miene vereiste. „Sie sind beleidigend", sagte er mit einer Entschiedenheit, derer sie ihn nicht für fähig gehalten hätte. „Und ich will jetzt gehen."

Mit diesen Worten schrumpfte er zu einem Kokon, der nirgendwo einen Faden erkennen ließ, an dem sie hätte zupfen können. Klar, dass sie es versuchte, doch jedes Mal ohne Erfolg. Wie passte dies zur Rolle eines fassungslos Gebrochenen? War dies eine neue Seite in seinem Drehbuch, eine neue Rolle? Wenn ja, beherrschte er auch diese. Als ob ihm einer der vielen Winkeladvokaten den Rat gegeben hätte, schien er sich nur noch für die Spitzen seiner sorgsam polierten Schuhe zu interessieren. Auf ihre Aufforderung, sich nochmals genau umzusehen, ob seit seinem letzten Hiersein sonst noch etwas verändert worden wäre, reagierte er nicht. Sie warf einen konzentrierten Blick auf seine Hände. Sie waren schmal, fast ein wenig feminin. Er spürte den Blick und zog sie aus ihrem Blickfeld.

„Na gut, Herr Eder, wir werden fürs Erste Ihre Hände nach Schmauchspuren untersuchen. Das geht auch ohne Fragen und Antworten. Sie haben doch sicherlich nichts dagegen." Sein Schweigen wertete sie als Zustimmung: „Also, auf in den Kriminaltechnischen Dienst." Sie wählte Korningers Nummer und bestellte ihn zu ihrem Wagen.

Die Kontrollinspektorin setzte sich hinters Steuer, Korninger schob Alfred auf einen der beiden Rücksitze und nahm neben ihm Platz.

Schon nach wenigen Metern fiel Alfred auf, dass sie nicht in Richtung Polizeikommando, sondern in Richtung seines Wohnhauses fuhr. Als ob sie seine Gedanken erraten hätte, drehte sie sich nach ihm um und sagte wie von ungefähr: „Ach ja, Ihre Jagdwaffe brauchen wir auch. Und den Anzug, den Sie heute früh getragen haben. Unsere Spusi will sich das bestimmt genauer ansehen. Kollege Korninger wird Ihnen tragen helfen, gelt Gerald?" Sie selbst wollte im Auto warten, um ein paar Telefonate zu erledigen.

Die beiden Männer verschwanden in Alfred Eders Wohnhaus und waren nach wenigen Minuten wieder zurück. Alfred trug eine Plastiktüte mit seinem schwarzen Anzug, dem guten Stück für das Begräbnis, Korninger trug einen Schießprügel. Und zwar auf eine ganz und gar nicht weidmännische Art, wie Ilse Strasser fand. „Kommt daher wie mit einem Schmetterlingsnetz", lachte sie in sich hinein.

Die Prozedur mit dem Schmauchspurentest im Kommando hatte nur Minuten gedauert. Aber alles in allem hatte sie Alfred Eder doch schwer in Verzug gebracht. Er hatte versprochen, Adolf gleich nach dem Begräbnis der Mutter von der Hundesitterin abzuholen. Erst vor den Glotzfenstern im fantasielosen Grau des Polizeikommandos war ihm zu Bewusstsein gekommen, dass sein Auto vor seinem Wohnhaus geparkt war. Also marschierte er los.

Die Bewegung half dem Gehirn auf die Sprünge. Er überdachte das Erlebte von dem Augenblick an, da er die Mutter tot im Bett vorgefunden hatte. Das Begräbnis, erst das falsche, dann das stürmisch verregnete. Die Badewanne, die Stögerin, das unverhoffte wie ebenso erregende Zusammenspiel, Ilse Strasser, der Tatort, die Konturen von Agnes auf dem Teppich in weißer Kreide. Geld fehlte und Agnes' Pistole. Das hatte Alfred unerwähnt lassen. Warum eigentlich? Mit ihr wollte sich Agnes verteidigen, falls einer der Freier verrücktspielen sollte.

Am Café Zentral sah Alfred Pfeiffer auf der Terrasse vor ein paar Würsteln und einem Krügel Bier sitzen. Unwillkürlich grüßte er. Pfeiffer hatte nur einen spöttischen Blick für ihn übrig.

Die Hundesitterin Gerda lobte Adolf über den grünen Klee. „Ein braver Hund, unser Adolf, ganz brav. Ja ein ganz Lieber bist du, ein ganz Lieber. Und jetzt gehst du mit Herrchen nach Hause, gelt. Da wartet sicher ein Gutzi auf dich."

Gutzi war Adolfs Lieblingswort. Er wedelte mit dem Schwanz, so stark, dass das Hinterteil auf dem glatten Boden hin und her pendelte. Und er genoss es sichtlich, von Gerda gestreichelt und gelobt zu werden. Als ihn aber Alfred an die Leine nahm, war mit dem Schwanzwedeln Schluss. Seine Barthaare wurden steif und er knurrte. Damit war klar, Adolfs großes Drama würde wieder einmal über die Bühne gehen. Immer, wenn dem Hund nicht danach war, ihm vorauszutrippeln, ließ er sich ziehen. Kam dann irgendein Passant vorbei, winselte er hilfeflehend in dessen Richtung. Wofür Alfred meist böse Blicke erntete. Mehr als einmal hatte er sich schon fragen lassen müssen: „Sagen Sie, was machen Sie denn mit dem Hund? Gönnen Sie ihm doch eine Schnupperpause." War der Passant dann vorbei, gähnte Adolf mit sperrangelweit geöffnetem Maul in Richtung Alfred. Dieses Gähnen war das Götzzitat des Hundes für seinen Herrn.

Diesmal war Adolf aber ganz brav. Als ob er wusste, dass die Stögerin ihn für ein paar Tage übernehmen und mit einem gelegentlichen Happen bei Laune halten würde. So lange, bis Alfred für ihn irgendeine brauchbare Lösung gefunden hatte. Denn auf Dauer konnte er den Dackel nicht bei ihr lassen. Er würde zu fett werden.

Zu Hause angekommen, erwartete ihn die Stögerin in seinem Schlafrock. Ihre Reizwäsche hing noch an der Garderobenwand.

„Was um Himmels willen wollte die Polizei von dir?"

„Ach nichts."

„Nichts? Deshalb poltern doch die nicht gegen Wohnungstüren."

„Wenn ich's doch sage. Nichts. Eine Verwechslung."

„So eine Frechheit. Platzen da bei uns herein, gerade als es in der Badewanne so richtig schön und gemütlich wurde." Mit einem „Bist du mir nicht noch etwas schuldig?" streifte sie den Bademantel ab und zog ihn an sich. Sie wusste aus Erfahrung, so ließen sich Männer am ehesten binden, wenigstens für einige Zeit.

Im Ergebnis überraschte Alfred das amouröse Zwischenspiel mit der Stögerin. Er empfand ein ungekanntes Hochgefühl. Mit Agnes Brunner war seine Stimmung „danach" immer ein Tiefpunkt mit Scham. Nicht so jetzt. Im Gegenteil, es fühlte sich als Erfolgserlebnis an, wie nach einem erfreulichen Abschluss einer Polizze oder einer Veranlagung. Als aber die Stögerin sagte, sie werde sich ein paar Sachen aus ihrer Wohnung holen und er möge schon mal sein Bett in das Schlafzimmer der Mutter schieben, damit sie ein Schlachtfeld hätten, horchte er auf. Einzuwenden, dass ihm das nicht recht wäre, zu weit ginge, zu schnell ginge, wollte er schon. Dann aber fiel ihm ein: Mit ihrem Einzug wäre fürs Erste der Hund versorgt.

„Hast du etwas dagegen?“, fragte sie, als ob sie seine Gedanken gelesen hätte.

„Aber nein, mach ich. Ich werde das Bett rüberschieben.“

„Bist ein Schatz. Dann hol ich jetzt meine Sachen und danach darfst du mich zu einer Heurigenpartie nach Sooß einladen.“

„Oder in die Krainerhütte auf eine Forelle, was meinen Sie?“

„Ich meine, dass es hoch an der Zeit ist, dass du mich duzt. Hast du deine Agnes auch immer per Sie angesprochen? Übrigens, solche Ausflüge hast du jetzt nicht mehr nötig. Solange das mit mir geht, wirst du sie nicht wiedersehen, dass das nur klar ist.“

„Sie ist tot“, sagte er mehr zu sich als zur Stögerin.

„Ach, deshalb die Polizei. Erzähl doch, was ist passiert?“

Und er erzählte. Sie hörte zu, als ob er über ein Geschehen spräche, das wohl interessant war, aber sich irgendwo in einem fremden Winkel der Welt zugetragen hätte. Am Ende seines Berichts fragte er unvermittelt: „Aber woher wussten Sie überhaupt von Agnes und mir?“

„Woher? Agnes war meine Idee. Deine Mutter hat dich auf meine Empfehlung zu ihr geschickt. Sie war nämlich in Sorge, dass du schwul sein könntest. Was ja Gott sei Dank nicht der Fall ist", lispelte sie ihm ins Ohr. Alfred bekam davon eine Gänsehaut und einen trockenen Mund. Sie spürte seine Erregung, sagte: „Zum Teufel mit dem Glumpert in meiner Wohnung", und zog ihn an sich.

Alfred fragte sich, ob er es etwa mit einer Nymphomanin zu tun hatte. Gab es diese Amazonen der Pornos im Internet, die es ständig wollten, tatsächlich? Er gestand sich ein, dass er von einer Begegnung mit einer solchen schon mal geträumt hatte. Etwa wenn er bei Agnes war, die Sex bloß aus einer Art Entgegenkommen über sich ergehen ließ. Die Stögerin aber schien es, schien *ihn* zu genießen. Während er darüber nachdachte, stöhnte sie leise unter ihm, so als ob ein Schmerz nachließe, eine Stelle in ihr aufhören würde, weh zu tun.

Am nächsten Morgen war er überrascht, die Stögerin nackt neben sich liegen zu sehen. Geträumt hatte er von, ja von wem denn? Er wusste darauf keine klare Antwort, bis die Stögerin neben ihm am Frühstückstisch ihren Kaffee schlürfte und wissen wollte: „Wer ist denn eigentlich Ilse?"

„Ich kenne keine Ilse", sagte er mürrisch und lief dazu rot an.

„Sollte es eine solche geben, dann machst du Schluss mit ihr, zumindest für die Zeit, in der wir zusammen sind. Andernfalls kratze ich dir und ihr die Augen aus." Dazu streckte sie ihm ihre dicken Finger mit den rotbraun lackierten Fingernägeln entgegen.

Alfred zog seinen Kopf zurück und schüttelte sich. Er verglich den Anblick mit den schlanken Händen und feingliedrigen Fingern der Polizistin, die sich ihm eingeprägt hatten, und wusste nun, von wem er geträumt hatte.

3

Abteilungsinspektor Pfeiffer war auf dem Weg, das Alibi dieses Eder bei der Hundesitterin zu überprüfen. Er hasste es, Uniform zu tragen. Als Angehöriger des Kriminaldienstes empfand er es als Degradierung. Doch uniformierter männlicher Kollege in Begleitung war der Weisheit letzter Schluss in einem Disziplinarverfahren gegen Ilse Strasser. Sie war bei einem Außeneinsatz in die Bredouille gekommen. Baden war ja Einzugsgebiet des Flüchtlingslagers Traiskirchen. Und so kam es vereinzelt schon vor, dass nichtintegrierte junge Männer weibliche Polizistinnen beschimpften, anspuckten oder gar auf sie losgingen. Einen dieser Sorte hatte Ilse Strasser mit einem Schulterwurf abgewehrt, wobei er selbst sich die Schulter ausgekegelt hatte. Eine äußerst schmerzhafte Angelegenheit für den Betroffenen. Pfeiffer war als Zeuge des Disziplinarverfahrens geladen gewesen. Er versicherte vor der Kommission, Ilse Strasser würde niemals ihre Judogriffe zur Anwendung bringen, ohne nicht davor tätlich angegriffen worden zu sein. Dennoch stand ihre Karriere auf der Kippe. Wäre nicht eine Landtagsabgeordnete, übrigens eine Muslimin, für sie in den Ring gestiegen, hätte sie ihre Karriere vermutlich in irgendeinem Polizeiarchiv beendet. So aber kam die Kommission zu dem Schluss, ein Kollege in Uniform hätte Kontrollinspektorin Strasser auf Ermittlung zu begleiten.

„Als ob das einen Unterschied machen würde", maulte Pfeiffer. „Vor einer Uniform haben diese Typen schon längst keinen Respekt mehr." Dennoch fand er sich mit dem Uniformzwang ab. Weil er Ilse Strasser in jeder Hinsicht nur bewundern konnte. Nein, anbeten nicht. Dafür hatte er Ludmilla, eine blonde Neubadenerin aus Polen, der er sich versprochen hatte.

Wenig überraschend roch es bei der Hundesitterin nach Hund. Faul lag eine stattliche Anzahl dieser Vierbeiner um einen weißen Lackel herum, einen Retriever, offensichtlich das Alphatier der Meute. Es hatte zwischendurch wieder ein paar Tropfen geregnet, was ihre Duftnote beträchtlich verstärkte. Die Hundesitterin meinte nur gottergeben: „Normalerweise tollen sie ja im Hof herum. Aber der Retriever mag Regen nicht. Da habe ich ihn hereingelassen, und schon wollten alle herein."

Besagter Retriever wusste natürlich, dass von ihm die Rede war. Er hob den Kopf, musterte Pfeiffer, billigte dessen Erscheinen durch ein gegrunztes Gähnen und ließ seinen Kopf wieder fallen.

„Gestern am frühen Nachmittag hat Herr Eder seinen Dackel abgeholt. Ursprünglich sollte er ja noch ein paar Tage in meiner Obhut bleiben, aber Herr Eder sagte, eine Freundin der Familie hätte diese Aufgabe übernommen. Er zahlte und nahm Adolf mit. Der arme Kleine."

„Wieso arm?"

„Na ja, es war ganz offensichtlich, dass der Hund nicht sonderlich gern mit seinem Herrn mitging. Herr Eder hat dies damit begründet, dass der Hund eigentlich das Ein und Alles seiner Mutter gewesen sei, die kürzlich verstarb. Jaja, so ein Verlust kann Hunde für eine ganze Weile ordentlich durcheinanderbringen."

„Wann hat denn Herr Eder den Hund gebracht?"

„Gestern Früh."

„Geht's genauer?"

„Knapp vor sieben."

Auf dem Weg zurück ins Polizeikommando überlegte Pfeiffer: Das Begräbnis von Eders Mutter war um elf Uhr.

Der Notruf der Raumpflegerin von Agnes Brunner ging um zehn Uhr ein. Da maß die Forensik an der Toten noch einunddreißig Grad Körpertemperatur, weshalb sie sich unter Berücksichtigung der Raumtemperatur auf „Todeszeitpunkt acht Uhr plus/minus zwanzig Minuten" festlegte. Pfeiffer überlegte: Damit hatte dieser Eder kein Alibi. Was seinen Verdacht gegen diesen Schnösel erhärtete, auch wenn Ilse Strasser anderer Ansicht war, sich keine Schmauchspuren an seinen Händen nachweisen ließen und von dessen Gewehr in letzter Zeit definitiv kein Schuss abgefeuert worden war.

Alfred saß zu dieser Zeit bereits wieder in seinem Wiener Büro, ganz so, als ob nichts geschehen sei. Ungewöhnlich war nur, dass Grete Greilinger, seine Abteilungsleiterin, bei ihm hereinplatzte. Sie hätte im Kronenradio von dem Mord in Baden gehört und wollte wissen, ob Alfred das Mordopfer Brunner vielleicht gekannt hatte.

„Als Kundin, ja."

„Ach, nicht auch als Kunde?" Alfred verneinte und registrierte erfreut, dass ihm dies ohne Verlegenheit und ohne rot zu werden gelang. Wie hatte er das bloß geschafft?

Der Blick der Greilinger verriet Zweifel an seiner Aussage. Sie fuhr aber, dienstlich im Ton, fort: „Na gut, dann bringen Sie mir alle Ihre Unterlagen zu Agnes Brunner. Ich möchte sie abrechnen, sodass wir alles parat haben, falls die Polizei Unterlagen anfordert."

„Es ist wie immer alles à jour. Bloß die Hausrats- und Kfz-Versicherungen sind wegen Todesfalls aufzulösen, damit nicht nächste Woche von ihrem Konto abgebucht wird und wir rücküberweisen müssen."

„Werde ich übernehmen. Sie sind ja bereits im Urlaub."

Tatsächlich war Alfred schon seit Montag offiziell im Urlaub. Das aber besagte nichts. Er hatte als Außendienstler die paar Urlaubstage nur eingetragen, um Mamas Liebling Adolf in den Tagen nach dem Begräbnis an sich zu gewöhnen. Ins Büro gekommen war er, weil er sich mit Prospektmaterial und dem letzten Stand der Aktienkurse für seine Kunden im Kreise der Jäger eindecken wollte. Im nahen Schneebergland war eine Jagd angesagt. Im Anschluss kam es immer zu einem genussvollen Beisammensein beim Hubertushof in Bad Fischau.

„Jagd bei jedem Wetter?", hatte er nachgehakt, als man ihn telefonisch vom Termin in Kenntnis setzte.

„Bei jedem Wetter", hatte der Jagdleiter posaunt.

Alfred verbat sich, an Agnes zu denken, und blickte von seinem Bürofenster hinaus auf den müden Gang des Riesenrades hinter dem Praterstern. Die tiefen Wolken dahinter kündigten nichts Gutes an. Nach seinem Geschmack kein Wetter für eine Jagd. Die Temperaturen am frühen Morgen im Wald empfand er als Folter. Die anderen halfen sich mit einem kräftigen Schluck aus dem Flachmann. Aber er verabscheute alles, was den natürlichen Alkoholgehalt von Fruchtsäften übertraf.

Seine Gedanken wechselten zur Stögerin. Wie stellte sie sich das eigentlich alles vor? So wie er es sah, war sie bei ihm von jetzt auf gleich eingezogen. Sie würde doch nicht zum bevorstehenden Halali mitkommen wollen?

Und ob sie wollte. Sie strahlte förmlich, als er ihr das weidmännische Happening ankündigte. Leute kennenlernen, das sei ihr Ding, flötete sie. Entschieden lehnte er ab. Da verschwand sie mit deutlichem Schmollmund aus der Wohnung. Er dachte schon, so, jetzt bin ich sie los, und wusste nicht, ob er aufatmen oder enttäuscht sein sollte. Doch in wenigen Minuten war sie in einem Dirndl mit einem Dekolletee zurück, das ihn schlucken ließ. „Glaubst du nicht auch, dass meine Begleitung die Jäger von deinen Finanzangeboten überzeugen würde?“ Zu diesen Worten strich sie sich mit den Handflächen über Brüste, Taille und Schenkel und verdrehte dazu schelmisch ihre Augen.

Etwa zur gleichen Zeit präsentierte Doktor Marik, der Gerichtsmediziner, seine Erkenntnisse. „In mehrfacher Hinsicht interessant“, begann er mit seiner geschmeidigen Stimme, um die ihn jeder Mephisto-Darsteller beneidet hätte. „Die Kugel, Kaliber 7,65, wurde von geringer Distanz abgefeuert. Täter und Opfer standen sich dabei gegenüber, meiner Einschätzung nach Auge in Auge. Das lässt vermuten, dass sich Opfer und Täter – oder Täterin – kannten.“

„Aber wir wissen, dass Agnes Brunner auch welche, die sie nicht kannte, sehenden Auges an sich heranließ.“

„Das ist mir bekannt. Aber es hat mich beschäftigt. Wenn jemand eine Pistole zieht, kommt es bei dem Opfer doch zu einem Reflex, einer Abwehrhaltung. Damit reduziert sich die Wahrscheinlichkeit, das Opfer zu treffen, noch dazu genau zwischen den Augen. Also ein ganz außerordentlicher Glückstreffer.“

„Oder ein Meister dieses Faches?“

„Einer mit derartigen Fähigkeiten ist mir noch nicht begegnet. Eher schon solche wie die Wiener Unterweltbosse der Fünfziger- und Sechzigerjahre. Ich denke da an den High Noon dieser gefürchteten Ballermänner von 1964, die Ihnen vielleicht bekannt sind. Da schossen der „Notwehr-Krista“, bürgerlich Josef Krista, und „der G’schwinde“, ein gewisser Josef Angerler, in der Ausstellungsstraße in Wien siebenunddreißigmal aufeinander, ohne auch nur ein einziges Mal zu treffen. Und Tage danach schoss ein Zuhälterboss in einem Espresso sechs Mal auf einen Rivalen und traf eine Serviererin, die gerade den Nebentisch abräumte. Dieser Widerspruch zu dem Volltreffer im Falle Agnes Brunner hat mir keine Ruhe gelassen."

„Und dann fanden Sie etwas heraus, das Ihnen Ihre Ruhe zurückgab, habe ich recht?"

„Zwei, drei ganz kleine Partikel waren es, kleiner als ein Floh."

„Und zwar wo?"

„Im Gehirn von Agnes Brunner. Wer hätte das für möglich gehalten." Doktor Marik wunderte sich bei diesen Worten in einem Ausmaß, als ob er im Gehirn der Toten auf den Stein der Weisen gestoßen wäre.

„Hat was zu bedeuten?", fragte Ilse Strasser relativ unbeeindruckt.

„Eines der Partikel klebte an dem Projektil, das gegen die Hinterwand der Gehirnschale prallte, sie aber nicht durchbrechen konnte, weil sie sich gedreht hatte. Sein spitzes Ende war nicht mehr nach der Flugbahn ausgerichtet. Es gab schon mal so einen Fall in der Kriminalgeschichte. Darüber wurde vor kurzem im Fernsehen berichtet. Ich vermute stark, unser Täter – oder Täterin – hat den Beitrag gesehen und sich gedacht, so mache ich es auch."

„Also wie, wie genau ging er oder sie in unserem Fall vor?"

„Mit einem Tuch aus Baumwolle."

„Ich versteh nicht ganz."

„Er oder sie wollte das Opfer total überraschen. Es sollte zu keinem Schrei und keiner Abwehrreaktion kommen. Also hat er oder sie eine mit einem Tuch abgedeckte Waffe gezogen und aus nächster Nähe abgedrückt. Aus etwa eineinhalb bis zwei Meter Entfernung."

„Ein Tuch? Wir haben keines gefunden." Ilse Strasser wählte die Spusi und ließ sich das bestätigen. „Definitiv kein Tuch mit einem Loch von einem Durchschuss, aber Sie wissen noch mehr dazu, Doktorchen, stimmt's?"

Außenstehende hätte dieses „Doktorchen" für den in Würde ergrauten Wissenschaftler vielleicht befremdet. Ilse Strasser aber wusste, der so Angesprochene hörte es gern. Sie hatte dieses „Doktorchen" erstmals bei einer Weinverkostung am Vöslauer Schlossberg gebraucht. Sie hatte ein wenig zu intensiv gekostet und ihn so tituliert. Er hatte es mit einem aufmunternden Lächeln um die Augen quittiert und seither dieses Lächeln immer wieder aufs Neue aufblitzen lassen, wenn er ihr „Doktorchen" hörte.

„Kein Tuch, na ja, dann hat es der Täter mit der Pistole wieder eingesteckt. Schalldämpfer war bestimmt keiner im Spiel. Wäre wohl dem Täter für sein Vorhaben viel zu sperrig gewesen. Ein Schuss in einem massiven Altbau wie im vorliegenden Fall dämpft den Knall und lässt keinen der Nachbarn hochfahren oder konkreten Verdacht schöpfen. Und zu der Historie mit dem Tuch schauen Sie sich die Fernsehsendung über den Fall am besten an. Übrigens: Die Täter wurden gefasst. Vielleicht verhelfen sie Ihnen zu einem Täterprofil."

„Mache ich, Doktorchen. Und weiter?"

„Das Opfer hatte am Tag des Geschehens keinen Geschlechtsverkehr. Keine Spermien und keine Hinweise auf Geschlechtsverkehr mit Kondom."

Gleich nachdem sich Doktor Marik verabschiedet hatte, suchte Ilse Strasser nach dem TV-Beitrag im Internet.

Es stellte sich heraus, die Täter von damals waren Berufskiller, gedungen von einem polnischen Schmugglerkönig. Das war weit weg vom aktuellen Tötungsdelikt und verhalf zu keinem Täterprofil. Doch die Szene mit dem Tuch wollte sie mit Pfeiffer nachstellen. Sie nahm das Geschirrtuch aus dem Melitta-Bereich, riss es in zwei Teile, weil es sonst für Pfeiffers Hosentasche zu groß gewesen wäre, und rief ihn zu sich ins Großbüro.

„Leo, komm, lass uns etwas testen. Nimm das Tuch da, leg es über deine Waffe, steck sie damit in deine Tasche, zieh und richte sie gegen mich. Und zwar so, dass ich nichts von der Waffe sehen kann."

Das Manöver artete bei jedem Versuch in ein heilloses Herumgefuchtle aus.

Ilse Strasser bilanzierte: „Dacht ich's mir. Und jetzt das Gleiche noch mal mit deinem Trenchcoat an."

So ging's.

„Das heißt, der Täter hatte bei der Tat einen Mantel an. Er war also entweder kurz davor gekommen oder dabei zu gehen. Doktor Marik hat keine Spuren von Sperma oder einem Kondom gefunden. Das wiederum heißt, wer auch immer der Besucher war, er war nicht als Kunde gekommen, sondern um zu töten. Für letzteres musste es ein schwerwiegendes Motiv geben. Das gilt es, zu entdecken."

„Vielleicht ging es bloß um Raub", meinte Pfeiffer.

„Räuber fesseln, knebeln, aber fuchteln nicht mit einer Pistole herum, drücken ab und treffen mit einem Meisterschuss."

Gerald Korninger, der zweite Mitarbeiter im Team Strasser, unterbrach sie inmitten dieser Überlegungen. Er hatte den Inhalt des Banksafes der Agnes Brunner Stück für Stück überprüft und auswerten lassen. Den

Wert des Schmucks hatte der Juwelier am Hauptplatz schon mal unverbindlich auf 12.000 Euro geschätzt, was die Kontrollinspektorin mit „Aha, für unseren Alfred läppert sich's!“ quittierte. Jetzt aber präsentierte Korninger die Kopie einer Überbringerpolizze zu einer Erlebensversicherung, auf die per Einmalerlag 120.000 Euro einbezahlt worden waren.

Unwillkürlich schärfte Ilse Strasser den Blick aus ihren grüngrauen Mandelaugen: „Alfred, du wirst doch nicht ...“, sagte sie nach einem furchtbaren Verdacht: Ist dieser Eder vielleicht völlig ausgerastet? Hat er in einem Anfall von Raserei erst die Mutter getötet, um sich von ihrem Kuratel zu befreien, und danach die Gelegenheitsprostituierte? Weil Freiheit mit Geld ein intensiveres Erlebnis ist als Freiheit ohne? Das Geld der ermordeten Agnes Brunner würde schon für ein paar Eskapaden reichen. War die Nummer im Bad, bei der sie ihn überraschten, bereits eine davon gewesen?

Sie griff zum Telefon und ließ sich mit der Versicherungsgesellschaft verbinden. Eine Frau Greilinger war sofort im Bilde, wollte sich aber im Sinne des Datenschutzes vor Auskunftsleistung überzeugen, dass die Anruferin tatsächlich befugt war. Sie ließ sich die Nummer vom Polizeikommando geben und rief zurück.

„Wir rechnen gerade alle Polizzen zum Todesfall Agnes Brunner ab, sind aber noch nicht ganz durch.“

„Ach, hat sie so viele?“

„Das nicht gerade. Aber auch beim Üblichen kommt einiges zusammen. Kfz, Haushalt, zusätzliche Krankenversicherung.“

„Mich interessiert alles, was Sie mir zur Lebensversicherung mit der Einmaleinzahlung von 120.000 Euro sagen können.“

„So?“ Die Frau am Ende der Leitung schien überrascht, stockte und sagte schließlich: „Dazu liegt mir nichts vor. Ich sehe nach und rufe zurück.“

Als sich die Greilinger wieder meldete, überraschte sie mit der Information, dass die Lebensversicherung vorzeitig gekündigt und ausbezahlt worden sei, und zwar vor einem knappen Monat.

„Wir reden aber schon von derselben Überbringerpolizze?“, wollte Ilse Strasser auf Nummer sicher gehen. Die beiden verglichen die Nummern, und Ilse Strasser fragte weiter: „Wie kommt es, dass die Versicherung schon ausbezahlt wurde, wenn die Überbringerpolizze dazu hier auf meinem Schreibtisch liegt?“

„Moment, hier steht's: zweifache Ausfertigung. Müsste auch auf Ihrer Kopie stehen. Auf der Rückseite unten. Haben Sie's? Was Sie in Händen halten, ist die Zweitausfertigung.“

„Ja, ich hab's. Nun sagen Sie mir bitte noch: Ausbezahlt an wen?“

„An Frau Brunner Agnes, also an die Einzahlerin. Sie hat sich ausgewiesen und sich Kapital und Zinsen auszahlen lassen.“

„Um welchen Betrag ging es dabei?“

„Um 144.212 Euro. Die Anlageerträge waren dank der Zinspolitik der Europäischen Zentralbank in letzter Zeit nicht gerade üppig.“

„Und das hat sie sich bar ausbezahlen lassen?“

„Ja, am Kassenschalter unseres Hauses.“

„Ist das ein üblicher Vorgang?“

„Nicht unbedingt. Aber manche unserer Kunden finden Bares besonders sexy. Allerdings müssen sie einen solchen Wunsch vierundzwanzig Stunden im Voraus bekannt geben, denn wir versuchen, den Barbestand in der Hauptkasse dem Bedarf anzupassen. Aus Gründen der Sicherheit wollen wir nicht zu große Beträge in der Kasse haben."

„Und eine solche Voranmeldung der Agnes Brunner ist erfolgt?"

„Ist bei uns eingegangen."

„Und es war Agnes Brunner selbst, an die das Geld ausbezahlt wurde?"

„Ich sehe hier auf der Quittung ihre Unterschrift."

„Wie funktioniert das bei Ihnen? Geht der Überbringer einfach an die Kasse?"

„Nein. Er muss sich schon zu uns in den achten Stock bemühen. Wir überprüfen dann die Personalien und rechnen die Polizze ab. Danach wird eine Zahlungsanweisung ausgestellt, nach dem Vieraugenprinzip überprüft und abgezeichnet und per Rohrpost der Kasse zugeleitet."

„Per Rohrpost?

„Per Rohrpost, weil die immer noch sicherer ist als ein internes Mail. Ich kann Ihnen den ganzen Akt Brunner kopieren und zuschicken, aber es würde dauern, denn mit all dem Kleingedruckten wären es schon so an die hundert Seiten."

„Nein danke fürs Erste, nicht nötig. Kann aber sein, dass ich darauf zurückkommen muss."

Ilse Strasser legte auf und ließ sich von Korninger den Totenschein der Mutter dieses Eder ausheben. Unterzeichnet hatte ihn ein Doktor Müller mit dem Vermerk: „Hausarzt". Sie rief bei ihm an. Er hätte Frau Eder gewissenhaft untersucht, sei nicht einer jener, die dabei oberflächlich vorgingen. Es hätte an der Verstorbenen ganz sicher keine Anzeichen von Gewalteinwirkung irgendwelcher Art gegeben, ihr Herzleiden sei fachärztlich beschrieben gewesen, ein Exitus in der festgestellten Art sei jederzeit möglich, wenn nicht sogar wahrscheinlich gewesen.

„Wurde der Leichnam auf Einstiche untersucht?"

„Ja, und die gab es. Die Tote war Diabetikerin und spritzte sich Insulin. Ihren Werten nach war sie gut eingestellt, das heißt, sie hielt sich gewissenhaft an die von mir empfohlene Diät."

„Herr Doktor Müller, können Sie rückblickend ausschließen, etwas übersehen zu haben?"

„Jawohl, das kann ich. Aber kein ehrlicher Arzt wird dies mit hundertprozentiger Sicherheit garantieren. Hundert Prozent gibt es nicht mal in der Forensik. Selbst da wird Ihnen jeder vernünftige Gerichtsmediziner bestätigen: Mehr als neunundneunzig Prozent an Gewissheit kann es nicht geben."

Ilse Strasser überlegte: Eine Prostituierte, oder etwas ähnliches halt, eine Putzfrau, die anruft und meldet, Madame liege tot in ihrem Blut in der zu putzenden Wohnung. Und tatsächlich, da liegt sie, mit einem Loch im Kopf, kein Gehirnaustritt laut Spusi. Sie liegt da, halb auf dem Teppich, halb auf dem Parkett. Schuss ganz offensichtlich aus nächster Nähe. Täter kann weiblich oder männlich gewesen sein. Berge von Fingerabdrücken in der Wohnung des Opfers. Ganz sicher eine Tat, vorausgeplant und mit Bedacht ausgeführt, kein Streit laut zweier Hausmitbewohner im Stockwerk unter der Wohnung des Opfers. Auch sonst nichts Auffälliges. Also keine Flucht des Täters in Panik mit Türeschlagen, Poltern im Stiegenhaus, quietschenden Rädern eines abfahrenden Wagens. Einen Knall hatte eine Nachbarin über der Wohnung des Opfers gehört: „Hörte sich an wie das Zuschlagen einer Tür. Ich dachte, vom Wind, denn dem Knall ging kein Gezeter voraus. Und die Wände in diesen alten Häusern sind dick."

„Uhrzeit?"

„Oh, ich hab nicht auf die Uhr gesehen. So um zehn vielleicht."

Mit anderen Worten: alles in allem der saubere Abgang eines kaltblütigen Täters.

Dann gab es da diesen Eder, den die Putzfrau sofort im Verdacht hatte. Ein besonderer Vogel: ein erwachsenes Mannsbild, das von Mama dieser Prostituierten zugeführt wurde, um sich seiner normalen sexuellen Ausrichtung sicher zu werden. Der schien Geschmack an dem Tun mit der Liebesdienerin gefunden zu haben, besuchte sie nach Bedarf und wurde ihr Buchhalter und Vermögensberater. Und Freund oder Zuhälter? Letzteres bestimmt nicht. Dazu fehlte ihm das ungeschminkt Böse, Brutale. Und selbst wenn Agnes Brunner je einen Beschützer gesucht hätte, sie hätte bestimmt erkannt, dass dieser Alfred kein geeigneter Kandidat dafür gewesen wäre. Ein Muttermörder? Laut Doktor Müller und ihrem eigenen Gefühl nach bestimmt nicht. Oder er zog sie und Doktor Müller an der Nase durch die Manege, war in Wahrheit ein brutaler Zuhälter und hatte zwei Pferdchen laufen. Die Agnes Brunner und diese Stögerin, vielleicht auch noch andere.

Was für eine war diese Stögerin überhaupt? Prostituierte? Keinesfalls. Sie war wohl eine jener über sich selbst bestimmenden Frauen, die unabhängig von Urteilen und Vorurteilen ihre Partner nach Gusto oder mit Augenmerk auf Sicherheit und Luxus wechselten. Bei einem Vortrag im Kulturhaus hatte kürzlich eine Historikerin und Feministin die Vertreterinnen dieses Typus als die ersten Feministinnen gewürdigt und gemeint, dass es ohne sie die Frauenbewegungen der jüngsten Vergangenheit so wahrscheinlich nicht gegeben hätte. Frauen dieses Zuschnitts wären freier und unabhängiger als die Mätressen der Könige des Mittelalters und

Barocks, denn sie könnten ihre Partner nach Belieben wechseln, ohne dafür in ein Verlies geworfen oder in ein Kloster verbannt zu werden. Teils wären sie Gespielinnen der Machos, teils spielten sie mit ihnen. Ganz anders die Gelegenheitsprostituierte Agnes Brunner. Für ein paar Scheine erniedrigte sie sich zum Objekt.

„Und welche Rolle spielte dabei dieser Alfred Eder?", fragte sie halblaut in die Leere ihres Büros. „Vor allem: Wie war das mit der Lebensversicherung? Weshalb hatte die Brunner sie aufgelöst? Und wusste ihr Buchhalter Alfred Eder davon? Was, wenn nicht? Wenn er dahinterkam und sich hintergangen fühlte? Vielleicht hatte ein Rivale das Duo zum Trio werden lassen?"

Sie zupfte an einem anderen Ende des Knäuels: Es war also der Begräbnistag der Mutter. Wie wahrscheinlich war es, dass da der Sohn hingeht und zwischen Frühstück und Leichenbegängnis seine Gespielin meuchelte. Nicht im Streit, den hätte ein Anrainer sicherlich gehört. Andererseits: Den Schuss hatte auch niemand gehört. Nur etwas, das die Frau vom nächsten Stockwerk für Türknallen hielt. Schalldämpfer? Vielleicht. Wenn sie es aber in der Person Alfred mit einem Autisten zu tun hatte? Fast immer haben Autisten Probleme im sozialen Umgang und beim Aufbau von Beziehungen. War es denkbar, dass diese Schwäche im Gegenzug die Fähigkeit hervorbrachte, sich in vollendeter Perfektion verstellen zu können? Und über allem die Frage: Wo war die Tatwaffe? Offensichtlich hatte sie der Täter bei sich gehabt. Hat er sie wieder mitgenommen oder irgendwo versteckt, im Teich des Doblhoffparks versenkt? Tauchten dort schon die Enten danach?

Ilse Strasser stand vor einer ganzen Reihe offener Fragen. Und unter Zeitdruck. Eine Beförderung in die Sicherheitsdirektion nach Wien stand im Raum. Sie hatte sich beworben, nachdem ihr das der Dienststellenchef des Kommandos geradezu eingeredet hatte. „Wegen Ihrer Fähigkeiten und nicht, weil ich Sie loshaben möchte, das wissen Sie doch, oder?“ Sie wusste, dass es ein gut gemeinter Ratschlag war. Es war aber so gut wie ausgeschlossen, eine Beförderung nach Wien anzunehmen und einen ungelösten Fall hier zurückzulassen. Er würde ihr ewig nachhängen. Doch es zeichnete sich ab, der Fall war verzwickter als alle ihre bisherigen. Ilse Strasser war ehrlich genug sich einzugestehen, dass ihre bisherigen Fälle leicht lösbare gewesen waren. Immer war Eifersucht, Habgier oder Affekt ein deutlicher und verlässlicher Fingerzeig in Richtung Täter gewesen. Deshalb machte ihre Aufklärungsquote hundert Prozent aus. Und dabei musste es bleiben. Deshalb: „Wo ist Pfeiffer?“

„Bei der Hundesitterin“, antwortete Korninger.

Sie wählte Pfeiffers Handynummer. Er war gerade auf dem Weg zurück ins Kommando und rechnete ihr vor, dass dieser Alfred kein Alibi hatte. Jedenfalls keines von der Hundesitterin. Um sieben Uhr hatte er ihr den Hund übergeben. Um elf war er beim Begräbnis seiner Mutter. Kurz vor zehn hatte die Raumpflegerin von Agnes Brunner den Leichenfund per Telefon gemeldet und ihnen bei der ersten Befragung diesen Alfred als „ständigen Begleiter“ der Toten geradezu aufgedrängt.

Ilse Strasser schnaubte. „Los, Korninger, zieh deinen Rock an, jetzt hol ich mir den Eder noch einmal.“

Hinter der Wohnungstür im vierten Stock bellte ein Hund. Es dauerte. Als endlich geöffnet wurde, schoss ein aufgebrachter Rauhaardackel heraus, der Ilse Strasser kurz musterte, heftig an ihren Schuhen schnupperte, das Bellen einstellte und freundlich mit dem Schwanz wedelte. In der Tür stand eine vollreife Frau mit zerrauftem Haar und zerknittertem Dirndl.

„Ilse Strasser, Polizei. Ich müsste Herrn Eder sprechen."

„Ach, die Frau von gestern", sagte die Stögerin und maß sie interessiert. „Ich habe Sie kurz gesehen."

„Ich Sie auch", fixierte sie Ilse Strasser. „Da waren Sie aber anders gekleidet."

„Natürlich. Ich stand ja auch unter der Dusche." Elvira Stöger war nicht gewohnt, in Diskursen etwas schuldig zu bleiben.

Jetzt erschien auch Alfred Eder hinter der halboffenen Tür: „Ach, schon wieder die Polizei. Na gut, kommen Sie rein."

„Nein, Herr Eder, Sie kommen heraus. Ich nehme Sie mit. Da hat sich nämlich etwas ergeben."

„Muss das sein? Es kommt mir sehr ungelegen."

„Ja, es muss."

Korninger fuhr sie zum Kommando. Inzwischen war Pfeiffer von der Hundesitterin zurück. Er rechnete Alfred vor, dass er kein Alibi für die Tatzeit des Mordes an Agnes Brunner hatte.

„Aber ich war doch auf dem Begräbnis meiner Mutter."

„Das Begräbnis war um elf, die Hundesitterin verließen Sie kurz nach sieben. Für den Weg von ihr zur Wohnung der Agnes Brunner brauchten Sie maximal eine halbe, meinetwegen eine Dreiviertelstunde."

„Ich habe im Zentral einen Kaffee getrunken."

„Bevor oder nachdem Sie Agnes Brunner eine Kugel verpassten?", konnte sich Pfeiffer nicht verkneifen.

Ilse Strasser, die Pfeiffers Bemerkung deplatziert fand, übernahm: „Ich rechne weiter, Sie korrigieren mich, falls nötig, Herr Eder. Also, Sie sind vor 7.15 Uhr von der Hundesitterin weg. Sie sagen, ins Café Zentral.

Das sperrt um acht Uhr auf. Waren da schon andere Gäste da, haben Sie einen Bekannten getroffen, mit dem Ober ein paar Worte gewechselt, sodass er sich an Sie erinnern kann?“

„Darauf habe ich nicht geachtet. Ich hatte andere Sorgen, musste zum Begräbnis meiner Mutter und war in Eile.“

„Na gut. Dann sind Sie also um halb neun weiter zum Helenenfriedhof. Da waren Sie spätestens um neun Uhr. Das Begräbnis war aber um elf. Was geschah in diesen zwei Stunden?“

„Nichts. Ich bin durch die Grabreihen zur Aufbahrungshalle.“

„Dafür braucht man keine zwei Stunden, sondern allenfalls dreißig Minuten. Was geschah in diesen eineinhalb Stunden, Herr Eder?“

„Ich hab mich auf die Gräber konzentriert und dabei das Zeitgefühl verloren. Viele davon sind ausgesprochen schön. Wie letzte Visitenkarten der Dahingegangenen stehen sie für deren Schicksale.“

„Bei dem Wetter spazierten Sie durch die Grabreihen? Bei Sturm und Gewitter?“

„Das hat mich nicht gestört, war ja eigentlich passend.“

„Soso, passend. Aber einige Namen auf den Grabsteinen werden Ihnen ja in Erinnerung geblieben sein. Erzählen Sie, ich schreibe mit. Aber nicht flunkern, wir werden es überprüfen.“

Alfreds Gedächtnis erwies sich als hervorragend. Er beschrieb Engel, pausbackige kleine und große in Frauengestalt mit Flügeln und schmalen, traurigen Gesichtern. Er erwähnte den Grabstein einer Erzherzogin, einer Familie Goess unmittelbar daneben und beschrieb ein Grab ganz ausführlich, in dem mehrere Generationen einer Adelsfamilie ruhten und darunter der schlichte Name einer einfachen Frau. „Vielleicht eine Amme oder sonst irgendeine gute Seele des Hauses, die man auch im Jenseits um sich haben wollte. Das hat mich berührt“, schloss er traurig.

„Na gut, ich schreib Ihnen mit Vorbehalt dafür eine halbe, von mir aus auch eine Dreiviertelstunde gut. Dann sind wir kurz vor zehn Uhr bei der Aufbahrungshalle. Waren Sie der Erste?“

„Nein, ich war der Letzte.“

„Wie bitte?“

„Ich war der Letzte. Ich kam da an, alles war schon im Gange, es hat geregnet, meine Brille war angelaufen, ich habe niemanden erkennen können, Tante Hermine hat sich bei mir untergehakt und ich habe ihr meinen Burberry überlassen, weil sie fror.“

„Name und Anschrift von Tante Hermine.“

„Keine Ahnung.“

„Wie, Sie kennen weder Name noch Anschrift Ihrer Tante?“

„Es war ja gar nicht meine Tante. Ich dachte nur, sie wär's. Als sie mich für ihren Neffen Gerhard hielt, dachte ich, sie sei wohl über die Jahre ein bisschen verwirrt geworden. Doch nach dem Absenken des Sarges in das Grab, beim Weg zum Friedhofsausgang, sehe ich die Stögerin, wie sie einer Gruppe von Sargträgern folgt. Da wusste ich, die Frau, der ich meinen Burberry überließ, war nicht Tante Hermine, und ich war beim falschen Begräbnis, weil ich zu früh dran war, also bei dem Zehn-Uhr-Begräbnis, das vor dem meiner Mutter angesetzt war.“

„Haben Sie denn keine Uhr?“

„Nein, ich habe ein Handy. Aber es ging alles so schnell. Ich kam bei der Aufbahrungshalle an, es war schon eine ganze Menge Leute da, ich habe mich noch darüber gewundert, die Kerzen brannten, ein Priester fing mit dem Gebet an und los ging's."

„Da war es also zehn Uhr."

„Ja. Und als das Begräbnis vorbei war, sehe ich die Stögerin hinter einem Sarg hergehen und den Mistelzweig."

„Den Mistelzweig."

„Ja, meine Mutter wünschte sich einen Mistelzweig statt Blumen zu ihrer Bestattung."

„Wieso einen Mistelzweig?"

„Mein Vater hat ihr dereinst einen mit Pfeil und Bogen von einem Baum runtergeschossen. So hat er sie kennengelernt."

„Und warum haben Sie Agnes Brunner getötet?", fragte Ilse Strasser ganz unvermittelt.

Das brachte Alfred aus dem Konzept.

Falls er eines hatte, schränkte Ilse Strasser ein.

Er sortierte sich und jammerte: „Aber warum hätte ich Agnes töten sollen?"

„Das kann ich Ihnen sagen: Sie ist Ihnen auf die Schliche gekommen und wollte Sie anzeigen."

„Weshalb hätte sie mich anzeigen sollen?"

„Weil Sie ihre Lebensversicherung abgeräumt haben. Als Angestellter der Versicherung war Ihnen das vielleicht irgendwie möglich. Und 144.000 Euro sind eine große Versuchung. Der konnten Sie nicht widerstehen. Doch Agnes Brunner war Ihnen auf die Schliche gekommen, so wie wir jetzt. Es gab nämlich noch eine Kopie von der Polizze im Bankschließfach. Auf die ist unser Kollege Korninger gestoßen." Mit diesen Worten schob sie Alfred das Stück Papier über den Tisch.

Der würdigte es keines Blickes, sondern war sprachlos. Erst nach dreimaligem Schlucken brachte er ein „Davon weiß ich nichts!" heraus.

„Ich aber frage mich, was Sie mit dem vielen Geld gemacht haben, Herr Eder? Hatten Sie Schulden, haben Sie im Casino auf die falsche Nummer gesetzt oder auf der Rennbahn aufs falsche Pferd? Haben Sie Kredite aufgenommen, um sich von dem Geld Aktien zu kaufen, und sich dabei verzockt? Sagen Sie es uns lieber gleich. Wir finden es ja doch heraus."

„Ich habe mich nicht verzockt, ich bin auch kein Spieler, sondern spare. Ich weiß nur manchmal nicht, wofür und worauf, denn ich brauche so gut wie nichts."

„Schwafeln hat keinen Sinn, Herr Eder. Aber ich nehme Ihre Auslassung dazu mal so zur Kenntnis. Denn mir stellt sich noch eine ganz andere Frage: Meine Kollegen haben den Akt zum Selbstmord eines gewissen Alfredo Cingali ausgehoben. Ihr Vater, stimmt's?"

„Ja."

„Sie sind außerehelich geboren. Doch dieser Alfredo Cingali hat die Vaterschaft anerkannt. Sie aber behielten mit ‚Eder' den Namen der Mutter. Ist das so weit korrekt?"

Ganz offensichtlich hatte sie einen wunden Punkt getroffen. Alfred zog die Augen zu einem bösen Blick zusammen und schob die Frage von sich: „Was spielt das hier für eine Rolle?"

„Abwarten. Was war Ihr Vater von Beruf?"

„Artist."

„Tragen Sie manchmal Frauenkleider, Herr Eder? Sie können es ruhig zugeben, es ist ja nicht verboten."

Alfred sah sie nur verständnislos an.

Ilse Strasser fuhr fort: „Nach der Selbstmordakte war Ihr Vater ein Mann vom Zirkus, ein meisterhafter Messerwerfer und ein Clown, der mit seiner Nummer als tollpatschiger Bogenschütze das Publikum zum Lachen bringen konnte. Bis er sich erhängte. In Frauenkleidern. Jetzt frage ich mich, gibt es da etwas in dem Dreieck Mutter Eder, Sohn Eder und Agnes Brunner, das wir nicht sehen, das Sie empfindlich getroffen hat und ausrasten ließ?“

„Ich kann mich an meinen Vater nicht erinnern. Ich war drei Jahre alt, als er starb.“

„Ich weiß, ich weiß. Aber Sie fragten, warum Sie Agnes Brunner erschlagen hätten sollen, wo Sie doch an ihrem Geld gar nicht interessiert waren. Und ich komme da zu folgendem Punkt: Ihr Vater war, was sein Geschlecht und seine Sexualität betrifft, na sagen wir, unschlüssig. Nachdem er sich in Frauenkleidern erhängt hatte, betete Ihre Mutter zu Gott, dass Sie nichts davon in den Genen hätten. Wir wissen, dass solche Neigungen nicht vererblich sind, aber Ihre Mutter hatte da vielleicht ihre Zweifel. Und als Sie das Mannesalter erreicht hatten und kein besonderes Interesse an Frauen zeigten, wollte sie es genau wissen. Sie schickte Sie mit dem Holunderlikör zu Agnes Brunner, um herauszufinden, was da bei Ihnen so lief. Vielleicht lief da gar nichts, zumindest nichts Normales, und Sie wurden bloß ein Buchhalter des Lasters und haben – gemeinsam mit Agnes Brunner – der Mutter bloß etwas vorgemacht, um sie zu beruhigen.“

„Und die Stögerin?“, fragte Alfred mit einem Anflug von Stolz.

„Ja, die Stögerin. Die hat Ihnen wohl mächtig auf die Sprünge geholfen. Sagt man doch so, oder?“

Er reagierte nicht.

„Damit wir uns richtig verstehen, Herr Eder. Ihre sexuellen Präferenzen oder Neigungen interessieren mich nur, weil sie mich zu Ihrem Motiv für das abscheuliche Verbrechen führen könnten. An Habgier glaube ich nicht. Bleibt Eifersucht oder eine schreckliche Demütigung, die Sie durch das Verhalten des Opfers erleiden mussten. Und ich frage mich, ich frage Sie: Was kann es gewesen sein?“

War das zu fassen? Ungeachtet anderer Sorgen, die der Mann haben musste, sah er sie mit der Bewunderung eines Achtzehnjährigen an. Obwohl Ilse Strasser solche Blicke gewohnt war, verwirrten sie sie diesmal. Hatte sie einen Triebtäter vor sich sitzen? Sie musste die Stögerin dazu befragen. Musste sie vor ihm vielleicht gar geschützt werden?

In sachlichem Ton fuhr sie fort: „Wie war das eigentlich, wenn Sie bei Agnes Brunner waren und ein Freier kam? Sind Sie dann schnell weg?“

„Wenn dafür Zeit blieb, ja.“

„Und wenn nicht?“

„Ging ich ins Nebenzimmer und verhielt mich ruhig.“

„Ach, und das hat Sie angemacht. Sind Sie ein Voyeur, Herr Eder?“

„Nein, da war nichts. Die Männer kamen, zahlten, Agnes machte die Beine breit, und schon waren sie wieder weg. Gesprochen wurde kaum, ab und zu hörte ich durch die Tür einen Lacher. Das war alles.“

„Und wie viel zahlten die Freier?“

„Zwischen achtzig und hundert Euro.“

„Also, ich fasse zusammen: Es gab nichts zwischen Ihnen und Agnes Brunner, was dem entsprochen hätte, wofür sie im Regelfall von ihren Männern bezahlt wurde?“

„So ist es. Ich bezahlte sie nicht dafür.“

„Sie wollen mir damit aber nicht sagen, dass abgesehen vom Sexuellen auch Gefühle im Spiel waren?“

„Doch, möchte ich. Ich hatte Agnes gern.“ Er überlegte und ergänzte zögernd: „Jedenfalls war ich gern bei ihr.“

„Also doch ein Voyeur oder vielleicht ein leidenschaftlicher Lauscher?"

„Weder noch."

„Aber Sie waren gern bei ihr, mochten ihre Gesellschaft, waren ihr Vertrauter, sagten Sie. Wissen Sie, ob Agnes Brunner, wie manche dieser Damen, Buch führte, mit Namen darin, vielleicht sogar Telefonnummern? Wissen Sie etwas davon?"

„Nein. Und ich glaube nicht, dass es so etwas gibt. Aber vielleicht über ihr Handy?"

„Ach, sie hatte neben dem Tischtelefon auch noch ein Handy? Gefunden haben wir keines. Wissen Sie vielleicht die Nummer?"

Klar, dass Alfred sie wusste. Er war aber so aufgeregt, dass er sich nicht darauf konzentrieren konnte. Doch er hatte sie eingespeichert. Allerdings hatte er sein Handy nicht dabei.

Das hätte Ilse Strasser nur zu gern gesehen. Deshalb sagte sie: „Kein Problem. Wohnt Frau Stöger eigentlich ständig bei Ihnen?"

„Ehrlich gesagt, ich weiß es nicht."

„Aber jetzt wäre sie in Ihrer Wohnung anzutreffen."

„Ja, ich glaube schon."

„Gut." Sie wandte sich an Pfeiffer: „Hör zu Leo, Korninger soll zur Wohnung Eder gehen und sich das Handy aushändigen lassen. Sollte Frau Stöger Zicken machen, bring sie hierher. Aber mit Herrn Eders Handy."

„Kann ich nicht mitgehen?", fragte Alfred kleinlaut.

Ilse Strasser überlegte. Schließlich sagte sie: „Na gut, Sie begleiten meinen Kollegen, kommen aber mit ihm wieder hierher, mit Handy, Kontoauszügen, Sparbüchern und Ihrem Aktienportfolio, so Sie eines haben. Ich will Ihre Vermögensangaben bis ins Detail hier vor mir ausbreiten können, okay?"

Dieses Arrangement war höchst ungewöhnlich. Ilse Strasser konnte nur darauf hoffen, dass Alfred einwilligen würde, denn für eine richterlich angeordnete Hausdurchsuchung mit Lupe und feinhaarigem Besen hatte sie zu wenig, eigentlich so gut wie nichts in der Hand.

Eine halbe Stunde später waren Korninger und Alfred zurück. Sie breitete die Papiere zu seinen Vermögensbeständen wie Patiencekarten vor sich aus. Auf dem Gehaltskonto hatte er ein Guthaben von 6000 Euro und ein paar Zerquetschte. Den Kontobewegungen nach hatte Alfred Monat für Monat fast sein gesamtes Einkommen auf Sparbücher überwiesen, wovon er ab und an Tranchen in Aktien und Immobilienfonds investierte, deren Papiere ihr wenig sagten. Es gab jedoch eine Auflistung der letzten Kurse und darunter die Summe. Danach betrug der Wert der Papiere nicht ganz 212.000 Euro.

„Alle Achtung, Herr Eder, Sie konnten ja fast Ihr gesamtes Einkommen anlegen. Wovon haben Sie eigentlich gelebt?"

„Ich brauchte nichts."

„Na ja, der Mensch isst, muss sich kleiden, hat einen Hund, geht auf die Jagd, fährt Auto, das kostet doch."

„Darum hat sich Mutter gekümmert."

„Gekümmert ist gut. Sie hat wohl alles bezahlt. Das ist Hotel Mama plus, gratuliere. War Ihre Mutter vermögend?"

„Nein, sie hatte ihre Pension, und zum Sparen blieb ihr nicht viel."

„Letzteres glaube ich aufs Wort. Ein Sohn wie Sie kostet."

Ilse Strasser überlegte noch mal kurz und entschied schließlich: „Gut, das wär's für heute. Sie halten sich aber zu unserer Verfügung. Bis die Spurensicherung Ihren Anzug nach Blutspuren gefilzt hat, will ich Sie in Baden wissen, klar?"

Alfred sah sie lange an und bewunderte einmal mehr ihr Auftreten. Diese Sicherheit, diese Zielstrebigkeit. War das naturgegeben, lernte man das bei der Polizei, oder hatte man es nur drauf, weil man den Tross des Sicherheitsapparats eines Staates mit all seinen Instanzen hinter sich wusste?

Gleichzeitig taxierte ihn Ilse Strasser, versuchte seine Gedanken zu lesen, kam zu keiner sicheren Erkenntnis, ärgerte sich darüber und scheuchte ihn fort: „Wie gesagt, Herr Eder, auf Wiedersehen, wir brauchen hier Platz."

„Da ist noch etwas", sagte er zögernd.

„Und das wäre?"

„In den Sachen von Agnes Brunner fehlte ihre Pistole."

„Ach, sie hatte eine Pistole! Wie schön, dass Ihnen das endlich einfällt."

„Ja, um sich zu schützen."

„Hatte sie auch einen Waffenschein?"

„Ich glaube nicht."

„Wissen Sie, welches Modell?"

„Nein, keine Ahnung."

„Gut, mein Kollege Korninger wird Ihnen alle gängigen Modelle auf dem Bildschirm zeigen. Vielleicht ist das von Agnes Brunners Waffe darunter."

Es war darunter. Eine Mauser 7,65.

Unten auf der Straße atmete Alfred erst einmal tief durch. Zu der Lebensversicherungspolizze, von der Ilse Strasser sprach, musste er mehr erfahren. Noch auf dem Weg zu seiner Wohnung rief er Abteilungsleiterin Greilinger an. Zu Hause war er ja nicht ungestört, wegen der Stögerin.

Die Abteilungsleiterin zeigte sich informiert, erzählte vom Anruf der Polizei und meinte, der Abschluss sei schon vor vierzehn Jahren zustande gekommen. „Da wurden Sie gerade angelernt, Herr Eder."

„Und die Frau Brunner hat sie persönlich aufgelöst und den Betrag behoben?"

„So ist es."

„Komisch", dachte Alfred. Er wusste nichts davon und hatte keine Ahnung, dass Agnes zwischendurch mal in Wien gewesen war. Gern hätte er die Greilinger weiter befragt, wollte aber nichts tun, woraus sie Verdacht schöpfen könnte, dass es zwischen Agnes und ihm mehr gab als ein bloßes Vertreter-Kundinnen-Verhältnis. Damit blieb das Rätsel Lebensversicherung im Raum stehen. Und Agnes soll sie behoben haben? Sie ging doch nie aus dem Haus? Und was war mit dem Geld geschehen? Und warum hat sie ihm nichts davon gesagt? Hatte sie doch irgendwo Angehörige, von denen er nichts wusste? War sie vielleicht erpresst worden? Hatte sie ihm vielleicht gar misstraut? Sie war irgendwie anders gewesen in letzter Zeit, manchmal richtig abweisend. Danach aber war sie immer doppelt freundlich und hatte entschuldigend gemeint, irgendetwas stimme nicht mit ihren Hormonen.

4

Gleich nachdem Ilse Strasser Agnes Brunners Handynummer erfahren hatte, ließ sie das Gerät orten. Nichts. Sie bemühte sich um die Liste der ein- und abgehenden Anrufe seit Zuordnung an die Teilnehmerin. Der Mann des Netzanbieters konnte nur lachen, als Ilse Strasser Unverzüglichkeit einmahnte. Ohne Unterschrift vom zuständigen Richter ginge da gar nichts. „Die richterliche Anordnung nachbringen? Ich glaub, ich hör nicht recht", war alles, was sie dem Laffen entlocken konnte.

So wurde es Dienstag, bevor man sich über die Liste der eingehenden Anrufe des Mordopfers beugen konnte. Es waren an die achtzig verschiedene Nummern. Der Frequenz der einzelnen Anrufer nach etwa die Hälfte davon Stammkunden. Ilse Strasser stöhnte: „Okay, Korninger, so viele Alibiüberprüfungen schaffen wir nicht allein. Da brauchen wir die Amtshilfe der Kollegen in den Kommissariaten. Aber überzeugen Sie sich, dass die Kollegen draußen dafür genug Grütze haben."

Hans Leopoldi von der Spurensicherung wartete mit einer guten und einer schlechten Nachricht auf. Ilse Strasser wollte zuerst die gute hören. „Okay, Eders Anzug ist noch jungfräulich. Damit will ich sagen, er hat noch nie eine chemische Reinigung von innen gesehen."

„Gut, Poldi. Dann kenn ich also auch die schlechte. Kein Blut vom Opfer im Gewebe."

„Gewonnen."

Obwohl Ilse Strasser mit diesem Ergebnis gerechnet hatte, war sie enttäuscht. Sie brauchte konkrete Anhaltspunkte, um diesen Alfred ordentlich grillen zu können, und so mehr über diesen sonderbaren Typen zu erfahren. Und ein paar ihrer Daumenschrauben hätten dem verwöhnten Muttersöhnchen mit Kost und Logis im Hotel Mama sicherlich nicht geschadet.

Doch schon der nächste Tag wartete mit einer Gelegenheit dazu auf. Einer Frau war nämlich ein Mann aufgefallen, der zur Tatzeit vor Agnes Brunners Wohnhaus seinen Wagen kurz angehalten habe und bei Ansicht der Zeugin Gas gegeben und weitergefahren sei. Am oberen Ende der Straße habe er dann geparkt.

Was daran auffällig gewesen sei, wollte Pfeiffer von der Frau wissen.

„Ich hatte ein Taxi gerufen, und als ein Wagen vor mir hielt, dachte ich, das sei es. Als der Mann hinter dem Steuer weiterfuhr, habe ich das Wiener Kennzeichen gesehen und meinen Irrtum gemerkt. Der Mann ist dann die Straße heruntergekommen und, als er sah, dass ich noch immer vor der Haustür stand, wieder zu seinem Wagen zurückgegangen. Vielleicht hat er etwas vergessen gehabt, weiß ich nicht. Doch sein Verhalten kam mir irgendwie komisch vor. Danach kam mein Taxi. Viel ist es nicht, aber ich dachte, ich melde es."

Außer dass der Mann einen Mantel angehabt und einen Hut auf hatte, der fragliche Wagen blau oder schwarz gewesen war mit dem W für Wien auf dem Kennzeichen, konnte die Frau keine Angaben machen. Aber sie konnte das Gesicht des Fahrers beschreiben. Es wurde ein Phantombild angefertigt, das mit etwas Fantasie und Wollen Alfred Eders Gesicht glich. Zudem hatte sein Dienstwagen ein Wiener Kennzeichen. „Also gut, Gegenüberstellung", ordnete Ilse Strasser an.

Hinter dem dafür vorgesehenen Glasverbau bildeten sechs Mann eine Reihe mit Alfred in der Mitte. Die Zeugin schritt sie ab und beschied: „Dieser Mann könnte es dem Gesicht nach vielleicht gewesen sein. Aber er ist zu groß und zu schlank. Der Mann, der die Straße herunterkam und kehrtmachte, als er mich bemerkte, war kleiner als dieser hier und eher pummelig."

Dabei zeigte sie auf den Mann neben Eder, dessen Gesicht dem Phantombild nicht mal nahekam, fand Strasser.

Beim allgemeinen Abgang hielt sie Alfred zurück und zeigte ihm das Phantombild. Er kannte ja die Männer, oder doch einige von ihnen, mit denen Agnes Brunner Umgang hatte. Alfred Eder besah sich lange das Blatt und meinte, das Gesicht auf dem Bild käme ihm irgendwie bekannt vor, aber er wisse nicht, an wen es ihn erinnere. Es sei ja auch eher ein Dutzendgesicht.

Indes erhielt Ilse Strasser den Anruf einer Frau. Nein, ihren Namen wolle sie besser nicht nennen. Sie gab an, sie habe zur fraglichen Zeit den Gerichtsvollzieher Franz Löffler vor dem Haus des Tatorts gesehen.

„Der wird halt unterwegs gewesen sein, um Kuckucke zu kleben", meinte Strasser leutselig.

„Wohl kaum", entgegnete die Anruferin spitz. „Dieser Teil Badens gehört nämlich nicht zu seinem Rayon. Aber bitte, wenn Sie glauben, ich will nichts gesagt haben." Und patsch, mit dem letzten Wort hatte die Anruferin auch schon aufgelegt.

„Anrufnummer feststellen, herausfinden, ob die Frau dem Löffler etwas anhängen will. Ein Exekutor ist ja nicht immer allseits beliebt", gab Strasser an Korninger weiter und wählte schon die Nummer des Bezirksgerichts. Löffler war natürlich nur über sein Handy zu erreichen. Also, Handynummer.

„Löffler."

Mit „Entschuldigung, falsch verbunden" legte Ilse Strasser auf. Sie wollte Löffler bei seinen Amtshandlungen überraschen. Die Frage „Was hatten Sie zur Tatzeit in der Nähe des Tatorts zu suchen?“ war nicht eine, die man am Telefon stellte. Besser persönlich. Das war aber nicht so einfach. Pfeiffer fand nämlich heraus, dass Gerichtsvollzieher ihre Touren selbst einteilten und niemand in seinem Büro wusste, wann er wo Kuckucke kleben würde. Pfeiffer musste Löfflers Chef veranlassen, seinen Mitarbeiter anzurufen, um zu erfahren, wo er amtshandle.

Mit diesem Wissen fuhren Ilse Strasser und Leo Pfeiffer los.

Löffler war gerade bemüht, in einem vergammelten Mietshaus ORF-Gebühren einzutreiben. Als er ins Freie trat, stellte sich Ilse Strasser ihm in den Weg und fragte unumwunden: „Herr Löffler, kennen Sie Agnes Brunner?“

„Ja, kannte ich.“

„Sie sagen ‚kannte‘, also wissen Sie, dass sie tot ist.“

„Ich lese Zeitung, höre Nachrichten.“

„Statt eines Namens gab es aber nur das B für Brunner.“

„Und ein Bild in der *Niederösterreich-Bild*. Trotz der Unschärfepixel habe ich gleich Bescheid gewusst.“

„Und woher kannten Sie Agnes Brunner?“

„Sie war meine Halbschwester.“

„Wie bitte? Wir haben alle Quellen ausgeschöpft und sind auf keine Angehörigen gestoßen.“

„Das wundert mich nicht. Mein Vater zeugte sie außerehelich und verschwieg ihre Existenz bis zu seinem Tod. Dann aber meldete sich Agnes Brunner und stellte Erbanforderungen. Mit Hilfe der DNA konnte sie die Berechtigung ihrer Ansprüche nachweisen. Das heißt, sie bekam die Hälfte meines Erbteils.“

„Wann war das?“

„Vor knapp zwanzig Jahren."

„Wie hoch war das Erbe?"

„Ich verglich mich mit ihr auf eine Summe von eineinhalb Millionen Schilling, die ich ihr bar auszahlte."

„Waren Sie denn so spontan flüssig?"

„Nein, ich verkaufte meine Eigentumswohnung und zog in das Haus meines Vaters, das ich seither mit meiner Mutter bewohne."

„Herr Löffler, ich muss Sie das jetzt fragen: Wo waren Sie am Donnerstag zwischen acht und neun Uhr?"

„Wahrscheinlich auf meiner Tour."

„Ich brauche es aber mit Sicherheit und bezeugt von Dritten. Würden Sie bitte mit uns aufs Kommando kommen? Hier auf der Straße konzentriert es sich so schwer."

„Ich habe aber Termine."

„Die säumigen Schuldner werden Ihr Ausbleiben gerne verschmerzen, glauben Sie mir, Herr Löffler."

Im Polizeikommando wiederholte Ilse Strasser ihre Melitta-Routine: „Ich mache uns erst einmal einen guten Kaffee, Herr Löffler. Ich filtere nämlich noch, genauer gesagt, wieder. Und Sie denken inzwischen darüber nach, wo Sie sich am Donnerstag zur besagten Zeit aufhielten. Nehmen Sie Milch und/oder Zucker und haben Sie vielleicht eine Waffe, Herr Löffler?"

„Ja, nein, nein."

„Nur fürs Protokoll, Herr Löffler: Also Milch ja, Zucker nein, Waffe nein?"

„Richtig. Ich trage aber stets eine Tränengaspistole bei mir, für den gar nicht so seltenen Fall, dass einer der Schuldner handgreiflich wird."

Anschließend fragte Ilse Strasser, ob er auch Filterkaffee besser fände als diese Brühe aus Kapseln. Löffler meinte, ja schon, er aber gieße für sich immer eine spezielle Marke Löskaffee auf. „Nicht meine Marotte, sondern eine der vielen meines Magens“, seufzte er dazu.

Danach ging es wieder um sein Alibi für die Tatzeit. „Ist Ihnen schon Verwertbares eingefallen, Herr Löffler?“

„Ich weiß nicht, wie wählerisch Sie sind, Frau Strasser. Ich kann nur sagen, ich war wohl unterwegs von meiner Wohnadresse zu den Adressen meines Rayons. Wie immer um diese Tageszeit.“

„Sie wurden aber vor dem Haus Ihrer Halbschwester gesehen, just zu dem Zeitpunkt, da sie meuchlings erschossen wurde. Wobei weder Ihre Wohnadresse noch Ihr Arbeitsgebiet auch nur angrenzt. Wie erklären Sie mir das?“

„Donnerstag, sagen Sie. Donnerstag also. Darf ich auf meinem Handy nachsehen?“

„Dürfen Sie, Herr Löffler, dürfen Sie.“

Er brauchte nicht lang. „Donnerstag hatte ich keine dienstlichen Vormittagstermine. Der Heurige oben bei der Bienenburg hatte ausgesteckt. Das heißt, ich ging durchs Rosarium im Doblhoffpark, übers Casino in den Kurpark und hinauf zur Pfadfinderhütte an der Hochstraße. Danach habe ich mir beim Heurigen eine Jause gegönnt.“

„Haben Sie unterwegs jemanden getroffen?“

„Nicht, dass ich wüsste ... Doch, Moment, so zwischen zehn und halb elf grüßte mich Helmut Kranz von der Trabrennbahn. Einer meiner Kunden.“

„Zehn, halb elf, damit sind Sie nicht aus dem Schneider, Herr Löffler. Und ohne Umweg liegt das Wohnhaus Ihrer Halbschwester auch nicht auf der von Ihnen beschriebenen Route. Mir geht es um die zwei Stunden vor dem Grußaustausch mit diesem Kranz. Also, ich höre.“

„Sie hören nichts, weil ich schon alles gesagt habe. Den genauen Weg, den ich gegangen bin, weiß ich nicht mehr. Für mich liegt Agnes' Adresse schon auf dem Weg. Eine Parallelgasse halt, ich bin sie vielleicht gegangen, weil sie die freundlichere ist. Weiß ich nicht mehr, will ich aber nicht ausschließen."

„Ist Ihnen zu der fraglichen Zeit irgendetwas aufgefallen?"

„Nein, nichts."

„War die Straße zu dieser Zeit befahren? Fuhr vielleicht ein Bus vor?"

„Weit und breit kein Verkehr. Bis auf ein Taxi. Ein Taxi habe ich gesehen, aber nicht weiter beachtet."

„Warum haben Sie uns das nicht gemeldet? Wir bettelten im Hörfunk geradezu darum!"

„Ich hab Sie nicht betteln gehört, und was hätte ich tun sollen? Sie anrufen und sagen: He, ich habe ein Taxi gesehen? Mir war ja bis jetzt nicht einmal klar, dass ich zur fraglichen Zeit in der Nähe des Tatorts war."

Ilse Strasser merkte, der Mann schaltete schnell oder hatte nichts zu verbergen. Also musste sie ihn provozieren. Wie ein Choleriker sah er schon aus. Vielleicht würde er explodieren und sich in Widersprüche verheddern. Mal schauen. „War es vielleicht so, dass Sie vom Testament erfuhren, das Ihre Halbschwester für den Fall ihres Todes bei Notar Fily aufsetzen hat lassen? Plötzlich waren Sie als ihr gesetzlicher Erbe raus. Sie wollten mit ihr reden, um im Fall ihres Todes zumindest wieder die 120.000 Euro von seinerzeit zurückbekommen. Sie war ja krank", klopfte Ilse Strasser auf den Busch.

„Krank? Davon weiß ich nichts. Und von meinem Geld wird sicherlich nichts mehr da sein. Halbseidene, wie meine Halbschwester, halten nichts vom Zusammenhalten, weder beim Umgang mit Geld noch bei ihren Beinen."

Ilse Strassers Inneres empfand bei diesen Worten Abscheu vor diesem Löffler. Doch sie wollte Persönliches über Agnes Brunner erfahren, bezwang ihre Abneigung und fragte weiter: „Wie war eigentlich die Mutter Ihrer Halbschwester? Kannten Sie sie?"

„Nein. Ich bin ihr nie begegnet und wollte auch nie etwas über sie erfahren."

„Was hat Sie so abgestoßen, Herr Löffler? Moralisches? Oder die Tatsache, dass es plötzlich eine Miterbin gab? Ich meine, 120.000 Euro kann man statt teilen auch anders anlegen, da bin ich voll bei Ihnen."

„Dazu möchte ich nichts sagen. Aber es war zu keiner Zeit so, dass mein Vater den Ruf hatte, sich mit Weibern außerehelich herumzutreiben. Wer weiß, wie sie ihn drangekriegt hat."

„Wer wen?"

„Na diese Frau meinen Vater."

„Das mit dem Drankriegen hätte aber auch umgekehrt sein können. Er sie, meinen Sie nicht auch, Herr Löffler? Wir wissen ja nichts über Charakter und Aussehen dieser Dame. Vielleicht war sie eine strahlende Schönheit, und nicht sie stellte Ihrem Vater nach, sondern er ihr. Sie wissen es nicht, ich weiß es nicht. Ist das richtig, Herr Löffler?"

„Aber ich weiß, dass mein Vater nicht so einer war."

„Ach, Herr Löffler. Aber gut, wenn Sie es so eng sehen wollen, sehen Sie es halt so. Hat ja mit dem Fall nicht direkt zu tun."

Löffler gab einen grunzenden Laut von sich und Ilse Strasser überlegte: Hatte sie genug in der Hand, um diesen Lackel in U-Haft zu nehmen? Nein. Aber eine improvisierte Gegenüberstellung würde ihr Zeit für primäre Recherchen geben. Vielleicht fand sich etwas, was diesen Protz explodieren ließ und es aus ihm herausplatzen würde. Jedenfalls hielt sie dies für möglich bis wahrscheinlich. Deshalb rief sie nach Korninger und dekretierte: „Herr Löffler wird uns noch eine Weile Gesellschaft leisten. Kann er bei dir im Büro warten, bis wir alles für eine Gegenüberstellung arrangiert haben?"

„Wozu eine Gegenüberstellung? Ich gebe ja zu, dass ich zur fraglichen Zeit am Tatort war", polterte Löffler.

„Ach, am Tatort? Warum sagen Sie das nicht gleich. Ich dachte, in der Nähe des Tatorts."

„Ich meinte, nicht bei meiner Halbschwester, also am Tatort, sondern in der Nähe. Ich habe mich nur schlecht ausgedrückt. Reicht das?"

„Nein, das reicht nicht. Sie warten hier auf eine Gegenüberstellung. Kollege Korninger, Sie übernehmen."

Der wies Löffler den Weg und ging mit ihm nach draußen.

Die Gegenüberstellung hatte sie sich als Farce gedacht, um Zeit zu gewinnen, Zeit, in der sie abfischen konnte, was über Löffler so auf der Datenoberfläche herumschwamm. Tiefenforschung bei Bedarf später.

Ihre erste Recherche ergab: Löffler Franz, gelernter Kfz-Mechaniker, seit sechs Jahren als Gerichtsvollzieher im Dienst des Bezirksgerichts Baden. Drei Verfahren, weil er bei Zwangsdelogierungen Schuldner, die ihn angegriffen hatten, krankenhausreif geprügelt hatte. In den Verfahren wurde jeweils sein maßvolles Vorgehen gegen die Angreifer betont. Das sagte wenig über Löfflers Charakter aus. Zwangsvollstrecker wurden einerseits immer wieder bei der Wahrnehmung ihrer Pflichten von Schuldnern angegriffen, andererseits in Verfahren zu unangemessener Gegenwehr im Regelfall mit beschönigenden Worten bedacht – es sei denn, es gab Tote.

Für all das hatte Ilse Strasser auch ein gewisses Maß an Verständnis. Der Beruf des Gerichtsvollziehers war keiner von den leichteren und sie hätte mit keinem von ihnen getauscht. Der Jammer war, dass der Beruf unerlässlich war, um das Rad des Kapitalismus auf Spur zu halten. Und dass der, der zu einem bestimmten Preis lieferte, für seine Lieferung den vereinbarten Preis bezahlt bekommen sollte, galt als ethisch und verstand sich von selbst.

Ilse Strasser fand weiters heraus, dass Löffler mit zweiundzwanzig geheiratet hatte. Eine ursprünglich ungarische Staatsbürgerin, acht Jahre älter als er, die vor nicht ganz einem Jahr verstorben war. Er hatte zwei Söhne, einer war Gymnasiallehrer, zurzeit auf Sabbatical in Italien, der andere Rechtsanwalt in Eisenstadt. Ilse Strasser erinnerte sich, mit dem schon mal zu tun gehabt zu haben.

Sie rief Korninger an. „Der Löffler ist ja bei dir. Also antworte nur mit ja oder nein, damit er nichts mitbekommt." Danach klapperte sie ab: „Einer seiner beiden Söhne ist Anwalt, hat er den vielleicht schon angerufen oder ihm ein SMS geschickt?"

„Nein, nichts dergleichen."

„Er sitzt also einfach nur da, sehe ich das richtig?"

„Ja."

Danach ließ sie ein paar Kollegen mit der Maßgabe „Aussehen egal, nur männlich müssen sie sein!" zusammentrommeln. Löffler musste zur Gegenüberstellung ihre Reihe schließen. Hinter der sogenannten „halbsichtigen Auslage".

„Und jetzt?", wunderte sich auf der anderen Seite der Scheibe Pfeiffer, der meinte, etwas versäumt zu haben.

„Jetzt? Nichts. Wir lassen drei Minuten vergehen, bedanken uns bei Löffler und lassen ihn ziehen."

„Sonst nichts?"

„Sonst nichts. Oder weißt du etwas, das ich nicht weiß?“

Pfeiffer verneinte, Ilse Strasser schärfte sich auf Löffler ein, wollte genau sehen, wie er reagierte, und musste feststellen: Gar nicht. Er reagierte gar nicht. Sowie sie meinte, die Zeit für eine wirklichkeitsnahe Inszenierung sei um, entließ sie die Männer und bedankte sich kurz angebunden bei Löffler.

Doch der protestierte: „Nein, nein, so geht das nicht!“

Aha, jetzt kommt’s, sagte sich Ilse Strasser. Das Poltern, dass sein Sohn Rechtsanwalt sei und dass alles ein Nachspiel haben werde und so weiter und so weiter.

Doch siehe da, nichts dergleichen. Löffler wollte nur eine ordnungsgemäße Bestätigung für seinen Dienstvorgesetzten, dass er zur Klärung in einer polizeilichen Untersuchung seine Schicht unterbrechen musste. „So viel Ordnung muss sein, Frau Strasser. Meinen Sie als Beamtin nicht auch?“

Die nächsten Tage summte es in der Abteilung Strasser wie im sprichwörtlichen Bienenkorb. Korninger hatte die Anruferin ausfindig gemacht, die Löffler zur fraglichen Zeit in Tatortnähe gesehen hatte oder gesehen haben wollte. Sie hatte vor kurzem tatsächlich von ihm als Exekutor Besuch bekommen, weil sie es beim Einkauf übers Internet notorisch übertrieben hatte, wie Korninger beim Kreditschutz herausfand.

„Mit der haben Sie es sich verscherzt, Frau Kontrollinspektor. Die Frau will nie wieder der Polizei bei der Verbrechensbekämpfung helfen. Sie wollte doch anonym bleiben, sagt sie, und Sie hätten ihr am Telefon Diskretion zugesichert.“

Ilse Strasser schüttelte dazu nur den Kopf. Es lag Wichtigeres an. Über die Mordwaffe war außer dem Kaliber nichts Definitives herauszufinden. Ungereimtheiten, die sich aus den Rechercheergebnissen der Kollegen in den Kommissariaten draußen ergaben, waren abzuarbeiten. Ilse Strasser befragte einige von ihnen, um sich nicht nur vom Sachverhalt, sondern auch von der Intelligenz der Einzelnen zu überzeugen. Eines war ihr schon auf den ersten Blick aufgefallen: Entweder hatte sich das Hauptschulniveau im Pflichtfach Deutsch in den letzten zehn Jahren geradezu überschlagen oder die jungen Inspektoren waren Meister im Umgang mit dem neuen Rechtschreibprogramm auf dem Zentralcomputer.

Sie fand, die Berichte schmeckten irgendwie süßsauer. Sauer ihre Ergebnislosigkeit, süß das Bemühen der jungen Kollegen, ja nichts zu übersehen oder gar Befragte zu verletzen. Immerhin hatten es bisweilen kaum dreißigjährige Erhebungsbeamte mit Seitensprüngen von Dorfhonoratioren unter Rotlicht zu tun. Das war bestimmt nicht immer leicht. Schon gar nicht, wenn man vielleicht mit den Befragten im selben Dorf wohnte.

Korninger drehte indes jeden Stein auf dem Lebensweg dieses Löffler um. Pfeiffer wiederum hatte sich restlos in Alfreds Hosen verbissen und war richtig happy, als ihm der Journalrichter die Erlaubnis zu einer Hausdurchsuchung unterschrieb.

So bekam es Pfeiffer mit Elvira Stöger zu tun. Wie ein Drache achtete sie darauf, dass die Aktion nicht so bühnenreif ausartete wie in einem sonntäglichen *Tatort*.

„Wenn der Eder der Täter war, büßt er schon", brummte Leo Pfeiffer halblaut in sich hinein.

Die Stögerin aber hatte gute Ohren: „Was war das, habe ich richtig gehört?", kreischte sie.

Pfeiffer ignorierte ihr Aufbegehren und sagte zu den Kollegen der Spusi: „Ihr braucht mich ja nicht", und weg war er.

Die Zeit lief dahin, die Ermittler in Sachen Mord an Agnes Brunner hingegen traten auf der Stelle. Oberst Koller, der Dienststellenleiter, ließ sich einmal wöchentlich berichten und nickte jedes Mal bei diesen Anlässen. „Wird schon, Frau Kontrollinspektorin Strasser. Wird schon."

Den Frust des Auf-der-Stelle-Tretens unterbrach eine Vorladung an Ilse Strasser, die sie aufforderte, vor dem Eisenstädter Gericht auszusagen. In einem Verfahren mit Doktor Löffler als Anwalt des Angeklagten. Sie blieb nach der Einvernahme im Saal, um das Plädoyer des Sohnes des Gerichtsvollziehers aus Baden zu hören und ihn danach eventuell kurz zu sprechen.

Der Anwalt Löffler war nach der Verhandlung wie verwandelt. Es war, als hätte er im Gerichtssaal eine Maske getragen, so sehr unterschied sich sein freundliches Erscheinungsbild in Zivil. Er war höflich, gab einen gekonnt witzigen Kommentar zur Tagespolitik ab und zog sich in dem kleinen Espresso vis-à-vis des Gerichtsgebäudes seine Melange rein, als ob er sich seit Tagen darauf gefreut hätte, mit Ilse Strasser Kaffee zu trinken.

Im Grunde hätte er zwei Väter gehabt, erzählte er. Den einen, der sich als Kfz-Mechaniker selbst nie gut genug war, abends für die Matura auf dem zweiten Bildungsweg büffelte, um studieren zu können, und sich dabei schwertat. Weshalb er und der Bruder sich abends nie mucksen durften. Und dann den anderen, der bei der Abschlussprüfung gescheitert war, Gerichtsvollzieher statt Anwalt oder Richter wurde, sich verschloss wie eine Auster. Aber zu dessen Ehre schon gesagt werden musste, dass er Dritten gegenüber nie härter war als gegen sich selbst. Und: „Ob Sie es glauben oder nicht, ich habe meinen Vater nie lachen sehen."

„Kannten Sie Agnes Brunner, Ihre Halbtante?"

„Nein."

„Sie wissen, ich muss Sie jetzt fragen ..."

„... wo ich zur Tatzeit war. Schon klar."

Er sah in seinem Verhandlungskalender nach: „Da verlor ich mit Pauken und Trompeten einen Prozess gegen einen dieser mit allen Wassern gewaschenen Telefon- und Internetanbieter."

Ilse Strasser ließ sich die Geschäftszahl geben, sprach mit dem Richter, bekam alles bestätigt, Löffler Junior hatte mit dem Fall Agnes Brunner nicht das Geringste zu tun.

In dieses Ergebnisvakuum brachte Korninger Abwechslung. Einer der regelmäßigen Kunden von Agnes Brunner sei ein Baggerfahrer aus Bad Vöslau. Ein wahres Drumm von einem Mannsbild. Neben dem blieb in seiner Baggerkabine kaum noch Platz für sein Jausenbrot, so massig sei er. Dessen Fingerabdrücke habe die Spusi auf dem bewussten Fensterbrett gefunden, unter dem die Tote ihre Schätze aufbewahrt hatte.

„Und, wie hat er das erklärt?"

„Er hätte einmal aus dem Fenster geguckt, weil es draußen nach einem Blechschaden gescheppert hätte und er seinen Wagen vor dem Haus geparkt hatte. Dabei hätte er sich wahrscheinlich aufgestützt."

„Alibi?"

„Er hätte zur Tatzeit ein Baugrundstück für das Fundament einer Bodenplatte geebnet. Vor Ort war niemand, also konnte es auch niemand bezeugen. Das Bauvorhaben befindet sich auf einem großen Grundstück in einem wenig besiedelten Ortsteil. Ein Nachbar konnte nur bestätigen, dass am Abend des Tages das Grundstück eben war und der Bagger von der Baufirma abgeholt wurde."

„Also bestenfalls ein halbes Alibi. Und was sagt Ihnen Ihr Gefühl, Korninger?“

„Ich glaube nicht, dass sein Zeigefinger durch die Öse um den Abzugshahn passt, ohne dass der Schuss schon vorm Zielen losgeht. Vor allem glaube ich nicht, dass er als Mordwerkzeug eine Pistole wählen würde. Ein Kantenschlag von ihm würde reichen, um Agnes Brunner fatal zu verletzen.“

Ilse Strasser überlegte und sagte nur: „Dranbleiben, Korninger. Dranbleiben.“

Doch alles Dranbleiben und Suchen – ihres, das Pfeiffers und das stille Mahlen der Mühlen Korningers – erbrachten nichts. Die folgenden Wochen wehrte sich Ilse Strasser, den Fall Brunner als Cold Case zu archivieren. Immer wieder blätterte sie die drei Ordner durch. Die Namen Alfred Eder und Franz Löffler ragten darin als die heraus, die nicht hundert Prozent aus dem Schneider waren.

„Mit Ruhm habe ich mich da nicht bekleckert“, sagte sie sich. Und als Nachsatz: „Da muss noch was kommen.“

5

Zunächst kam nur der Winter und danach das Frühjahr des nächsten Jahres, und Ilse Strasser samt Team traten im Tötungsdelikt Agnes Brunner noch immer auf der Stelle. Anders die Dinge bei Alfred Eder. Er hatte sich in den letzten Wochen und Monaten stetig verwandelt. Es schien, als würde er sich entpuppen, als hätte er nach kümmerlichen Jahren mit einem neuen, erfüllten Leben begonnen. Wie eine Raupe, der plötzlich Flügel wuchsen, woraufhin sie zu flattern begann. Mit freundlichem Interesse grüßte er den Ober, wenn er ins Zentral auf eine Jause ging, fragte sogar ehrlich interessiert nach dessen Befinden. Früher war er an ihm vorbeigeschlichen und hatte sich kaum getraut, dessen Gruß zu erwidern. Er lehnte dankend ab, wenn ihn der Pferdeschwanz hinter der Fleischtheke beim Spar fragte, ob es in seiner Leberkässemmel ein bisschen mehr sein dürfe, und erklärte ihm, dass es auf das richtige Verhältnis zwischen Backware und Fleisch ankomme. Früher hatte ihm die Mutter mit einem „wozu dafür Geld ausgeben" das Haar geschnitten, jetzt ging er zum Friseur, ließ sich einen ordentlichen Schnitt verpassen und erklärte genau, was er mit ordentlich meinte. Er übernahm den aktiven Part im Treiben mit der Stögerin und genoss es, wenn sie sich danach mit der Tageszeitung Kühlung zufächern musste. Früher hatte sich alles auf das „na komm halt" beschränkt, zu dem Agnes ihren Schoß öffnete. Und zum Halali erschien er nicht nur in Begleitung einer Frau, sondern in Begleitung einer solchen, nach der sich die Jagdfreunde umdrehten. Alfred lehnte sogar ab, als ihn einer von ihnen bat, tausend Euro für ihn anzulegen. Es müssten schon zehntausend sein, sonst würde sich für ihn die

Mühe nicht lohnen. Vor gar nicht so langer Zeit wäre er froh gewesen, von diesem Mann überhaupt angesprochen zu werden.

Ein wenig davon bekamen Pfeiffer und Korninger mit, und Ilse Strasser fragte sich, ob eine so grässliche Tat wie Mord derart befreiend wirken konnte. Sprach das alles nun für oder gegen Eder als möglichen Täter? Der hingegen registrierte nur, die Testosteronschübe, die die Stögerin in ihm auslösten, taten ihm richtig gut, veränderten ihn. Er genoss Elviras Dasein, sie anscheinend seines und zudem gab es jemanden für den Hund. Wie es mit ihnen weitergehen sollte, war kein Thema, das irgendwie belastet hätte. Bis sie eines Abends bei einem kalten Abendessen ihr Lachsbrötchen beiseiteschob und erklärte: „Alfred, es war ja sehr schön mit uns, weißt du. Aber das ist jetzt vorbei. Ich gehe zu Engelbert."

„Welcher Engelbert?", fragte er verdattert.

„Na, dein Jagdfreund, der Apotheker."

Er war sprachlos und fragte sich, wie sie das meinte, „ich gehe zu Engelbert". Dann dämmerte ihm: Schon beim Halali vor zwei Wochen war ihm aufgefallen, dass sie sich bereitwillig von diesem Engelbert an sich ziehen ließ, wenn er den Arm südlich von ihrer Taille um sie legte. Aber er hatte dem keine Bedeutung beigemessen. Jetzt schon: „War da was zwischen dir und Engelbert, während ich bei der Arbeit war?", wollte er wissen.

Sie antwortete nicht direkt, sondern sagte nur: „Er hatte in Baden zu tun."

„Vielleicht hier in meiner Wohnung?"

„Nein, wo denkst du hin?", verbat sie sich. „Er logierte in der Krainerhütte."

„Und was wird aus Adolf?"

„Du musst dir eine andere Elvira suchen, mein Alfredo. Davon gibt es jede Menge. Ich weiß, wovon ich rede, ich kenne doch die Konkurrenz. Und wenn sich nichts Geeignetes findet, lies die Kleinanzeigen unter Hundeliebhaber oder wende dich an einen Heiratsvermittler." Nach diesen Worten erhob sie sich, griff nach einem Köfferchen, das sie offenbar schon Stunden zuvor gepackt hatte, und zog sich mit einem „Man sieht sich!" den Mantel über. Draußen hatte es leicht zu schneien begonnen.

„Wohin willst du bei diesem Wetter und um diese Zeit? Bleib doch wenigstens noch für die Nacht", versuchte er sie zu überreden.

„Das wär nicht fair gegenüber Engelbert. Er erwartet mich in der Krainerhütte."

„Jetzt?"

„Ja, jetzt."

„Und dein übriges Zeugs?"

„Hole ich bei Gelegenheit ab."

Wenig später, in der einsamen, wachen Nacht kamen sie wieder, die dunklen Gedanken. Momente, in denen Alfred sich in seiner Vergangenheit sah, sie zu analysieren versuchte und verzweifelte. Das zwiespältige Verhältnis zu seiner Mutter. Sein Betteln um Liebe, ihr Zurückstoßen, ihre Dominanz und Bevormundung und ihre offensichtliche Unzufriedenheit mit ihm, mit seinen eingeschränkten Fähigkeiten, seiner Schüchternheit. Eigentlich war die Mutter ein Drache gewesen. Ein Drache, der ihn bewachte, ihn nicht aus ihrer gemeinsamen Höhle ließ. Der einzige Mensch, den er damals hatte, war Agnes. Und sie vertraute ihm nicht nur, sondern schätzte seine Fähigkeit, Geld mit Anlagestrategien zu vermehren. Mutter hatte dafür nur Schelte auf Lager: „Was jonglierst du mit fremdem Geld herum, es fällt dir noch auf die Füße. Verkaufe lieber

Versicherungen, das ist deine Aufgabe, dein Beruf." Agnes war da ganz anders. Über die Gewinne konnte sie sich freuen wie ein Kind, das beim *Mensch ärgere dich nicht* gewinnt. Aus dieser Freude erwuchs beiden eine ehrliche Freundschaft.

Und dann fragte er sich eine Sekunde lang: Er wird doch nicht? Gab es etwas in ihm, von dessen Existenz er nichts wusste, was aber diese fähige Polizistin in ihm ausforschte? Nein! Und tausendmal nein! Dieser abwegige Gedanke war bloß das Produkt ihrer ständigen Verdächtigungen und Anschuldigungen. Sie verunsicherten, lösten bisweilen gar ein völlig unbegründetes Schuldgefühl aus. War es unbegründet? Natürlich, er hatte ja nicht mal eine Pistole! Aber sie hatte eine gehabt. Ob sie damit erschossen wurde?

Kaum war Elvira weg, fing Hund Adolf wieder zu granteln an. Selbst im Schlaf wälzte er sich herum und knurrte ab und an böse in die Nacht. Die Stögerin hatte völlig recht. Eine Frau musste her. Diese Einrichtung gehörte einfach zu seinem neuen Leben. Die Inanspruchnahme der Hundesitterin war schon aus finanziellen Erwägungen keine Lösung. Vierzig Euro pro Werktag verlangte sie für das Sitten und neunhundert Euro im Monat. Das war entschieden jenseits seiner Möglichkeiten. Er musste auf die Stögerin hören und die Anzeigen lesen.

Zu diesem Zweck begab er sich ins Zentral, erwiderte den Gruß des Kellners etwas weniger freundlich als in letzter Zeit üblich und griff nach *Kurier*, *Presse* und *Niederösterreich-Bild*. Das Ergebnis war ernüchternd. Doch in der *Presse* hatte er die Anzeige eines Eheanbahnungsinstituts Prüller überflogen. Ein Wiener Institut. Er rief dort an und vereinbarte einen Termin für den darauffolgenden Tag.

Das Eheanbahnungsinstitut Prüller erinnerte an die Notariatskanzlei Fily, in der Agnes und er vor kaum einem Jahr ihren letzten Willen diktiert hatten. Das ließ ihn für ein paar Augenblicke den Atem stocken. Danach aber ging er methodisch vor. Er hatte, wie erbeten, ein Foto mitgebracht, spulte die zwei Sätze Lebenslauf ab, erwähnte Adolf und meinte noch: „Damen des südlichen Raumes von Wien bevorzugt“. Mit der Frage der Vermittlerin: „Und Ihre Hobbys? Oder betreiben Sie Sport?“, wusste er nicht gleich etwas anzufangen. Daraus schloss die Vermittlerin: „Ach, Sie sind mehr der kulturell Interessierte? Spielen Sie ein Instrument?“

„Ich habe eine Ziehharmonika“, sagte er wahrheitsgemäß und dachte, gut, dass die Mutter die Quetschen damals nicht verkauft hatte. Tatsächlich war sie nahe daran gewesen, weil er sich geweigert hatte, jemals wieder zu dieser Harmonikalehrerin mit dem unangenehmen Körpergeruch zu gehen.

Die Institutsfrau sah ihn treuherzig an, füllte ein Formular aus und überreichte eine Rechnung über dreitausendachthundert Euro plus Mehrwertsteuer als Pauschalhonorar. Nach Erhalt der Summe würde das Institut zwischen ihm und einer geeigneten Dame aus dem Raum Wien Süd ein Treffen arrangieren. Bei Erfolglosigkeit würden sich solche Stelldicheins bis zu einem Happy End wiederholen. Pauschalhonorar würde bedeuten, dass mit der Einmalzahlung alle künftigen Leistungen dieser Art bereits abgegolten wären.

Alfred überlegte. Ein saurer Apfel, in den er da beißen musste. Die fast viertausend Euro würden glatt für vier Monate Hundesitterin reichen. Und doch griff er nach der Rechnung und dem Überweisungsformular. Es galt, das Leben herauszufordern.

Eine Woche später erhielt er ein Schreiben mit seinem Lebenslauf, den das Vermittlungsbüro für ihn aufgesetzt hatte. Überrascht las er über sich: „Ich bin tierliebend, kulturell interessiert, spiele ein Instrument und bin stolzer Besitzer von Theater- und Opernabonnements."

Tatsächlich war er als Schüler ein einziges Mal bei einem Gastspiel des Theaters der Jugend gewesen. Er erinnerte sich mit Schrecken daran. Es gab *Das magische Kind* nach E. T. A. Hoffmann. Gleich nach der großen Pause hatte es in seinen Gedärmen rumort und er hatte sich dringend entleeren müssen. Die Klos waren von rauchenden Mitschülern besetzt und er musste für eine freie Kabine eine Zwanzig-Schilling-Banknote herausrücken. Seither verknüpfte sein Unterbewusstsein das Medium Theater mit Übelkeit, Durchfall und verrauchten Klos. Damit konnte Theater für ihn mit den Filmen des Pay-TVs nicht mithalten.

Er rief bei Prüller in Wien an, um die Angaben zu seinen Neigungen und Fähigkeiten der Wirklichkeit anzupassen. Er wurde mit Herrn Prüller, dem Chef und Eigentümer des Instituts, verbunden. Der meinte, es habe schon alles seine Richtigkeit, er möge sich da auf deren Professionalität verlassen. Und ob er am nächsten Tag Zeit hätte. Die Dame, die er für ihn ins Auge gefasst hätte, würde ihn gerne treffen, um siebzehn Uhr in der Konditorei an der Ecke Pelzgasse/Schlossergässchen in Baden. Ob ihm die Lokalität bekannt sei?

Alfred bejahte, meinte aber: „Können Sie mir nicht einfach die Adresse geben? Ich rufe die Dame an und verabrede mich mit ihr."

„Das geht leider gar nicht. Wir sind unseren Kunden zu größter Diskretion verpflichtet. Ob Sie ihren Namen und ihre Adresse bekommen, entscheidet einzig und allein die Dame selbst. Sie glauben ja gar nicht, wie viele Stalker es gibt, vor denen wir unsere Kunden – und zwar männlich wie weiblich – schützen müssen. Daher machen wir das so: Die Dame, sie heißt Lisa, wird in einem grauen Kostüm auf Sie warten und rote Lederhandschuhe zwecks Erkennung neben Kaffee und Kuchen vor sich liegen haben. Sie brauchen nur an ihren Tisch zu treten und sich vorzustellen. Wie gesagt, morgen siebzehn Uhr. Bitte seien Sie pünktlich. Viel Glück bei Ihrem Date."

Und schon hatte der Mann aufgelegt. Alfred dachte nach, was ihn in der Sache antrieb. Etwas brachte sein Blut in Wallung, ließ es prickeln. War es die Lust auf ein Abenteuer oder die Lust auf Sex? Er fand keine eindeutige Antwort. Jedenfalls würde er pünktlich sein. Das hätte der Mann am Telefon gar nicht zu betonen brauchen. Doch er würde sich nicht zu erkennen geben, sondern erst mal die Treffdame beobachten. Wenn sie ihm nicht zusagte, dann war's das gewesen. Wenn doch, würde er eine Gelegenheit herbeiführen, sie ohne Brimborium einer Partnervermittlung kennenzulernen. Er fürchtete, der Hilfsdienst solcher Vermittlungen hätte immer einen Beigeschmack. Beziehungen sollten aus dem gelebten Leben heraus wie von selbst zustande kommen und nicht übers Internet oder die Dienste eines Herrn Prüller.

Also machte er sich auf den Weg und besah sich die Konditorei, in der er vor Jahren das erste und letzte Mal gewesen war. Sie war in einem schmucken Biedermeierhaus untergebracht. Bestimmt waren an ihren Fenstern dereinst schon Ludwig van und mehrere Kaiser mit Gefolge vorbeigeschlendert. Im Lokal selbst roch es nach Vanille und Frischgebackenem und man konnte den Blätterteig knistern hören, so still war es. Er war der einzige Gast. Bestimmt würde er morgen hier auffallen. Das passte gar nicht in sein Konzept.

Er genehmigte sich eine Schaumrolle, stellte fest, dass sie köstlich war, und registrierte: Schräg vis-à-vis ging die Schranke eines öffentlichen Parkplatzes auf und nieder. Das traf sich gut. Und jeder Tisch des Lokals war von der Straße aus einsehbar. Das traf sich noch besser. Denn es bedeutete, dass er für seine Absicht das Lokal gar nicht betreten musste. Er brauchte nur daran vorbeizugehen, Ausschau zu halten, zu warten, bis die Dame mit den roten Handschuhen ging, und ihr dann zu folgen. Wäre sie mit einem Wagen da, würde sie den bestimmt am öffentlichen Parkplatz auf der anderen Straßenseite parken. Dort würde er auch seinen Wagen abstellen, und schon brauchte er ihr nur nachzufahren. Alles Weitere würde man sehen.

Den darauffolgenden Nachmittag siebzehn Uhr war die Konditorei voll besetzt. Doch schon beim ersten Vorbeigehen sah er diese Lisa. Sie saß an einem der Fenstertische und las in einem Buch. In Alfred prickelte es. Wie ein Indianer legte er sich in sicherer Distanz auf die Lauer. Sein Herz klopfte so laut, dass er meinte, ein Vorübergehender würde es hören können.

Das Buch schien die Dame erheblich in Beschlag zu nehmen. Alfred fühlte seine Zehen nicht mehr, und seine Finger waren steifgefroren, als sie endlich aus dem Schlossergässchen in die Pelzgasse bog und in Richtung Parkplatzuhr ging. Es war bereits dunkel geworden. Sie stieg in einen blauen oder schwarzen Rover mit MD für Mödling auf dem Kennzeichen. Jetzt musste sich Alfred sputen, um sie nicht zu verlieren. Es dauerte, bis er die Münzen für die Parkgebühr beisammenhatte. Für sie hob sich bereits die Schranke der Ausfahrt. Er spurtete zu seinem Volvo, startete, schob das Ticket in den Schlitz, nichts geschah. Er hatte es verkehrt eingeschoben. Also nochmals und richtig und schnell, damit er der Dame folgen konnte, sonst wäre der ganze Aufwand umsonst gewesen.

Als er endlich in die Fahrbahn einbiegen konnte, war sie außer Sichtweite. Verdammt. Er fuhr in Richtung Stadt – nichts. Vielleicht wollte sie über die Autobahn in Richtung Mödling. Wenn sie jedoch durchs Helenental in Richtung ihres Zuhauses fuhr? Das war seine einzige Chance. Um sie zu wahren, musste er ordentlich Gas geben. Zu blöd nur, dass Überholmanöver nicht sein Ding waren, schon gar nicht gewagte. Das Hupkonzert eines BMWs, den er hinter sich ließ, quittierte er mit dem Götzzitat. Dann endlich, ein paar Kilometer nach der Cholerakapelle, tauchte vor ihm ein dunkler Wagen mit Mödlinger Kennzeichen auf. Ein Rover. Das musste sie sein. Er passte sich ihrem Tempo an, folgte ihr durch Heiligenkreuz, bis sie kurz vor Ortsende in eine Garage bog, deren Tor aufging, offenbar fernbedient. Auf dem ausladenden Grundstück, leicht angestrahlt, eine Villa. Alfred ging mit dem Tempo zurück auf 40 und registrierte: beleuchteter Vorgarten, kein Licht hinter den Fenstern. Dann ertönte ein bösartiges Hupkonzert. Der BMW von vorhin überholte und drängte ihn an den Fahrbandrand. Dafür nochmals das Götzzitat.

Auf Höhe des Gaadener Ölbergs hielt er an und überlegte: Am nächsten Tag hatte er zwei Kundentermine. Die würde er verschieben und sich stattdessen in Sichtweite zur Villa auf die Lauer legen. Doch davor würde er zu Hause einen Entschuldigungsbrief an sie schreiben, den er ihr über das Vermittlungsbüro zukommen lassen wollte. Er wusste, solche Briefe mussten per Hand geschrieben werden, um Wirkung zu erzeugen. Also nahm er den Füllhalter, den er vor Jahren das letzte Mal in Gebrauch hatte, und textete Ausreden.

Als sein Papierkorb mit verworfenen Entwürfen halbvoll war, schrieb er, dass er sehr wohl zu dem Stelldichein gekommen sei, sie hinter dem Fenster der Konditorei an den roten Handschuhen erkennen konnte, sie aber in so anmutiger Haltung in ihr Buch vertieft war, dass er nicht den Mut hatte, sie zu stören. Das war zwar auch eine Lüge, aber man roch sie nicht gleich. Mal sehen, wie sie darauf reagieren würde.

Am nächsten Tag entnahm er seiner Jagdausrüstung den Feldstecher und bezog unweit der Villa dieser Lisa Stellung. Sie hatte eine Fassade in Schönbrunnergelb und eine grüne Haustür. Sein Vorhaben war gar nicht so leicht umzusetzen. Noch fehlte der Waldlichtung nach der kalten Jahreszeit das Unterholz, das ihm Deckung geboten hätte. Aber an einer Stelle mit Blick auf Lisas Haus war Brennholz zum Abtransport mannshoch aufgestapelt. Von seinem Posten dahinter konnte er alles sehen, ohne selbst gesehen zu werden.

Es dauerte nicht lange und der Briefträger kam die Straße herunter, um seiner Arbeit nachzugehen. Als er am Gartentor angekommen war, öffnete sich dieses und Lisa ging ihm entgegen. Erstmals hörte er den Klang ihrer Stimme, als sie den Briefträger grüßte, und war hingerissen. Andere flogen auf großen Busen oder lange Beine oder beides. Für ihn aber waren Stimmen ganz entscheidend. Stimmen und Hände. Agnes Brunner und die Stögerin waren, was dies betrifft, bestenfalls unauffällig. Trauerte er Agnes deshalb nicht nach, vermisste er deshalb die Stögerin, wenn überhaupt, nur wegen Adolf und nachts im leeren Bett?

Lisa war inzwischen aus der Villa gekommen, öffnete per Fernbedienung das Garagentor und startete den blauen Rover. Wenn er ihr nachfahren wollte, musste er handeln. Also mimte er den Wandersmann und schritt los. Während sie in Richtung Stift hinunterfuhr, ging er in nächster Nähe an ihrem Gartentor vorbei und las den Namen Eschweiler. Danach startete er den Volvo und folgte ihr. Wie gestern ging es durchs Helenental, allerdings in entgegengesetzter Richtung zurück nach Baden. Dort fuhr sie in die Garage beim Römerbad, er hinter ihr her. Sie hinauf zu den Parkdecks, er in eine Lücke gleich neben dem Ausgang. Hier musste sie vorbeikommen, wollte sie in die Stadt.

Nicht lange und er hörte ihre Schritte. Sie hatte eine Einkaufstasche bei sich und ging in Richtung Markt. Er folgte ihr. Ihr feines Parfüm übertönte die Abgasschwaden der vor der Einfahrtsschranke wartenden Fahrzeuge. Sie trug einen eleganten Mantel in dunkelblau, einen roten Hut auf der hochgesteckten Frisur, dazu rote Schuhe. Beim Fischstand hielt sie an. Der Standinhaber kam aus seinem Verschlag hervor und lobte, was aus fernen Fanggründen am frühen Morgen angeliefert worden war. Er schien Lisa Ohnenam – halt, sie hieß ja Eschweiler – zu kennen. Alfred ging an beiden vorbei und täuschte vor, am Obst des Nachbarstandes interessiert zu sein. Wieder hörte er ihre schöne Stimme. Sie sagte, sie würde noch in die Apotheke gehen, sich unten in der Konditorei einen Espresso gönnen und dann die Ware abholen. Ob das okay ginge. Der Fischverkäufer war damit einverstanden.

Alfred sah auf die Uhr. Er wollte es nicht übertreiben. Er hatte genug gehört und gesehen und wusste ihren Namen. Lisa Eschweiler. Ob es einen Herrn Eschweiler gab? Und wenn ja, was war aus ihm geworden? Das ließ sich mit einiger Wahrscheinlichkeit ganz leicht herausfinden. Und tatsächlich: Ein

Doktor Erich Eschweiler, Anschrift wie Lisa, war bei der Länderversicherung Kunde gewesen. Ihr Ehemann. Vor einem knappen Jahr verstorben. Kurz danach war der Rover mit dem Mödlinger Kennzeichen auf Lisa Eschweiler umgemeldet worden. Alfred scrollte weiter. Aha, lebensversichert war dieser Erich auch. Donnerwetter: Lisa war Millionärin. Dieser Dr. Erich Eschweiler hatte einen tödlichen Unfall gehabt. Beim Skifahren gegen ein Hindernis gerast, schweres Schädel-Hirn-Trauma und zwei Tage später in Brixen, Südtirol, verstorben. Also Unfall und damit doppelte Versicherungssumme, auszuzahlen an Frau Lisa Eschweiler. Damit wurden aus fünfhunderttausend Euro eine glatte Million.

Alfred kam ins Schwitzen. Ob er für eine Millionärin überhaupt in Frage kam? Jedenfalls: Erfolge in der angedachten Art brauchten einen Plan, und zwar einen guten. Kein Problem. Für ihn als Investmentberater gehörte Planen zum Tagesgeschäft. Er versuchte, sich zu konzentrieren. Lisa war also reich. Gut für sie. Sie wohnte in Heiligenkreuz. Gut für ihn, denn das gehörte zum Bezirk Baden, und Baden war sein Rayon. Ihr Akt wurde aber von einem gewissen Lindl, dem Kollegen in Wien West, bearbeitet. Aber es gab eine Möglichkeit, ihn übertragen zu bekommen. Denn seiner Abteilungsleiterin Greilinger kam jedes Huhn gelegen, das sie mit diesem Lindl rupfen konnte. In diesem Fall war Lisa das Huhn.

Er nahm die nächste Badnerbahn nach Wien und klopfte an Greilingers Bürotür: Zunächst reagierte sie eher desinteressiert: „Gibt sie etwas her?“

„Und ob. Eben Witwe geworden, Mann durch Unfall umgekommen, doppelte Auszahlung.“

Die Greilinger horchte auf: „Wie viel?“

„Im Endeffekt eine Million.“

„Hat Lindl schon etwas daraus gemacht?“

„Der Computer sagt nein.“

„Ihre Kundin, Alfred Eder, ich regle das. Sie vereinbaren mit ihr einen Termin und berichten mir.“

Erst als er die Tür hinter sich geschlossen hatte, erkannte er, dass er einen Pyrrhussieg errungen hatte. Der Ehrenkodex der Versicherungsgesellschaft schrieb nämlich vor: keine privaten Beziehungen mit Kunden oder Kundinnen. Seit sich in einem Fall der Betriebsrat durchgesetzt hatte, hieß Zuwiderhandlung zwar nicht mehr automatisch Kündigung, aber, schlimmer noch, „Weiterverwendung im Zentralarchiv“. Alfred gruselte unwillkürlich. Seine Erinnerung an den einstigen Besuch der aktengefüllten Niederungen machte nicht gerade Mut. Doch er packte seine Sachen, kreuzte auf seiner Personalseite „Auf Kundenbesuch“ an, schaltete den Monitor ab und nahm die Lokalbahn zurück nach Hause.

Am Matzleinsdorfer Platz stieg Ilse Strasser zu. Es schien ihr unangenehm zu sein, mit ihm zusammenzutreffen. Seinen Gruß erwiderte sie mit einem knappen „Tag“ und sah ihn beim Vorbeigehen kurz von oben herab an. Danach entschied sie sich für einen Platz am anderen Ende des Waggons. Die ganze lange Fahrt musste er immer zu ihr hinüberschielen. Sie trug ihr Haar wie sonst, streng nach hinten, die schwarze Lederjacke, Jeans und Stiefeletten. Für den Rest der Fahrt vergaß er Lisa Eschweiler und ihre Million.

Im Bezirkskommando erwähnte die Kontrollinspektorin gegenüber Leo Pfeiffer, dass sie diesen Eder getroffen hätte.

„War er in Begleitung dieser Drallen mit Torschlusspanik?“

„Nein, er war allein unterwegs. Warum?“

„Ich habe sie im Hotel Krainerhütte gesehen. Mit einem drahtigen 40er-Jaguar vor der Einfahrt, beide turtelnd. Scheint mir eine Männerverzehrerin zu sein, eine dieser Nymphomaninnen.“

„Was stellst du dir eigentlich unter Nymphomanin vor, Leo?“

„Ach, komm, Ilse, das weißt du ganz genau.“

„Dann will ich deine Vorstellung von einer weit offen stehenden Lasterhöhle auf zwei Beinen mal ein wenig korrigieren. Wenig Verklemmte, weltoffen Denkende, liberal Gesinnte definieren den Typus Nymphomanin als das Ultimative an Emanzipation der Frauen. Das Bedürfnis, nach Lust und Trieb die Partner zu wechseln, je nach Niveau zu flirten oder zu baggern, bei Männern als naturgegeben weitgehend akzeptiert, bleibt kein Privileg der Männerwelt, sondern nehmen diese auch für sich in Anspruch. Was wir bei Männern akzeptieren, sollten wir bei Frauen nicht in den Dreck ziehen.“

Ilse Strassers Worte schienen Pfeiffer nachdenklich zu stimmen. Deshalb setzte sie nach: „Die Ursachen für die Sexsucht bei Frauen, also die Nymphomanie, liegen oft in einem übersteigerten Anerkennungsbedürfnis. Sonst eher für Männer typisch. Dieser Frauentyp leidet oft unter Bindungsängsten. Sagt dir das was, Leo? Wie lange grübelst du denn schon darüber nach, ob du dich mit deiner Ludmilla ehelich verbinden sollst?“

„Das kannst du doch nicht vergleichen. Es gibt dabei ja auch so etwas wie Verantwortung.“

„Lasse ich gerne gelten, Leo. Aber vielleicht weichen auch genau deshalb Nymphomaninnen einer festen

Bindung aus. Nicht alle, aber viele, vielleicht sogar die meisten von ihnen. Was meinst du, Leo?“

Leo meinte gar nichts. Es fiel ihm ein, dass jemand auf seinen Rückruf wartete.

6

Noch am selben Tag rief Alfred Eder bei Lisa Eschweiler in Heiligenkreuz an, um sich als Repräsentant der Länderversicherung vorzustellen. Er wäre für einen Termin dankbar. Wieder genoss er die Schönheit ihrer Stimme und ihr wienerisches Deutsch, das ihn an die Dialoge in den *Sissi*-Filmen erinnerte.

„Passt Ihnen morgen Vormittag bei mir in Heiligenkreuz?"

„Aber gerne doch."

„Sie wissen, wo ich wohne?"

Er hätte beinahe „Ja, die gelbe Villa mit der grünen Haustür!" gesagt, bremste sich aber noch rechtzeitig auf ein schmäleres Ja ein.

Kaum hatte er die Trenntaste gedrückt, kam ein Anruf rein. Es war Ilse Strasser: „Sie können Ihr Erbe nach dem Ableben der Agnes Brunner antreten, Herr Eder. Wir haben alles freigegeben. Goldbarren, Schmuck und Wohnungsinhalt gehören Ihnen, gratuliere."

Dieses „gratuliere" traf ihn zutiefst. Beinhaltete das nicht schon wieder eine Unterstellung?

„Behalten Sie's", sagte er, deutlich verärgert.

„Sie wissen, dass das nicht geht. Aber Sie können es ja spenden", ergänzte sie leichthin und hatte schon aufgelegt.

Er verdrängte die Abfälligkeit ihres Tons und dachte nach. Er musste das alles so schnell wie möglich vergessen. Er wollte nichts von dem, was ihm Agnes hinterlassen hat. Die Sache mit der Erbschaft hatte ihn ganz schön verdächtig gemacht, war ihm klar. Und sie würde ihn nur an alles erinnern. Im Grunde genommen hatte Ilse Strasser völlig recht. Am besten, das Ganze spenden. Aber wenn, dann schon in Agnes' Sinn. Wie hätte sie sich da entschieden? Für Tiere hatte sie wenig übrig. Im Gegenteil. Sie hatte sich oft darüber geärgert, dass vielen Tiere wichtiger schienen als Kinder. Also schied Tierschutz aus. Von Kirche hatte sie erst recht nichts wissen wollen. Er spann den Faden weiter: Da Agnes keine Angehörigen hatte, lag es wohl irgendwie an ihm, ihre Wohnung aufzulösen. Das wollte er sich ersparen. Er würde die Putzfrau damit beauftragen und ihr den Schmuck überlassen. Blieben die Goldbarren.

Er rief sich Ilse Strassers abfälligen Ton in Erinnerung und sagte sich: „Ilse, Ilse, so abschasseln? Nicht mit mir."

Im Internet fand er einen Verein der Freunde der Polizei. Dessen erste Aktivität war die Ehrung eines Polizeibeamten gewesen, der dreizehn Menschen das Leben gerettet und zweihundert Festnahmen vorgenommen hatte. Des Weiteren stellte der Verein Mittel für Ergreiferprämien, sogenannte Auslobungen, zur Verfügung. Auch würde er – wie der Verein in seiner Selbstbeschreibung betonte – zum Gelingen des jährlichen Polizeiballs und zur Förderung der Polizeimusik beitragen. Das war's: Zum Wohle der Polizei bedeutete zum Wohle von Gesellschaft und Musik. Das hätte Agnes als Spendenadresse bestimmt zugesagt. Ja, genau so würde er alles machen. Das würde auch Ilse Strasser davon überzeugen, dass er kein geldgieriger Mörder war. Er wollte nicht, dass sie auch nur den geringsten Zweifel an ihm hegte.

Am nächsten Morgen freute er sich schon beim ersten Schritt aus dem Bett auf das Frühstück mit Lisa Eschweiler in Heiligenkreuz. Erstaunlich, was Vorfreude alles bewirken konnte: Die Seife roch diesmal bei der Morgentoilette besser, jedenfalls intensiver, das

Rasierwasser brannte erfrischender auf den Wangen als sonst, die Tasse American Coffee aus der Melitta – neuerdings mit nur einem Würfel Zucker – schmeckte voller, und beim ersten Schritt aus dem Haus grüßte ihn der Kirschbaum im Garten gegenüber. War der über Nacht erblüht oder hatte er das Blütenmeer gestern einfach übersehen?

Doch nicht nur der Kirschbaum schien ein anderer geworden zu sein. Die ganze Stadt war wie verwandelt. Interessiert registrierte er die gestriegelte Eitelkeit der Gründerzeitvillen, das schüchterne Zurückweichen der Winzer- und Handwerkshäuser dazwischen, in ihrer Gediegenheit, ja Lieblichkeit gar mit reichlich Blumenschmuck in den Fensterläden. In ihren kleinen Vorgärten kündigten erste Farbtupfer an, in welchen Farben die Knospen über die kommende Nacht zu Rosen erblühen würden. Im Helenental zeigte sich der Wienerwald in seiner grün-grünen Üppigkeit. Alfred öffnete sämtliche Fenster seines Volvos. Die Sonne hatte die Schwarzföhren seitlich der Cholerakapelle aufgewärmt, wofür sie sich mit einem erfrischenden Duft nach Latschenkiefer und Melisse bedankten. Hier hatte Beethoven der Überlieferung nach gerne eine Rast eingelegt, sein Jausenbrot nach kurzer Wanderung aus der Stadt ausgepackt und gemampft, falls Titanen überhaupt mampften. Alfred atmete tief durch. Der Mai war gekommen. Zum ersten Mal verstand er das geflügelte Wort Wonnemonat.

Nach ein paar weiteren Kilometern sorgte das Gelb der Klostermauern vom Stift Heiligenkreuz für Abwechslung im schier endlosen Grün des Wienerwaldes. Er war ja nicht bloß ein Wald, sondern ein Konglomerat von Hügeln, Tälern und Bergspitzen bis knapp unter tausend Höhenmeter, mit einer Fläche fast zehnmal so groß wie die von Paris.

Vor dem Stift waren die ersten Busse vorgefahren. Unverbesserliche hatten bereits die Direttissima in den Garten des Klostergasthofs genommen und sparten sich so den Umweg über eine Führung durch tausend Jahre Baukunst von der Romanik über die Gotik bis ins Barock. Zufrieden genossen sie ein zweites Frühstück, bestimmt deftiger als das erste, und probierten dazu vom Prälatenwein.

Alfreds Ziel führte ihn um das Kloster herum und die Straße in Richtung Mödling hinauf. Er hatte noch nicht mal den Motor des Volvos abgestellt, da winkte Lisa Eschweiler ihm schon von der obersten Stufe des Hauseingangs zu. Als er, wie empfohlen, den Mantel auf einen der Haken der Vorzimmergarderobe hängte, erkannte er auf dem Tischchen unter dem Spiegel das Kuvert des Briefes mit seiner Handschrift. Er fühlte sich ertappt und seine Wangen wurden heiß. Sie missdeutete die Röte und meinte leutselig: „Ein kühler Morgen für diese Jahreszeit, gelt. Die Eisheiligen kündigen sich an. Kommen Sie bitte weiter, ich habe Tee aufgesetzt. Er wird Sie wärmen."

Das Wohnzimmer, der Größe nach ein Salon, war mit edlen Stücken eingerichtet. An prominentester Stelle des Raums stand ein Klavier. Alfred kannte sich mit Stilrichtungen nicht genau aus. Eigentlich gar nicht. Für ihn waren Möbel entweder barock oder modern. Aber dass alles hier wertig war, so viel war ihm klar.

Dann saßen sie sich gegenüber. Er hörte sich über die Niedrigzinspolitik der EZB referieren, begründen warum es noch lange so bleiben würde und die Bedeutung von Risikostreuung betonen. Immer wenn sie eine Frage stellte, wartete er mit seiner Antwort, bis das Echo ihrer Stimme in ihm verklungen war.

„Sie wird doch nicht meinen, ich müsse erst überlegen, mit welchem Trick ich sie über den Tisch ziehen kann“, schoss es ihm durch den Kopf. Doch Lisa schien diese Pausen zu genießen und in ihnen ihre Wirkung auf den Gesprächspartner zu erkennen. Ihr gepflegtes Äußeres, die Art, wie sie auf der Kante der Chippendalegarnitur saß, ihre Wortwahl, alles an ihr passte zu den Intarsien des Beistelltischchens, den Seidentapeten, den Posamenten auf dem Kristallluster und den Appliken, die rechts und links vom Gemälde mit warmem Licht Ambiente verstreuten.

Sie werde sich Alfreds Anlageempfehlungen überlegen, sich noch von zweiter Seite beraten lassen und Bescheid geben. Als er nach seinem Mantel griff, sah er nochmals auf das Kuvert mit seinem Entschuldigungsschreiben und daneben die Karte eines Badener Kartenbüros mit einem angehefteten Opernbillet. Darin sah er eine Chance. Blitzschnell speicherte er in seinem Gehirn ab: Staatsoper, Parkett, vierte Reihe, Sitz vierzehn. Am zwölften des Monats, also in vier Tagen.

Gleich hinter der Abzweigung ins Helenental fuhr er rechts ran, um sich per Handy schlauzumachen. Es gab *Die Walküre* von Richard Wagner. Das sagte ihm so gut wie gar nichts, war ihm aber völlig egal. Er brauchte eine Opernkarte, einen Sitzplatz möglichst neben ihr oder in unmittelbarer Nähe.

Er klapperte sämtliche Kartenbüros Wiens ab, hörte aber immer nur „ausverkauft“. Zuletzt bekam er einen Tipp: „Wenn es eine Frage von Leben und Tod ist, ich habe einen Studenten, der kann sich um einen Stehplatz für Sie anstellen. Kostet aber zweihundert Euro. Im Voraus.“

„Was habe ich davon? Ich möchte neben einer Studienkollegin, die ich nach dreißig Jahren wieder getroffen habe, sitzen. Ist das so schwer zu verstehen?“

Der Mann vom Kartenbüro änderte seinen Ton von sachlich auf mitfühlend und fragte: „Sie sind kein

Stammkunde der Staatsoper, gelt? Waren Sie überhaupt schon mal in der Oper?"

„Nein", sagte Alfred beinahe weinerlich.

„Dachte ich mir. Wenn es Wagner gibt, haben Sie nur die Möglichkeit, einen gewaltigen Preisaufschlag auf dem Schwarzmarkt hinzunehmen oder sich stundenlang um einen Stehplatz anzustellen. Um Ihnen das zu ersparen, kann sich der Student für Sie anstellen, aber das kostet eben."

„Und wie soll ich meine Studienkollegin unter all den vielen Leuten ausmachen können?"

„Na, Sie verabreden sich mit ihr auf ein Glas Sekt in der Pause."

„Ich will sie aber unbedingt überraschen."

Der Mann am anderen Ende sagte: „Ich verstehe", und meinte nach einer Pause: „Sehen Sie sich in den Pausen im Bereich der Theke nach ihr um. Sie können sie gar nicht verfehlen. Garantiert."

Alfred war das Vorhaben zu wichtig, um das Gelingen von Zufällen abhängig zu machen. Er musste sich das alles vor Ort ansehen. „Haben Sie eine Karte für morgen?", fragte er unvermittelt.

„Für den Ballettabend? Kann ich besorgen. Sie müssen sie aber morgen vor zwölf Uhr abholen. Dann können wir auch über *Die Walküre* reden."

Am Abend des darauffolgenden Tages quälte er sich im Sonntagsanzug durch sechzig Minuten Gehopse in Tüll zu einer Musik, die ihm nichts sagte. Und das alles nur, um danach das Pausengeschehen zu studieren. Er war mit dem Resultat seiner Beobachtungen sehr zufrieden. Der Mann vom Kartenbüro hatte recht: Hier konnte er Lisa Eschweiler nicht verfehlen. Auf den zweiten Teil des Ballettabends verzichtete er.

Stattdessen wollte er sich für die bevorstehende *Walküre* wappnen. Denn so viel wusste er: Opernliebhaber sprachen gerne über Opern. Und da musste er vor Lisa bella figura machen.

Er las sich in das Werk ein und befolgte den Rat eines Kenners im Internet, sich im Voraus auch einzuhören. Das würde den Genuss steigern. Er tat es und geriet voll in Trance. Das war nicht Musik, das war akustisches Rauschgift. Mit dem Textbuch in der Linken, die Rechte auf der Wiederholungstaste, wurde er in der ersten Hälfte der Nacht zum Wagnerianer und konnte in der zweiten nicht schlafen, so aufgewühlt war er. Versuchte er Siegmunds Ruf „Notung! Notung! Neidlicher Stahl!“ aus seinem geistigen Ohr zu verbannen, wichen Winterstürme dem Wonnemond. Verdrängte er Wotans „Leb wohl! Leb wohl!“, begannen die Walküren zu reiten. Er erkannte, es gab eine Welt, ein ganzes Universum, von dem er nicht die Spur einer Ahnung gehabt hatte.

Endlich war es Abend, der Abend der *Walküre*. Er parkte den Wagen in der Operngarage und marschierte los. Vor der Kasse wartete, wie vereinbart, der junge Student mit der Stehplatzkarte. Kaum hatte er sie eingesteckt, sprach ihn ein älterer Herr an. Er hätte einen Logenplatz im ersten Rang, halb Mitte. Platz drei, also in der ersten Reihe der Loge, wie der Mann betonte. Er wollte achthundert Euro. Alfred zögerte keinen Augenblick und war glücklich, dass er zufällig genügend Bares eingesteckt hatte, denn mit Visa hätte er den Mann kaum bezahlen können. Er hetzte dem Studenten nach, sagte ihm, er könne die Stehplatzkarte weitergeben oder selbst stehen.

Danach hielt er Ausschau nach Lisa. In der Traube vor der Garderobe konnte er sie nicht ausmachen und dachte, macht nichts, dann halt in der Pause. Doch weit gefehlt: Alfred war von dem Musikerlebnis derart überwältigt, dass er nicht im Stande war, sich zu erheben, als der Vorhang zur Pause fiel. Er konnte nur dasitzen, ergriffen von dem, was der Komponist, die Sänger, die dunklen Gestalten im Orchestergraben geboten hatten. Das Gleiche zur zweiten Pause. Schwer atmend blieb er sitzen, so, als ob Hunding nicht Siegmund, sondern ihn mit dem Speer getroffen hätte. Lisa vergaß er darüber vollends.

Unverhofft traf er sie am Morgen des nächsten Tages beim Spar in der Fußgängerzone. Einfach so. Freundlich erwiderte sie seinen Gruß, und er fragte, ob sie Zeit und Lust auf einen Kaffee hätte. Sie hatte.

Das Zentral war noch halbleer und eine der beiden Fensterlogen neben dem Eingang war frei. Der Ober schien Lisa Eschweiler zu kennen. Also war sie wohl öfter hier. Und doch war sie ihm nie aufgefallen.

Sie bestellte ein Frühstück, „aber nur ein kleines“. Wieder ihm zugewandt, sagte sie: „Wegen der Figur.“ Eigentlich hätte sie sich etwas in der Art wie „Haben Sie doch gar nicht nötig!“ erwartet. Da ihm jedoch solche Klamotten aus dem Reservoir der Operettenlibretti nicht geläufig waren, lieferte er nicht. Für den Bruchteil einer Sekunde schien sie verunsichert. Dann aber schrieb sie das Ausbleiben der Phrase seinem Niveau zu. Offensichtlich stand er über solchen Phrasen. Diese Einschätzung vertiefte sich, als er über den Ring des Nibelungen referierte, nachdem sich herausgestellt hatte, dass beide „zufällig“ zur gleichen Zeit zur *Walküre* in der Oper gewesen waren.

„Ergreifend, wie Wagner die Liebe über Macht, Geld, Gier und Betrug obsiegen lässt.“ Mit „obsiegen“ zitierte er Wikipedia. Er fand das Wort nicht gespreizt, sondern passend. Einfach nur „siegen“ erschien offenbar auch ihr als Beschreibung der Intentionen des genialen Komponisten zu dünn.

Sie belohnte seine Ausführungen mit einem Hauch von Bewunderung. Sie hätte nicht vermutet, dass sich Versicherungsvertreter auf so hohem kulturellen Niveau bewegten, gab sie zu verstehen. Er wiederum bewunderte das Zusammenspiel ihrer grazilen Hände, mit dem sie die Semmel teilte und Butter auf die beiden Hälften schmierte. Als er dann auf die Kapitalveranlagung zu sprechen kam, sagte sie eher desinteressiert: „Machen Sie nur, ich vertraue Ihnen, aber besprechen Sie die Einzelheiten bitte mit meinem Anwalt. Ich werde ihm Ihren Anruf ankündigen.“

Das Wort Anwalt ließ Alfred aufhorchen. Dann aber sagte er sich, diese Vorgangsweise könnte ihm helfen, wenn er sich bei den Vorgesetzten wegen privater Beziehungen zu einer Kundin verantworten müsste. Er würde sagen: „Aber ich bitte Sie, das ging doch alles über ihren Anwalt.“

Etwa eine Woche später sprach er bei dem Doktor der Rechte vor und überreichte sein hausinternes Rating der Versicherung als Empfehlung. Der massige Typ hinter seinem noch massigeren Schreibtisch prüfte und meinte über seine Brille hinweg: „Nur der Viertbeste von hundertzweiundsechzig? Warum schickt man mir nicht den Besten?“

Noch vor etwas mehr als einem Monat wäre Alfred bei diesen Worten in sich zerronnen wie heiß gewordene Butter. Jetzt aber meinte er aufgeweckt: „Ich lege eben etwas mehr Gewicht auf Sicherheit als die drei vor mir. Das blieb im Ranking unberücksichtigt.“

„Vielleicht wäre dann der Fünfzigste mit seiner Definition von Sicherheit für meine Mandantin der Beste?“

Alfred schwieg kurz. „Oder er machte seine Hausaufgaben nicht rechtzeitig, reagiert nicht schnell genug."

„Ehrlich, junger Mann", sagte der kaum Ältere zu seinem Gegenüber, „am liebsten würde ich Lisa ein sicheres Sparbuch empfehlen. Aber das kann man ja nicht bei null Prozent Zinsen und zwei Prozent Geldentwertung Jahr für Jahr. Nur deshalb: Zeigen Sie mir, was Sie haben."

Alfred referierte nun über Konzerngewinne, nationales Wachstum der Tigerstaaten, verglich Aktienkurven und Dividenden und begründete seine Empfehlungen.

Die Miene des Massigen glättete sich. Ab und an grunzte er vor sich hin und erinnerte Alfred dabei an den weißen Retriever der Hundesitterin, doch schließlich meinte er anerkennend: „Ich sehe schon, ich muss mal meinen Bankern die Ohren langziehen und meine Portfolios überdenken. Halbieren Sie fürs Erste mal den Kapitaleinsatz auf zweihundertfünfzig und ich werde die Sache meiner Mandantin empfehlen."

Alfred war von einer Startinvestition von fünfhunderttausend ausgegangen. Die Kürzung auf die Hälfte erforderte ein Umschichten, war aber kein Problem. Er würde den Anteil der sicheren Anlagen etwas reduzieren, sie täglich im Auge behalten und so am Ende für Lisa in etwa die gleichen Gewinne lukrieren. Am Ende würde sie strahlen.

Wie gewünscht, berichtete er seiner Abteilungsleiterin. Die überlegte kurz und meinte: „Sie scheinen ein wahrer Witwenflüsterer zu sein. Verabschieden Sie sich von Ihren Jägern. Sie bekommen von mir so viele Witwen, dass deren addierten Lebensjahre zurückreichen bis zu Ramses dem Großen. Was sagen Sie dazu?

Alfred überlegte. Die Jägerschaft loswerden, das war doch sein Herzenswunsch. Dann bräuchte er auch keinen Adolf mehr. Dennoch murmelte er bloß ein: „Wenn Sie meinen."

„Ja, meine ich. Ich gebe Ihnen mal drei Adressen. Sie liegen zwar außerhalb Ihres Rayons, aber das regle ich. Sie kümmern sich um die Damen."

Noch bevor er mit dem Kümmern beginnen konnte, meldete sich jemand per Handy mit „Pfeiffer". Der Name sagte ihm nichts.

„Pfeiffer, der Kollege von Ilse Strasser."

„Jetzt erinnere ich mich. Haben Sie den Mörder?"

„Noch nicht. Aber der Verein der Freunde der Polizei rief bei uns an. Sie haben vierzigtausend Euro gespendet. Die vermuten ein Verbrechen dahinter oder weiß Gott was sonst. Haben Sie sich beim Telebanking vertippt?"

„Nein, nein, das hat schon seine Richtigkeit."

„Darf man ein wenig mehr dazu erfahren?"

„Das Geld ist Teil meines Erbes. Sie erinnern sich?"

„Und?"

„Ich wollte die ganze Sache so schnell wie möglich vergessen. Da habe ich den Schmuck der Putzfrau des Opfers überlassen, die Goldbarren zu Geld gemacht und gespendet. Ist das so schwer zu verstehen?"

Für eine Sekunde war es still am anderen Ende der Sphäre. Dann aber sagte Pfeiffer: „Sie haben echt einen Vogel, Herr Eder", und die Verbindung war weg.

7

Eine der Witwenadressen, die ihm die Greilinger übergeben hatte, führte nach Schwechat. Der Verblichene hatte der Frau Anteile an einer überregionalen Baufirma hinterlassen. Die hatte sie um zwei Millionen verkauft und bei ihrem Anwalt geparkt. Nach Muster Lisa nahm Alfred mit diesem Kontakt auf und überzeugte. Bei der zweiten Adresse handelte es sich um eine Dame aus Kleinleuthen inmitten seines Rayons. Ihr Ehemann, Besitzer mehrerer Schottergruben, war von einer herabfallenden Baggerschaufel erschlagen worden. Das machte sie über die verdoppelte Lebensversicherung zur zweifachen Millionärin. Der Verkauf der Schottergruben machte sie kurz danach sogar zur zweistelligen Millionärin. Den Teil, der von der Länderversicherung als Auszahlung Leben fällig geworden war, gab sie für Alfred frei zur Veranlagung. Mit dem Anwalt der dritten Dame, Witwe eines Kfz-Händlers, verhandelte er noch.

Mit Lisa aus Heiligenkreuz hatte er längst Bruderschaft getrunken. Im Garten eines Heurigen an einem der ersten warmen Frühsommerabende. Der Hund Adolf lag unter dem Tisch und rührte sich nicht. Ganz so, als ob er wüsste, dass er nicht stören durfte, als Alfred sie mit der Linken leicht an sich zog. Tastend noch berührten sich ihre Lippen. Der süße Kuss schmeckte sauer. Sie hatte eben von einer Salzgurke abgebissen. Danach erzählte sie ihm von ihrer einzigen Tochter. Sie erwarte ein Baby, lebe in Singapur, wo ihr Mann einen florierenden Betrieb leite, der Millionen abwarf, indem er Neuschöpfungen deutscher und amerikanischer Pharmariesen armen Schluckern andrehte, um an ihnen eventuell fatale Nebenwirkungen festzustellen. Field-Research hieß das im Fachjargon, war aber das Gegenteil von Feldern, Grün und Bio.

Alfred hörte nur halb zu und fragte sich, ob er in Lisa verliebt war, und wenn ja, wie sehr. Unsterblich verliebt zum Beispiel, wie fühlt sich das an, fragte er sich. Offensichtlich verfügte Adolf über telepathische Fähigkeiten. Er kroch unter dem Tisch hervor und sah ihn von oben herab verächtlich an. Keine zwanzig Zentimeter über dem Boden und einen von oben herab verächtlich ansehen, dieses Kunststück brachte nur ein Dackel zustande.

Am Ende des Abends führte sie den Hund an der Leine. Und weil er absolut nicht von ihr ließ, schlug sie vor, er möge halt bei ihr übernachten. Alfred wusste nicht gleich, wen sie meinte, ihn oder den Hund. Jedenfalls blieb der Hund auch am nächsten Morgen bei ihr, als er sich zu seinen Arbeitsterminen verabschiedete. An der Tür sagte sie ihm noch: „Alfred, mein Lieber, ich sag dir, wie wir vorgehen: Du fragst mich nicht nach meinem Leben mit meinem Mann, ich frage dich nicht nach deinen Verflossenen. Zunächst mal gibt es nur uns, dich für mich, mich für dich. Und dann gibt es noch meine Tochter. Wollen wir das so halten?“

Alfred fand den Vorschlag genial. Sie hielt ihm die Wange hin und er küsste sie, bevor er in Richtung Taxi spurtete. Sein Wagen stand ja noch in Sooß.

Im Taxi überdachte er sein Verhältnis zu Lisa von neuem. Was ihn an ihr begeisterte, so sehr, dass diese Begeisterung allein schon band, waren ihre Bildung und Herzenswärme. Niveau hatten auch ihre Freunde und Freundinnen, die sie ihm vorstellte. Regelmäßig hielt sie in ihrem Wohnzimmer in Heiligenkreuz Salon. Tatsächlich. Sie nannte es so, wenn auch mit einem leicht spöttischem Lächeln, das wohl ihr selbst galt und keinem sonst.

An einem dieser Salonnachmittage, draußen war es noch kalt, gab es je nach Wahl heiße Schokolade mit Cognac oder Cognac ohne. Dazu sprach man über Gott und die Welt. Das von der Welt handelte von Syrien, den Kreuzzügen und dem Islam im Hochmittelalter. Das von Gott von einem Christentum als gedachte Reform des jüdischen Glaubens. Ein hagerer junger Mann ohne Krawatte übersprang ein paar Jahrhunderte und sprach von einem russischen Philosophen namens Bakunin, der schon vor hundertfünfzig Jahren gelehrt hätte, der Glaube an einen Gott sei das Festhalten an Erklärungsversuchen und am Niveau des primitiven Urmenschen.

Eine Dame meinte dazu, Ehrfurcht vor einem Himmel impliziere Verachtung alles Irdischen. Zu ihrer Hauptaussage erhob sie sich sogar von ihrem Stuhl: „Wenn es in den Siebzigerjahren hieß: ‚Mehr Demokratie wagen', muss es heute heißen: ‚Mehr Vernunft wagen, die Rechnung mit dem Himmel machen'. Das könnten die Grünen endlich in ihr Programm aufnehmen. Der historische Atheismus der Sozis hat ja nie gegriffen, kam auch zu früh, die Massen waren noch zu bigott. Heute wäre die Zeit reif dafür."

Im Raum wurde es daraufhin so still, dass man Adolfs Schnarchen im Nebenraum hörte. Was einen allgemeinen Lacher auslöste.

Bei einem anderen Salonnachmittag sprach ein Gast aus Frankfurt über Beethoven. Der verbrachte ja die Sommer in Baden im heutigen Beethovenhaus, dem seinerzeitigen Kupferschmiedhaus in der Rathausgasse 10. Der Frankfurter meinte, ihm sei aufgefallen, dass Beethoven in der bescheideneren Umgebung Badens, der Hauptstadt des österreichischen Biedermeiers, seine bombastischen Werke der Klassik komponierte. Etwa die *Missa Solemnis* und den vierten Satz der *Neunten*. In der Nachbarschaft der Wiener Paläste jedoch hätte er mit Vorliebe die eher lieblichen Musikstücke geschaffen, die heute dem Zeitalter der Romantik zugeschrieben würden. Psychologen sollten sich mal über dieses Phänomen den Kopf zerbrechen. Dazu griff er in die Tasten des Klaviers, um Beispiele zum Unterschied zwischen Klassik und Romantik zu Gehör zu bringen.

Alfred war klar, dass er da nicht mithalten konnte. Er kam sich schrecklich klein vor. Doch als ihn Lisa tags darauf bat, ihre Hausrats- und Einbruchsversicherung zu überprüfen, wuchs er gleich wieder über seine hundertdreiundachtzig Zentimeter hinaus. Sie zeigte ihm zwei Ordner, die eine Münzsammlung umfasste. „Alles komplett. Ein Andenken an meinen Vater", sagte Lisa dazu und streichelte geradezu zärtlich über das gebundene Leder mit den Initialen ihres Vaters, EF für Ernst Frey.

Jede der Plastikseiten hatte vierundzwanzig Fächer, in denen je eine Goldmünze steckte. Die eine Seite der Münzen war immer gleich: Deutscher Reichsadler mit der Prägung „20 M". Auf der Rückseite gab es jedoch einen bunten Reigen von bärtigen Häuptern. Alfred las: „Friedrich Herzog von Anhalt", „Ludwig II. König v. Bayern", „Albert Koenig von Sachsen", „Ludwig III. Grosherzog von Hessen", „Friedrich Grosherzog von Baden" – Großherzog immer mit einem S geschrieben. Alfred hätte nie geglaubt, dass es in dem einen Deutschen Reich so viele gekrönte Häupter gegeben hatte. Teils grimmig, teils desinteressiert blickten sie entweder nach rechts oder nach links. Finanzberater addierten gern. Also zählte er und kam auf vier Königreiche, sechs Großherzogtümer, fünf Herzogtümer, sieben Fürstentümer, drei freie Hansestädte und ein „Reichsland Elsass-Lothringen".

Der zweite Ordner enthielt Goldmünzen des Heiligen Römischen Reiches, des Kaiserreichs Österreich, der k. u. k. Doppelmonarchie, der I. Republik und Prägungen der österreichischen Münze aus jüngster Vergangenheit bis zum ersten Goldphilharmoniker, punziert in Schilling. Nach diesen Details ging es ihm um das Gewicht der hundertvier Münzen. Er nahm die Plastikseiten mit den in den Fächern enthaltenen Münzen aus dem Ordner und legte sie auf die Küchenwaage. Lisa sagte: „Vorsicht, polierte Platte", er sagte: „Etwa eineinhalb Kilo, rund sechzigtausend Euro. Ich muss nur noch jede einzelne Münze fotografieren, auch deine Bilder, das Tafelsilber und deinen Schmuck. Die Fotos gehen an die Versicherung. Erst damit wäre dein Besitz dokumentiert. Da diese Werte in deiner bestehenden Hausratsversicherung nicht aufscheinen, wird sie sich kräftig erhöhen. Ist das ein Problem? Wenn ja, bleibt nur das Bankfach."

„Kein Problem, ich möchte die Sachen hier bei mir im Haus haben."

Zwei Monate nach dem Bruderschaftskuss beim Heurigen eröffnete ihm Lisa, dass sie nach Singapur müsse. Ihre hochschwangere Tochter brauche sie. Also machte er bei ihren Wertpapieren Kassasturz. Lisa war mit ihm und dem Ergebnis hochzufrieden. Die veranlagten zweihundertfünfzigtausend Euro erbrachten für sie, abzüglich Kapitalertragssteuer, Gebühren und Manipulation für die Versicherung, etwas über achttausend Euro. Als sie die Gutschrift auf ihrem Konto verbucht sah, meinte sie: „Margit, eine ganz liebe Freundin von mir, du kennst sie flüchtig, hat das Haus ihrer verstorbenen Mutter verkauft und gefragt, ob du dich auch um ihr Geld kümmern kannst. Würdest du das für mich tun?"

„Gern, Lisa."

„Aber nicht, dass du dich in sie verliebst, während ich weg bin."

Er versprach es. Er würde bestimmt nicht mit irgendeiner Dame herumtändeln, sondern hatte sich vorgenommen, die Zeit ihrer Abwesenheit zu nützen, um bildungsmäßig mit Lisa aufzuschließen. Seiner Meinung nach verdiente sie einen Partner mit Niveau. Für sie wollte er mitreden können, wenn von einem Bakunin die Rede war, wie an jenem Nachmittag in ihrem Wohnzimmer. Dass sie beispielsweise wusste, dass Goethe in Karlsbad kurte, und er nicht einmal wusste, dass es ein Karlsbad gab, frustrierte. Dass sie für die Balkonarie in Verdis *Rigoletto* schwärmte und er von Verdi nur vage den Triumphmarsch aus *Aida* kannte, frustrierte ebenfalls. Und dass sie beim Fernsehquiz die richtigen Antworten meist vor den Kandidaten wusste, vorausgesetzt die Fragen hatten mit Allgemeinbildung zu tun und nicht niedriges Adabeiniveau, war Ansporn. Den Spruch seines Klassenlehrers über Hänschen, der als Hans in der Schule Versäumtes „nimmermehr" nachholen konnte, würde er widerlegen.

Gleich nach dem Abschiedskuss am Flughafen Schwechat informierte Alfred sich über die Kurse der Volkshochschule. Die würde er besuchen, um das Minus in seiner Bildung auszugleichen. Und wenn Lisa zurückkam, könnte er sie als Erwachsengebildeter umarmen und willkommen heißen. Zuvor aber musste noch Adolf zur Hundesitterin. Die konnte er sich jetzt ja leisten, dank der Boni aus den Umsätzen mit den Witwen. Adolfs Blick sagte: „Ich wusste ja, dass ich wieder herumgeschupst würde, sobald Lisa weg ist. Schäm dich, du Lulatsch."

Ilse Strasser saß vor dem Stapel der Vernehmungen der Kunden der Liebesdienerin Agnes Brunner. Die jungen Kollegen draußen in den Kommissariaten waren bei ihren Recherchen sicherlich mehr als einmal ins Schwitzen gekommen. Unter den Vernommenen waren die Jüngsten achtzehn, die Ältesten siebzig. Es handelte sich um Handwerker, einen Tierarzt, einen Zahnarzt, ansonsten Landwirte, Verkäufer und Bauarbeiter. Ilse Strasser versuchte, sich daraus ein Sittenbild zu zimmern. Dabei ging es ihr nicht um gesittet, sondern um das Motiv, das Männer zu Prostituierten trieb. Fast alle von ihnen waren verheiratet. Ohne der toten Agnes etwas absprechen zu wollen: Ilse Strasser wettete insgeheim darauf, dass die meisten der Ehefrauen hübscher und interessanter waren als diese Liebesdienerin. Aus Fortbildungen wusste sie, dass sich die Anzahl der Männer, die für Sex bezahlten, innerhalb der letzten zwei Jahrzehnte verdoppelt hatte. Die Soziologen führten den Anstieg auf eine größere gesellschaftliche Akzeptanz von Bordellen und Escortsex zurück. Im Gegensatz zu dieser gesteigerten Akzeptanz hätten Nachfragen gezeigt, dass sich die meisten Männer schämten, für Sex zu bezahlen, und Schuldgefühle hatten. Ihr Verhalten sei voller Widersprüche gewesen. Obwohl sie ihre Erfahrungen als nichterfüllend und leer empfanden, besuchten sie weiterhin Prostituierte.

Beim Durchblättern der Protokolle stieß Ilse Strasser auf drei Männer, die für die Tatzeit kein Alibi bieten konnten. Sie rief die jeweiligen Kollegen der Befragungen an und wollte Fotos von den dreien. Wie sich herausstellte, war das kein Problem. Der Eine war für die Postille seiner Heimatgemeinde anlässlich seiner silbernen Hochzeit abgeknipst worden. Der Zweite war Trainer der örtlichen Fußballmannschaft und als solcher reichlich ins Bildarchiv des Vereins eingegangen. Der Dritte war Autoverkäufer und hatte elegant-sportlich bei einer Modellpräsentation in die Kamera geblinzelt.

Beim Studium der Visagen kam Ilse Strasser auf die Idee, die Bilder Alfred Eder zu zeigen. Der war doch viel bei Agnes Brunner herumgehangen, war im Nebenzimmer, während sich die Freier ihrer bedienten. Vielleicht kannte er einen der Typen vom Sehen. Also bestellte sie ihn ins Bezirkskommando.

Alfred war die ganze Szene nur peinlich. Er schüttelte sich förmlich vor Abscheu und meinte: „Der kam öfter zu Agnes, blieb aber immer nur ganz kurz." Er zeigte auf das Konterfei des Autoverkäufers.

„Mehr wissen Sie nicht über ihn?"

„Nein. Ich hab mich mit Agnes auch nie über ihre Kunden unterhalten. Das Ganze liegt für mich gefühlt Jahre zurück. Hatte ich überhaupt je damit zu tun?"

„Ihr Alibi hat uns nicht restlos überzeugen können. Schon vergessen?"

„Wie könnte ich? Hätte ich Sie belügen wollen, wäre mir sicherlich Besseres eingefallen."

„Dennoch, Herr Eder, ein halbes Alibi, das ist so wie ein wenig schwanger. Also ist halb weder schwanger noch Alibi."

„Und wie kommen Sie mit der Fahndung nach dem Täter voran? Ich möchte nur noch, dass er gefasst wird und ich nie wieder von Ihnen höre." Alfred verbesserte sich sogleich mit einem eiligen: „Das war natürlich nicht persönlich gemeint."

„Schon gut, schon gut, Herr Eder. Zu unserer Fahndung kann ich Ihnen, darf ich Ihnen natürlich nichts sagen. Nur so viel: Wenn wir den Täter haben, werden Sie es nicht aus den Nachrichten erfahren, sondern von uns. Mehr kann ich Ihnen nicht anbieten."

Eder ging und Leo Pfeiffer kam. Ilse Strasser wunderte sich gehörig, als sie sich fragen hörte: „Sag mal, Leo, warst du schon mal im Puff?“ Am liebsten hätte sie sich an den letzten Worten verschluckt, aber nun waren sie heraus.

Pfeiffer konnten sie jedoch nicht irritieren: „Ja, schon. Aber immer nur mit dir und das dienstlich.“

„Ich frag das, weil ich einer Studie nicht glauben kann, wonach gut die Hälfte aller Männer Sex kauft. Und ob du es glaubst oder nicht, die meisten von ihnen sind verheiratet.“

„Na gut, aber ich bin nicht verheiratet. Noch nicht. Also, du fragst mich zur Unzeit.“

8

Die Hundesitterin erkannte Alfred Eder kaum wieder: „Sie haben sich aber verändert. So elegant und nach Mode, da steckt bestimmt eine Frau dahinter, habe ich recht?“ Alfred ging nicht darauf ein, übergab Adolf und zahlte fürs Sitten.

Der Besuch in der Volkshochschule war eine herbe Enttäuschung. Das Fach Allgemeinwissen gab es gar nicht im Jahresprogramm. Zum Glück hatte er Tilly, einen pensionierten Mittelschulprofessor, unter seinen Kunden für Hausratsversicherungen. Er suchte ihn auf und bat um Nachhilfeunterricht. Der alte Mann rieb sich den Bart und wunderte sich: „In Allgemeinbildung? Was wollen Sie denn wissen?“

„Na, alles.“

„Oje“, sagte der Professor. „Wo fangen wir da an? Bei Literatur, bei Geschichte, Geografie, Mathematik, Physik, vielleicht gar Latein?“

Der Professor griff nach dem vierundzwanzigbändigen Lexikon, Band 1, und las daraus vor: „Der Begriff Allgemeinbildung ist unscharf definiert. Sie ist die Voraussetzung, um sich eine wirklichkeitsnahe Meinung bilden zu können, ist unerlässlich, um an der Gestaltung der modernen Gesellschaft teilnehmen und sie gegebenenfalls kritisieren zu können. Sie bildet die Grundlage für die Formung eines persönlichen Weltbildes. Sie setzt Allgemeinwissen voraus.“ Tilly rieb sich den Kopf: „Nicht zu fassen: Hier steht tatsächlich Allgemeinbildung setzt Allgemeinwissen voraus. Darauf muss man erst kommen.“

Er blätterte weiter: „Da haben wir es. Allgemeinwissen: Voraussetzung ist ein gut funktionierendes Langzeitgedächtnis, um darauf gespeicherte Kenntnisse abspeichern zu können. Um jedoch die Wissensinhalte zueinander in Beziehung bringen und verwerten zu können, braucht es Intelligenz."

Der Professor klappte mit einem Knall das dicke Buch zu, nahm die Brille ab und fragte: „Haben Sie Intelligenz, Herr Eder?"

Da Alfred schwieg, sagte der Mann: „Ich meine, schon. Lassen Sie mich über Ihren Fall nachdenken. Wenn ich herausgefunden habe, wie am besten vorzugehen ist, rufe ich Sie an und wir besprechen das."

„Stundenlohn?"

„Langsam, langsam. Ihr Ersuchen ist Neuland für mich. Ich muss mich erst sortieren, danach sehen wir weiter. Mit lexikalem Wissen allein ist es nicht getan. Da spricht man von Halbbildung. Noch schlimmer als Dummheit, Herr Eder. Sagt man zumindest, obwohl ich diese Meinung nicht ohne Vorbehalt teile. Aber lassen wir das. Wo Wille und Fleiß, ist auch ein Weg. Und den werden wir finden, Herr Eder."

Den nächsten Vormittag hatte Alfred sich freigehalten, um seine Wohnung wieder bewohnbar zu machen. Es musste alles gesaugt und ordentlich gelüftet werden, da er ja die letzten Wochen bei Lisa logiert hatte. Da klopfte jemand an der Tür. Warum bediente er sich nicht der Glocke an der Haustür im Erdgeschoß?

Alfred öffnete, und bevor er irgendetwas sagen konnte, bellten zwei Polizisten in Uniform: „Sind Sie Alfred Eder?"

Seinen konsternierten Blick deuteten sie offensichtlich als ein Ja. Denn sie sagten nur in dem gleichen barschen Ton: „Mitkommen. Wir müssen Sie zur Frau Kontrollinspektor Strasser ins Bezirkskommando bringen."

An Strassers Büro hatte sich seit seiner ersten Einvernahme vor mehr als einem halben Jahr nichts geändert. Und wie gehabt, grüßte sie ihn mit den Worten: „Kaffee, Herr Eder? Wir werden ihn brauchen."

Während sie mit Schalen und Untertassen an der Melitta-Maschine klapperte und sich herrlicher Kaffeegeruch von ihrer handverlesenen Arabica-Robusta-Mischung ausbreitete, beobachtete Alfred sie. Schmuck trug sie keinen, brauchte sie auch nicht, er hätte nur von der Makellosigkeit ihrer Erscheinung abgelenkt. Noch immer Nagellack farblos, noch immer der Lippenstift in einem schwer zu differenzierenden Rot. Bloß das Augen-Make-up schien irgendwie anders, sommerlicher, und betonte das Graugrün ihrer Augen noch stärker.

Sie reichte ihm die volle Tasse Kaffee und setzte sich ihm gegenüber. Wie immer trug sie eine Lederjacke über einen schwarzen Rollkragenpulli, der wärmeren Jahreszeit angepasst diesmal aus dünnem Wildleder. Wie beiläufig hing sie von ihren Schultern herunter, rechts und links vorbei an ihren Brüsten, diese betonend. Sie merkte seinen Blick, als sie ihm die Kaffeetasse zuschob, und zog sich die Lederjacke zusammen. Alfred erinnerte die Szene unwillkürlich an den sich schließenden Vorhang der *Walküre* in der Staatsoper. Offene Vorhänge waren ihm lieber.

Mit der Kaffeetasse vor dem Mund sagte sie: „Herr Eder, was ich neulich schon sagen wollte: Sie haben sich ganz schön verändert. Wieder einmal auf Freiersfüßen? Was wurde denn aus dieser Frau Stöger? Haben Sie ihr den Laufpass gegeben?"

„Was kann ich für Sie tun, Frau Kontrollinspektor?"

„Kennen Sie eine Frau König aus Kleinleuthen?"

„Die Witwe von Walter König, dem Schotterkönig?"

„Genau die."

„Kenne ich. Was ist mit ihr?"

„Woher kennen Sie die Dame?"

„Sie ist bei uns versichert und gehört zu meinen Kundinnen."

„Und wo waren Sie gestern Vormittag zwischen zehn und zwölf Uhr?"

„Warum? Was ist mit Frau König? Wurde sie mit Holunderlikör vergiftet?"

„Wie kommen Sie auf Holunderlikör?"

„Hatten Sie mir doch damals unterstellt, bevor Sie mir eröffneten, dass Agnes Brunner nicht vergiftet, sondern erschossen wurde." Alfred dachte nach. Wie lange ist das eigentlich schon her? Ein paar Monate erst? Es schien eine Ewigkeit zurückzuliegen.

Auch Ilse Strasser versuchte sich zu erinnern: „Holunderlikör, sagte ich tatsächlich etwas derart Dämliches?"

In diese Stille platzte Pfeiffer: „Ach, unser Herr Eder."

„Ich bin genauso wenig Ihr Herr Eder, wie Sie mein Herr Pfeiffer sind", protestierte Alfred.

Pfeiffer meinte nur: „Na, hat er schon gestanden?"

„Er denkt gerade nach, wo er gestern zwischen zehn und zwölf Uhr war", sagte Strasser.

„Und, fällt ihm nichts ein? Soll ich nachhelfen? Kleinleuthen. Sagt Ihnen das etwas, Herr Eder?"

Alfred führte die Kaffeetasse zum Mund, ließ sich Zeit, einen langen Schluck zu nehmen, und sagte: „Einen guten Kaffee machen Sie, Frau Kontrollinspektor. Alle Achtung." Erst danach ging er auf die gestellte Frage ein. „Gestern zwischen zehn und zwölf, sagten Sie? Da war ich bei Professor Tilly, einem äußerst gebildeten Lateinlehrer und Kunden von mir."

„Und was wollten Sie von ihm?"

„Das sage ich Ihnen, wenn Sie mir endlich sagen, was mit Frau König ist."

„Erschossen. Die Spusi geht davon aus, mit der gleichen Pistole wie Agnes Brunner, will das aber noch prüfen."

Alfred war sprachlos. Gestern früh noch hatte er die Schotterkönigin angerufen. Sie hatte aber nicht abgehoben.

Ilse Strasser fuhr fort: „Und wieder stehen Sie in vollem Dress auf dem Spielfeld, Herr Eder. Ihre Nähe zum Opfer, und so ganz hundertprozentig war Ihr Alibi im Fall Agnes Brunner ja auch nicht. Wir haben wieder und wieder nachgerechnet, glauben Sie mir. Ja, die Aufzählung der Grabinschriften, die Sie lieferten, passte. Das muss aber nicht heißen, dass Sie tatsächlich am Begräbnistag Ihrer Mutter die Gräber abgeschritten sind. Sie könnten die Details der Gräber und Inschriften ja schon gewusst haben. Also, diesmal brauchen Sie etwas Hundertprozentiges. Können Sie mir folgen, Herr Eder?"

„Doch, ist ja nicht allzu schwer. Wie gesagt, ich war bei Tilly. Aber das Gespräch dauerte keine dreißig Minuten. Ich glaube, als ich mich von ihm verabschiedete, war es elf. Ich habe gleich danach einen Anruf in meiner Firma getätigt. Lassen Sie mich auf meinem Handy nachsehen. Ja elf Uhr und vier Minuten. Danach habe ich getankt. An der Vöslauerstraße. Rechnung habe ich keine. Ob man sich dort an mich erinnern wird können, weiß ich nicht."

„Ach, das macht gar nichts. Die haben sicherlich eine Überwachungskamera. Das wird Kollege Korninger checken. Pfeiffer, gibst du das bitte weiter."

Pfeiffer gab weiter und Ilse Strasser musterte Eder von oben bis unten. Dann sagte sie: „Ich habe Sie neulich in der Lokalbahn gesehen. Sie waren in Wien. Was haben Sie da gemacht? Sie müssen mir das nicht sagen, es gehört nicht hierher. Aber ich bin halt ein wenig neugierig."

„Ich besorgte mir eine Opernkarte."

Alfred Eder intonierte ein Gespräch über Wagner, den Ring, das moderne Regietheater, die Badener Theatersaison. Ilse Strasser hörte interessiert zu, trug nichts dazu bei, schien verwundert. Bis das Telefon läutete und sie mit weit größerem Interesse in den Hörer hineinfragte: „Deutlich erkennbar? Danke Korninger", und auflegte.

„Gratuliere, Herr Eder. Der Kollege hat Sie zweifelsfrei auf den Kamerasequenzen erkannt."

„Das ging aber schnell."

„Ach, heutzutage kein Problem: Tankstelle anfahren, Replaytaste drücken, hoffen, dass gewünschte Passage noch nicht automatisch gelöscht wurde, und gesuchte Sequenz abwarten. Übrigens: Für wen waren die Blumen, die Sie an der Tankstelle gekauft haben?"

Bevor er wahrheitsgemäß sagen konnte: „Nicht, was Sie denken, sondern für eine Neukundin, eine Freundin von Lisa, meiner Bekannten", riss Pfeiffer von außen die Tür auf und sagte: „Ilse wir müssen."

Sie rief: „Ich komme!", und brachte Alfred zur Tür: „Also, auf Wiedersehen, Herr Eder, den Weg hinaus finden Sie selbst."

Als Alfred das Tor des Bezirkskommandos passierte, sah er Ilse Strasser und diesen Pfeiffer in Richtung Bundesstraße abrauschen. Er dachte: Mordkommission? Wie passte das zu dieser Gazelle mit den grüngrauen Augen und den feingliedrigen Händen? Ihre Figur entsprach eher einem Fluchttier als einem reißenden Räuber.

Der Mord an der Schotterkönigin berührte ihn kaum. Eine blöde Gans, die mit dem, was sie gewollt hatte, nämlich den Schotterkönig und massig Geld, nur unzufrieden war. Beim Gedanken an ihren zur Schau getragenen Frust und ihre Herzenskälte fröstelte ihn. Umso mehr wärmte ihn die Erinnerung an Ilse Strassers anerkennenden Blick in ihren graugrünen Augen wieder auf: „Herr Eder, ich kenne Sie ja kaum wieder", hatte sie gesagt und das konnte man nur positiv werten. In der Schaufensterscheibe eines Schuhgeschäfts fiel ihm sein Spiegelbild auf. Von weitem bestätigte es: Er war schlank geworden. Ein Verdienst dieser Stögerin, nicht wegen dem, was sich im Bett, in der Küche oder in der Badewanne abgespielt hatte, sondern dank ihrer Dauerdiät aus Sorge um ihre Linie, der sie ihn unterworfen hatte. Mit „Tu was für dich!" hatte sie ihn in das Fitnessstudio geschickt. Und er hatte sich aus Gewohnheit gefügt. Erst hatte er das Schwitzen für überflüssig gehalten, ständig an seinen nassen Händen herumgewischt. Dann aber hatte er die kräftigende Wirkung der Fitnessübungen gespürt, den frischen Wind, der durch sein Gehirn wehte. Er hatte den eher trägen Denker geradezu in einen Blitzgneißer verwandelt. Rede und Antwort auf Fragen kamen ihm neuerdings fließend über die Lippen. Ein großer Vorteil beim Erklären seiner Anlagestrategien.

Die neue Fitness machte sich allerdings auch negativ bemerkbar. Das stundenlange Sitzen vor den Börseberichten, Gewinnprognosen und Gewinnwarnungen war anstrengend geworden. Immer wieder musste er nun seine Sitzungen unterbrechen, aufstehen und ein paar Schritte tun. Komisch, früher konnte er vor dem Monitor knotzen, und seine Beine fühlten sich weich und rund an und das Kreuz machte keinen Mucks dazu. Dafür fand er das Gehen beschwerlich. Jetzt war es umgekehrt. Und noch etwas hatte sich verändert: Früher hatte er beim Gehen den Kopf gebeugt, als ob jeder seiner Schritte die visuelle Kontrolle brauche. Sein Spiegelbild in einem Schaufenster hätte er so nie bemerken können.

Jetzt hielt er an, zog sich sein Jackett zurecht und sah zwei Verkäuferinnen dahinter zwischen den Schuhregalen. Sie unterhielten sich. Der Gestik nach über ihn. Eine schenkte ihm sogar ein Lächeln zu ihrem anerkennenden Blick. Das beflügelte. Wie um zehn Kilo leichter ging er weiter.

9

Wieder empfand Ilse Strasser diese heftige Abscheu vor der Verschandelung der schönsten Landschaften Österreichs ganz allgemein und hier im Besonderen. Wo sich vor kaum zwanzig Jahren Weinstöcke zum schnurgeraden Habtachtsalut auszurichten schienen, wo abends ganze Orchester von Fröschen im Schilfgürtel der Schotterteiche ihre große Nachtmusik gequakt hatten, erstreckten sich jetzt Parkplätze vor den kahlen Wänden von Bauhöfen, Aldi-, Spar-, Penny- und Billamärkten. Die Niederösterreichische Molkerei mit ihren turmhohen zylindrischen Behältern übertraf sogar diese Hässlichkeiten. Wie eine gierige Krake verschlang sie stückweise Anbaugebiete des Sooßer Roten, einem edlen Tropfen der Thermenlinie südlich von Wien. Die negative Gewalt ihres Erscheinungsbildes stand für den Hauptaktionär Raiffeisen. Alles unter dem Giebelkreuz der Genossenschaft war bekannt dafür, historisch gewachsene Dorfmitten des Landes mit ihren Bankfilialen aus Betonklötzen nachhaltig zu verschandeln.

In gedämpfter Stimmung erreichte Ilse Strasser ihr Ziel Kleinleuthen. Auch die Architektur des Wohnhauses des Schotterkönigs war ein Schlag ins Gesicht der Dorfidylle. Die Baukosten dafür lagen bestimmt jenseits der Millionengrenze, dachte sie, als sie mit Pfeiffer das parkähnliche Grundstück in Richtung Auffahrt überquerte.

Die Bleibe bestand aus einem länglichen und einem hochgestellten Quader, und mit etwas Abstand zum hochgestellten Quader gab es noch einen Würfel, der wie im freien Fall in leichter Schräglage auf einer seiner acht Ecken zu liegen gekommen war. So als ob jemand im Ablauf seines Rollens an dieser Stelle eine Stopptaste gedrückt hatte, damit er nicht gegen das Hauptgebäude stoße. Und sie wusste von ihrem Besuch am Vortag: Der Würfel war innen vollkommen leer und einzig und allein auf eine Laune des Architekten oder des Bauherrn oder beider zurückzuführen.

Die Spusi war bereits den zweiten Tag an der Arbeit, um den Fundus an Fingerabdrücken abzuarbeiten. Ilse Strasser und Leo Pfeiffer grüßten. „Das kann noch dauern", brummte der Dienstleiter des KTDs Hans Leopoldi, ohne aufzublicken, und sprühte weiter schwarzen Grafit auf die steinglatt polierten Wände. Die beiden gingen weiter in Richtung Küche. Hier am Übergang vom länglichen zum aufrechten Quader war es zu dem Verbrechen gekommen. Auf dem Seitentisch des kleinen Salons – der große schloss sich hallenartig an diesen an – standen zwei Kaffeetassen, leer und unberührt. Daneben zwei Silberlöffel, Zuckerdose und eine Schüssel mit Keksen. Das alles sprach dafür, dass Gertrude König vulgo Schotterkönigin in der Küche Kaffee machen wollte, sich ihr Gast von hinten näherte und aus allernächster Nähe auf sie abfeuerte.

„Genickschuss", hatte Doktor Franz Marik von der Gerichtsmedizin nach seinem ersten Augenschein gesagt. „Todeseintritt so gut wie sofort, zwischen zehn und zwölf Uhr." Das war gestern spät nachmittags gewesen.

Ilse Strasser und Leo Pfeiffer gingen durch die Terrassentür der Küche hinaus in den Garten. Gustl Tallian trat aus dem Gebüsch. „Gibt's was hinter den Stauden zu sehen, Tallian?", wollte Pfeiffer wissen. Der Angesprochene, als Nachwuchskraft versuchsweise dem Kriminaldienst zugeteilt, geriet in Verlegenheit. Ilse Strasser sagte nur: „Verstehe. Aber falls Sie es nicht gemerkt haben, in diesem Haus gibt es acht Toiletten."

„Ja, aber der Kollege von der Spurensicherung sagte, ich dürfe auf keinen Fall etwas anrühren."

„Aber Sie haben doch Handschuhe, oder?"

Der Kriminalnachwuchs schwieg. Zu seiner Ehre sei gesagt, sehr verlegen.

Ilse Strasser half aus: „Nehmen Sie diese da und sagen Sie es nicht weiter." Dazu reichte Sie ihm ein Paar Latex.

„Nun, was war denn so dringend, Meister Tallian?", wollte Pfeiffer wissen.

„Ein Mann mit Hut und schwarzem Regenmantel hat sich hier herumgetrieben. Er schien etwas zu suchen. Draußen auf dem Gehsteig entlang des Zauns. Das kam mir verdächtig vor. Jedenfalls wollte ich seinen Ausweis sehen."

„Sehr gut, Tallian", lobte Strasser. „Und?"

„Der Mann griff in seine Manteltasche, und bevor ich noch reagieren konnte, sprühte er mir so ein Zeug ins Gesicht. Es brannte höllisch in den Augen, ich konnte nichts sehen, hörte nur noch das Starten eines Autos, und weg war er. Ich hab mir dann am Brunnen die Augen ausgewaschen."

„Da haben Sie ja noch mal Glück gehabt, mein Lieber. Sie müssen dennoch zum Augenarzt. Und zwar jetzt, okay? Vorher aber noch die eine Frage: Ist Ihnen etwas am Auto aufgefallen, bevor Sie der Unbekannte mit dem Spray außer Gefecht gesetzt hat?"

„Nein, leider gar nichts."

Ilse Strasser nahm ihr Handy aus der Tasche, fächerte ein Bild hervor und fragte: „Könnte der Pfeffersprayer dieser Mann gewesen sein?"

„Genau, jetzt weiß ich, warum mir das Gesicht bekannt vorkam. Das Gesicht des Phantombildes! Ganz bestimmt. Ich weiß es. Er war es."

„Schon gut, schon gut. Ich rufe jetzt für Sie einen Wagen von der Bereitschaft, und ab zum Augenarzt. Ich will noch heute erfahren, ob Sie morgen Dienst machen können, verstanden?"

„Verstanden. Und dieser Brief hier war in der heutigen Post, Frau Kontrollinspektor."

Schon der erste Blick auf den Umschlag machte sie stutzig. „Doktor Ernst Löffler, Rechtsanwalt, Eisenstadt", las sie halblaut. „Interessant."

Ilse Strasser öffnete den Brief und las: „Liebe Gerti, in der von dir angesprochenen Angelegenheit kann ich leider nicht helfen. Mit besten Grüßen."

„Die kürzeste Absage eines Anwalts in meiner ganzen Dienstzeit", sagte sie und reichte den Brief weiter an Pfeiffer.

Der las den Namen des Absenders und sagte: „Löffler? Ist das etwa der Sohn unseres Gerichtsvollziehers?"

„Genau, das ist er. Doch ich frage mich, ob das, worum es hier geht, beruflich oder privat war. Na, wir werden ja sehen. Ärgerlich ist die Geschichte des Mannes mit dem Hut. Unser Phantom. Wir waren ganz nahe dran. Ich wette, das ist unser Mann."

„Du meinst wohl, das war unser Mann. Denn er ist weg. Zu blöd, dass der Tallian nicht gleich schaltete. Er hat doch unser Phantombild bestimmt schon hundert Mal gesehen. Er hätte schon vor dem ersten Wort die Waffe ziehen müssen."

„Komm, komm, Pfeiffer. Ich wette, du hast deine nicht mal eingesteckt."

„Ich hab sie aber im Auto."

„Fein, da hilft sie uns ja auch sehr, wenn wir mal von einer Polizeistreife wegen Schnellfahrens angehalten werden."

Pfeiffer ging darauf nicht ein. „Wir müssen den Gehsteig absuchen lassen."

„Genau. Ich rede mit Leopoldi. Der soll zwei seiner Spurensucher dafür abkommandieren."

Zwei Stummel von Filterzigaretten und eine kleine Dose aus Blech, vergoldet, wurden gefunden. Spusichef Leopoldi triumphierte: „Mit Initialen, Fingerabdrücken und Partikeln eines Medikaments. Das Döschen wurde für die Aufbewahrung von Pillen benutzt. Geht ins Labor. In zwei Tagen wisst ihr, welche es waren."

„Wie lauten die Initialen?"

„Ein E und ein M."

Ilse Strasser besah sich das Stück. Es stammte wohl aus Italien, war bei irgendeinem Souvenirladen erstanden worden. Fraglich, dass die Initialen E und M für das Phantom standen. Sie gab das Pillendöschen Leopoldi zurück und sah sich erneut im Haus um. „Eine verrückte Bude. Ich wette, die Bilder allein sind hunderttausend Euro wert."

„Achthundert", sagte Leopoldi.

„Wie kommst du auf achthundert?", wunderte sich Strasser.

„Nicht achthundert, Ilse, achthunderttausend. Zeitgenössische Kunst. Ob vom Edelsten will ich nicht beurteilen. Aber vom Gefragteren. Falls sie echt sind. Und ich schätze, sie sind es."

„Das muss ich jetzt aber genau wissen. Stell dir vor, da will sich jemand bedienen. Unser Kleber mit der Aufschrift ‚versiegelt' würde ihn bestimmt nicht davor abschrecken." Bei diesen Worten wählte sie eine Nummer.

„Wen rufst du an?", wollte Pfeiffer wissen.

„Na, ihren Versicherungsmann, den Eder. Der muss doch wissen, ob die Schinken hier echt sind."

Alfred war nicht sofort zu erreichen und versprach auf Band, er werde ehestmöglich zurückrufen. Und tatsächlich, das Handy brummte. Es war aber Doktor Marik, der Gerichtsmediziner. „Gleiches Kaliber wie im Fall Brunner, gleiche Tatwaffe, bestätigt mir soeben der Kriminaltechniker. Ob es irgendwelche Stoffreste wie im Fall Brunner gibt, habe ich noch nicht feststellen können. Dafür ist die Gehirnmasse zu groß und die Partikel zu klein. Aber wenn etwas da ist, werde ich es finden."

Keine Minute später brummte das Handy abermals.

„Frau Strasser, Sie haben bei mir angerufen", sagte Eder mit einer Freundlichkeit im Ton, als ob er schon längst darauf gewartet hätte.

„Herr Eder, ich bin in Kleinleuthen im Haus König. Könnten Sie kommen? Es wäre wichtig."

„Sagen wir, in dreißig Minuten?"

„Sind Sie in Baden?"

„Ja."

„Dann geht es sicherlich auch in zwanzig."

„Okay, ich eile."

„Aha, es drängt den Täter zum Tatort", bilanzierte Pfeiffer die Ankündigung des Kommens, doch keiner lachte.

Was aber Alfred zu berichten wusste, haute sie alle um: „Ja, die Bilder sind echt. Auf eine Million bei uns versichert. Aber das ist nicht der einzige Wert in diesem Haus. Mal sehen."

Ilse Strasser folgte seinem Blick auf eine Wandnische, kunstvoll getäfelt mit dunklem Holz.

„Der Cognac fehlt und auch der Whisky."

„Der Mörder wird wohl anderes im Sinn gehabt haben, als zwei Flaschen Hochprozentiges mitzunehmen", sagte Pfeiffer mit spöttischem Unterton.

„Es sei denn, er war ein Kenner."

„Wenn schon. Ich habe schon gehört, dass einer wegen fünf Euro jemanden erschlagen hat, aber nicht wegen einer Flasche Schnaps“, wischte Pfeiffer Alfreds Worte vom Tisch.

Ilse Strasser registrierte jedoch, dass dem Versicherungsvertreter das Fehlen der zwei Flaschen zu treffen schien: „War etwas an den Flaschen so besonders, Herr Eder?“

„Den Cognac erstand Herr König vor sechs Jahren um knapp 160.000 Euro, den Whisky um 170.000. Wir haben das Gebinde wunschgemäß auf 400.000 Euro Wiederbeschaffungswert versichert, denn die Preise für solche Stücke kennen nur eine Richtung, und zwar die nach oben.“

„Wie bitte?“, wunderten sich Ilse Strasser und Kollege Pfeiffer gleichzeitig. Dem großen Schweiger von der Spurensicherung im Hintergrund fiel sogar vor Staunen oder Schreck die Spraydose aus der Hand.

„Ja“, klärte Eder auf. „Sammelstücke, Spleen, Frevel des Kapitalismus, Provokation für alle Bürger dieses Landes vom Mittelstand abwärts, nennen Sie es, wie Sie wollen. Ich habe anfangs auch geglaubt, es könne sich nur um einen Irrtum handeln. Abgeschlossen wurde die Versicherung nämlich noch von meinem Vorgänger. Doch dann habe ich dem Polizzenanhang entnommen, dass Herr König den Cognac 2014 in London für 140.000 Pfund ersteigert hatte. Ein edler Tropfen aus dem Hause Massougnes. Er wurde von einem Spediteur nach Kleinleuthen gebracht. Von einem, der für gewöhnlich Gemälde im Wert von Millionen quer durch Europa zu den diversen Kunstausstellungen karrt. Allein der Transport der Flasche inklusive Versicherung und allem Drum und Dran kostete König schlappe 800 Euro. Der Transport des Whiskys war etwas billiger.

Den hat König nämlich in Berlin von einem Sammler gekauft, der wiederum das gute Stück im Kaufhaus des Westens für 145.000 gekauft hatte. Etwas Besonderes aus der Destillerie Bowmore, Jahrgang 1957."

„Einen Cognac um 160.000 Euro, einen Whisky um 170.000! Wer trinkt sowas?"

„So etwas wird nicht getrunken, Frau Strasser. Das wäre so, als ob Sie einen Brief mit einer Blauen Mauritius in einen Postkasten werfen würden. Von dem Cognac Massougnes 1805, der hier stand, gibt es nur noch drei oder vier Flaschen. Unseren versicherungsinternen Informationsschriften habe ich entnommen, dass Herr König mit seinen 140.000 Pfund einen tollen Kauf gemacht hat. Vor kurzem wurde in London eine weitere Flasche dieses Gesöffs versteigert. Sie ging zum Preis von über 165.000 Pfund, also um 200.000 Euro, an einen Käufer aus Asien.

„Gibt es noch mehr solche Schnäppchen? Vielleicht auf Willhaben?"

„Gibt es. Allerdings nicht auf Willhaben. Beliebt ist der Black Pearl von Remy Martin, zu haben um 51.000 Dollar. Für jene, die nicht so viel ausgeben können oder wollen, gibt es noch ein reiches Sortiment von 5000 Dollar die Flasche und knapp darunter."

Im kleinen Salon herrschte Stille. Nicht eine der Andacht, sondern eine der Fassungslosigkeit. Pfeiffer war der Erste, der sich zu Wort meldete: „Das gehört verboten."

Eine junge Mitarbeiterin der Spusi kam hereingepustet und sagte: „He, ich habe den Wert der Parfüms zusammengerechnet. Schon das, was offen auf der Waschmuschelkonsole herumsteht, addiert sich auf 10.000 Euro."

Ilse Strasser rechnete: „Das heißt, für die Folgen des Verbrechens hier wird Ihre Versicherung schon allein für Cognac und Whisky 400.000 Euro blechen müssen. Kann Sie das nicht Ihren Job kosten, Herr Eder?“

„Es erscheint mir höchst fraglich, ob wir den Verlust des Cognacs ersetzen müssen. Die beiden Schnapsflaschen hätten in Anbetracht ihres Wertes unter Verschluss gehalten werden müssen. Ich habe Frau König auch darauf aufmerksam gemacht, aber sie lachte mich aus. ‚Das beschissene Gesöff?‘ Verzeihung, das waren ihre Worte. Und sie meinte noch, wäre es nach ihr gegangen, hätte ihr Mann die Flaschen mit ins Grab nehmen können. Bis zu einem gewissen Grad verstand ich sie. Nichts kann die Sünde, das edle Getränk dem Tageslicht auszusetzen, hinlänglich beschreiben.“

Ilse Strasser kam aus dem Staunen nicht heraus. Seit wann war das die Ausdrucksweise des Duckmäusers Eder? Wer oder was hatte ihn derart verwandelt? Diese Frau Stöger? Kaum. Noblesse passte nicht zu der Drallen mit Torschlusspanik.

„Wo ist denn das mit Frau König geschehen?“, wollte Alfred endlich wissen.

Ilse Strasser öffnete wortlos die Tür in die Küche, wies auf die Markierungen eines Körpers auf dem Boden und kleine Täfelchen, die Funde von möglichem kriminalistischen Wert markierten.

„Erschossen. Wie Ihre Bekannte, Frau Agnes Brunner.“

„Werde ich das nie los?“, lief es ihm kalt über den Rücken. Dennoch, das „Frau Agnes Brunner“ der Ilse Strasser wärmte. Es roch nach Friedenspfeife. Dass sie ihn ein weiteres Mal nach seinem Alibi für die Tatzeit des Mordes an der Schotterkönigin fragte, regte ihn nicht auf. Er wusste inzwischen, das gehörte zur Routine der Polizeiarbeit.

Ilse Strasser hingegen hatte es eilig, das Alibi dieses Eder zu überprüfen.

„Das kann doch auch Tallian", meinte Pfeiffer verwundert.

„Nein, nein", sagte sie unbeirrt, „das mache ich schon."

Professor Tilly wohnte im ersten Stock eines Biedermeierhauses in der Fußgängerzone. Er freute sich sichtlich, Besuch empfangen zu können, und meinte: „Polizei, spannend. Endlich komme ich in einem Kriminalfilm vor."

„Kein Kriminalfilm, Herr Professor. Nur Routine, nicht mehr. Können Sie bestätigen, dass Herr Alfred Eder gestern vor zwölf Uhr bei Ihnen war?"

„Bei dem Kommen und Gehen, das hier herrscht, soll ich mich an einen Eder erinnern?", fragte er lachend. „Aber ich kann es bestätigen. Ja. Er kam kurz nach zehn und blieb bis halb zwölf. Da habe ich den einzigen Termin am Tag: Essen im Seniorenheim mit gleichaltrigen, aber weniger rüstigen Tattergreisen. Wenn ich nicht das Glück habe, vorher zu sterben, werde ich wohl auch dort landen. Angemeldet bin ich schon."

„Dafür ist aber sicherlich noch ein paar Jahre Zeit."

„Warten wir's ab."

„Was war eigentlich der Inhalt Ihres Gesprächs? Sie müssen mir nicht antworten, Herr Professor. Dank Ihres Alibis ist Herr Eder aus dem Schneider. Ich möchte mir aber dennoch gerne ein Bild von ihm machen."

Professor Tilly sah sie einen Augenblick prüfend an und sagte dann lachend: „Ich auch. Er hat mich tatsächlich leicht überfordert. Kam daher, setzte sich auf den Stuhl da, auf dem Sie jetzt sitzen, und sagte: ‚Ich brauche Nachhilfestunden in Allgemeinwissen.' Was sagt man dazu?"

„Und, werden Sie ihm welche geben?"

„Ich denke, schon. Es wird auch meinen grauen Zellen guttun. Schon allein herauszufinden, was er wohl mit Allgemeinwissen gemeint haben kann, wie das Wort zu definieren ist, war eine Herausforderung. Ich habe lange darüber nachgedacht, bin aber nach wie vor darüber im Unklaren, wenn auch auf einem viel höheren Niveau. Was meinen Sie, wo liegen die Schwerpunkte für Allgemeinwissen heutzutage?"

„Dazu habe ich keine Meinung. Ich weiß nur, dass ich keines habe, zumindest kein besonderes. Aber ich hätte gern eines."

„Nun, wenn ich endgültig weiß, was damit gemeint ist, können auch Sie bei mir Stunden nehmen. Vielleicht Sie und dieser Herr Eder in einer Klasse. Als gemischtes Doppel sozusagen."

Aus irgendeinem Grund fühlte sich Ilse Strasser mit diesen Worten ertappt. Und sie ärgerte sich, ohne genau zu wissen worüber.

Die nächste Recherche führte sie nach Eisenstadt in die Anwaltskanzlei Löffler. Sie wollte unangemeldet erscheinen und mit ihren Fragen überraschen. Das Risiko, den Anwalt nicht anzutreffen, nahm sie in Kauf. Doch er war da. Zwei Sekretärinnen flankierten die Tür zu seinem Büro hinter Bene-Schreibtischen aus den Sechzigerjahren. Die spartanische Einrichtung ähnelte ihrem Büro im Bezirkskommando, nur ein riesiger Philodendron hob davon ab. Doktor Löffler himself residierte zwischen Ikea-Mahagoni. Alles war sauber und effizient, aber kalt und wie unbenutzt. Keine Aktentürme auf seinem Schreibtisch, die Wände kahl. Nach einem betont freundlichen Gruß sagte Anwalt Löffler: „Ich habe Sie schon erwartet."

„Ach, Sie wissen?"

„Ja, es war in den Vierzehn-Uhr-Nachrichten."

„Wurde Frau König namentlich genannt?"

„Nein, aber eine vermögende Gertrude K. aus Kleinleuthen. Ein Anruf bei einem Bekannten im dortigen Gemeindeamt hat dann meine Vermutung bestätigt."

„War sie Ihre Klientin?"

„Nein. Sie war eine Freundin aus der Zeit vor ihrer Ehe mit dem Schotterkönig."

„Intimfreundin?"

„Nein, das nicht. Aber gleichwertiges Mitglied unserer gemischten Runde. Aber alles beinahe zwanzig Jahre her."

„Was ist das für eine Runde?"

„Ach, eine Clique halt aus der Maturaklasse. Heute ein Baumeister, zwei Weinbauern, recht erfolgreiche übrigens, ein Steuerberater, ein Finanzbeamter, Hausfrauen, eine Kammerpräsidentin und eine Landtagsabgeordnete."

„Wann haben Sie Frau König zuletzt gesehen?"

„Sie war vorige Woche hier in der Kanzlei."

„Also doch Klientin?"

„Nein. Sie wollte nur einen ganz allgemeinen Rat."

„Darf ich um Details bitten?"

„Es war wegen des Testaments ihres Ehemanns."

„Geht's genauer?"

„Danach erbt sie alles, Kinder sind ja keine da. Nur das Haus hat er der Gemeinde vermacht."

„Wieso hat ihr Mann ihr alles, nicht aber das Haus hinterlassen? Das ist doch merkwürdig."

„Ihr hat das Haus nicht gefallen, war der Architekt unsympathisch, der Salon zu groß, das Schwimmbad zu klein und so weiter und so weiter. Ich war bei einem hässlichen Streit zwischen ihr und ihrem Mann dabei. Auf Anwesende nahmen die beiden ja keine Rücksicht, wenn sie sich befetzten. Tut mir leid, ein treffenderes Wort für dieses üble Streitniveau gibt es nicht."

„Und Sie meinen, wegen des Streits hat er das Haus der Gemeinde vermacht? Ein Haus um mehrere Millionen?"

„Ich meine, ja. Sie sagte damals wörtlich zu ihrem Mann: ‚Du kannst dir deinen Baukasten in den Arsch schieben.' Tut mir leid, so hat sie es gesagt."

„Und sie wollte diesen Punkt des Testaments anfechten?"

„Nein, sie wollte wissen, ob sie jetzt ausziehen müsse."

„Hätte sie müssen?"

„Schwer zu sagen. Sie und ihr Mann hatten ja ihren Hauptwohnsitz in Wien. Sie war nur ab und zu an den Wochenenden in Kleinleuthen. Meiner Meinung nach hätte das für ein Wohnrecht nicht gereicht. Auf das Wohnrecht hatte der Erblasser bestimmt keinen Gedanken verschwendet. Ihm ging es einzig und allein um Rache als gekränkter Bauherr. Ich kann ihn sogar bis zu einem gewissen Punkt verstehen." Aus einem unerfindlichen Grund begann der Anwalt zu lachen.

„Lässt sich dieser Punkt beschreiben?", fragte Ilse Strasser etwas irritiert.

„Wie bitte? Ach so, ja. Also hören Sie gut zu: Die Gemeinde erbt das Haus und die bebaute Fläche. So weit, so gut. Aber das Grundstück rundherum erbt der Architekt. Und der nur unter der Bedingung, dass er der Gemeinde kein Wegerecht gewährt, keinem Zutritt gewährt, außer im Brand- und Katastrophenfall und für Erhaltungsarbeiten. Wenn einer der beiden das Erbe ausschlägt, geht alles an eine Stiftung."

„Das heißt, die Gemeinde erbt ein Haus, darf es aber nicht betreten?"

„Genau."

„Und warum das Ganze?"

„Weil auch der Bürgermeister und der ganze Gemeinderat sich nur abfällig über das Baulos geäußert und alles versucht hatten, um das Projekt zu verhindern."

„Und jetzt haben sie es praktisch als Denkmal."

„So in etwa."

„Wird die Gemeinde das Erbe antreten?"

„Da fragen Sie am besten den Bürgermeister."

„Und Ihr Alibi?"

„Tatzeit?"

„Gestern, zwischen zehn und zwölf Uhr."

„Das ist einfach: Um neun Uhr hatte ich eine Verhandlung. Die dauerte nur ein paar Minuten, da die Gegenseite nicht erschien. Also Versäumungsurteil. Ich bin dann die paar Schritte hinauf ins Schlosscafé und habe danach im Haydnbräu gegessen."

„Allein?"

„Nein, mit einem Kollegen."

Ilse Strasser notierte dessen Namen, Telefonnummer, die einzelnen Stationen und meldete sich beim Bürgermeister von Kleinleuthen an.

Dessen Augen funkelten: „Der Schotterkönig? Ein bösartiges Arschloch, Frau Kommissar. Sie entschuldigen schon den Ausdruck." Dabei lief ihm das Gesicht knallrot an und seine Lippen zitterten vor Zorn.

Ilse Strasser nahm sich vor, bei den nächsten Fragen behutsamer vorzugehen. Allein das Wort Erbe könnte bei dem Mann schon einen Herz- oder Gehirnschlag auslösen. „Wie kam eigentlich die Gemeinde in das Testament des Königs?"

Der Dialekt des Bürgermeisters wurde breiter: „Ganz Schotterkönig eben, bösartig wie drei Affen. Denken Sie nur: Schenkt er mir vor drei Jahren zur Weihnacht eine

Flasche Rotwein und sagt: ‚Für dich und für'n Sekretär. Lasst es euch schmecken.' Na, wir machen am Nachmittag die Flasche auf, wir trinken und trinken, auf einmal sagt der Sekretär: ‚Du Burgermasta, der schmeckt aber eigen. Komm, lass uns im Internet nachschauen, was dir da der Schotterkönig g'schenkt hat.' Na, wir schauen unter Schato Latur Jahrgang 2009 nach und was soll ich Ihnen sagen: Preis 1100 Euro. Dem Gemeindesekretär ist gleich ganz schlecht g'wordn. Haben wir beide zu an Stück Kas und a paar Solettistangerln a Flaschn Rotwein um 1100 Euro verdruckt. So sind die Leut', wenn sie net wissen, wohin mit'm Geld."

Ilse Strasser täuschte einen Hustenanfall vor, um nicht laut herauszulachen. „Und? Hat Sie der König je wieder auf den Wein angesprochen?"

„Freilich. Aber ich habe ihm natürlich nicht die Freude gemacht und nur gesagt: ‚Sehr großzügig von dir, König, wir geben die Flasche zur nächsten Versteigerung nach London.'"

Plötzlich wurde die Miene des Bürgermeisters todernst: „Frau Kommissar, Sie sind die Erste, die diese wahre Geschichte hört. Ich bitte Sie, sagen Sie es nicht weiter, sonst sind der Sekretär und ich auf ewig die Dorftrotteln."

Ilse Strasser verwies auf ihre amtliche Schweigepflicht, und der Gemeindepolitiker setzte fort: „Drei Monate später war der König dann tot. Von einer Baggerschaufel erschlagen. Schrecklich."

„Und jetzt wird seine Frau umgebracht. Wie gut kannten Sie sie?"

„Eigentlich so gut wie gar nicht. Sie stammt ja wohl aus dem Burgenland. Also von hier ist sie jedenfalls nicht." Der Bürgermeister sagte dies so, als ob dies das Verbrechen an ihr relativiere.

„Wie war eigentlich die Schotter-Ehe?“

„Also ich kann sie nur so beschreiben: Er wollte sie, sie hat das Geld gelockt. Sowas wie Liebe war da nicht. Auf keiner Seite.“

„War irgendwann von Scheidung die Rede?“

„Nein. König hat mir einmal gesagt: ‚Scheidung, wozu? Fremdgehen, wozu? Wenn’s mich juckt, fahr ich nach Wien ins Nobelpuff. Da gibt es Puppen, schönere, als du sie je erträumt hast.‘“

Auf dem Weg zurück ins Kommando läutete das Handy. Ilse Strasser riskierte einen Blick auf das Display: Doktor Marik von der Gerichtsmedizin.

„Was gibt’s, Doktorchen?“

„Nur der Vollständigkeit halber: Keine Stoffpartikel wie im Fall Agnes Brunner auf dem Projektil. Gibt es Ihrerseits etwas Neues?“

„Nicht wirklich. Sagt Ihnen Chateau Latour 2009 etwas?“

„Schon, wächst aber nicht bei uns in der Thermenregion. Kostet 1500 Dollar die Flasche, glaube ich.“

„1100 Euro, um genau zu sein. Ich habe gerade mit einem Bäuerlein gesprochen, der so eine Flasche irrtümlich ausgesoffen hat. Und nun sagen Sie, Doktorchen: Was würden Sie tun, wenn Sie so eine Flasche hätten und Sie trinken sie aus, weil Sie meinen, es wäre Tischwein?“

„Ich glaube, ich würde zum Rumpelstilzchen.“

„Dem Mann, von dem ich spreche, ist das vor gut zwei Jahren passiert, und wenn er darüber redet, bebt er heute noch vor Zorn.“

„Kann ich ihm nachfühlen. Da hätte ich es leichter. Ich würde es nicht überleben.“

„Wusste gar nicht, dass Sie so ein Materialist sind, Doktorchen.“

„Es ginge mir dabei nicht um die 1100 Euro, sondern um das katastrophale Versäumnis an Genuss und erlebter Einmaligkeit."

Inzwischen hatten sich die Brüllaffen der Medien mit ihrem Geschrei auf den Mord an Gertrude König eingestimmt. Einem von ihren Machern waren die Zusammenhänge zwischen dem Mord an Agnes Brunner und dem an der Schotterkönigin aufgefallen. Er kaute etwas von einem Wienerwaldphantom mit schwarzem Mantel und schwarzem Hut vor, und das Rudel heulte es nach. Einer aus dem Rudel kam vom Wienerwaldphantom auf Rübezahl. Dass der Vergleich total danebenging, weil Rübezahl der Sage nach die Schwachen schützte, Unrecht rächte und rothaarig war, schien Schreiber und Leser nicht aufzufallen. *Niederösterreich-Bild* titelte gar mit: „Die Königin ist tot", und konstruierte in einem Nachsatz eine Verwandtschaft Ilse Strassers mit einem straffällig gewordenen Innenminister gleichen Familiennamens. Ilse Strasser fragte sich, wem das Schmierblatt damit schaden wollte. Der ÖVP, deren Schoß besagter Politiker dereinst entsprungen war, oder ihr, der Kriminalistin. Dieses dumme Zeilenkonstrukt regte eigentlich nur Leo Pfeiffer auf. Ilse Strasser scherte sich kaum darum.

So vergingen die Tage mit Ärger und vergeblichem Klingenputzen. Das Alibi des Doktor Löffler, Anwalt in Eisenstadt, war zwar mau, aber es gab nicht das geringste Motiv. Auch nicht unter dessen Spezis, die mit der Ermordeten vor Jahren die gemischte Runde bildeten. Wo immer Ilse Strasser und Leo Pfeiffer ansetzten, sie rutschten ab. Im Team hießen diese Runden die Buß- und Bettage. Als aber Spusichef Leopoldi via Telefon posaunte: „Ich habe was!", kam schlagartig Leben in die griesgrämige Runde.

„Spuck's aus", sagte Ilse Strasser.

„Ich denke nicht daran. Stell Kaffee auf und ich komm zu euch rüber."

Leopoldi rührte mit dem Löffel in seinem Kaffee, dass man meinen konnte, er grabe in dem Häferl nach Gold. Endlich ließ er es gut sein und sagte: „Wir haben an die hundert idente Fingerabdrücke im Haus des Schotterkönigs gesichert. Die haben wir mit Funden aus der Wohnung der Agnes Brunner in Baden verglichen. Und was glaubt ihr, wem sie gehören?"

„Sag's oder ich streu dir Salz in deinen Kaffee."

„Sagt euch der Name Anton Felber etwas?"

„Moment", sagte Korninger. „Nichts sagen, ich weiß es: Der Baggerfahrer aus Bad Vöslau."

„Der Baggerfahrer, das Wienerwaldphantom? Sein Alibi im Fall Brunner war tatsächlich schwach", erinnerte sich Ilse Strasser und setzte nach: „War er nicht auf Ihrer Liste, Korninger?"

„War er. Er hat mir gegenüber ausgesagt, er hätte zur Tatzeit Agnes Brunner ein Baugrundstück im Niemandsland zwischen Baden und Sooß nivelliert. Vor Ort war niemand, also konnte es auch niemand bezeugen. Der einzige Anrainer weit und breit konnte nur bestätigen, dass am Abend des Tages das Grundstück eben war und der Bagger von der Baufirma abgeholt wurde. Der Baggerfahrer Anton Felber hatte damals eingeräumt, regelmäßig Kunde bei Agnes Brunner gewesen zu sein. Ich habe jedoch nirgendwo einen Ansatz für ein Motiv finden können. Ich erinnere mich noch an seine Pranken. Und auch jetzt glaube ich nicht, dass der Mann jemals als Mordwerkzeug eine Pistole gewählt hätte, wenn ein einziger Kantenschlag von ihm jeden Beliebigen taxfrei ins Jenseits befördert hätte."

„Aus dem Umfeld der Schotterkönigin gab es keinen Hinweis auf ihn?"

„Keinen einzigen."

„Na, dann wollen wir das Bürschchen doch mal näher kennenlernen. Her mit ihm", sagte Strasser.

„Moment", fuhr Leopoldi dazwischen. „Zwei Dinge noch: Die Waffe, mit der die Schotterkönigin erschossen wurde, ist nicht ident mit der Mordwaffe von Agnes Brunner in Baden. Und zweitens: Es gibt Fingerabdrücke im Hause König, die mit Fingerabdrücken auf der Haustür vom Tatort Agnes Brunner übereinstimmen und nicht zum Baggerfahrer gehören. Wenn also der Riese ein Alibi hat, nicht gleich verzagen, Poldi fragen."

„Also zwei verschiedene Pistolen, aber derselbe Täter?"

„Könnte darauf hinauslaufen", orakelte Leopoldi.

Als der Baggerführer das Nebenzimmer zu Strassers Büro betrat und sich vor das Fenster stellte, wurde es beinahe finster im Raum, so massig war er. Hände hatte er, so groß wie Pizzateller.

Ilse Strasser eröffnete: „Meinen Kollegen Korninger kennen Sie ja noch aus dem Fall Brunner. Und jetzt höre ich, dass Sie sich nach der doch recht üppigen Gelegenheitsprostituierten etwas Feingliedrigeres angelacht haben. Beschreiben Sie mir mal Ihr Verhältnis zu Gertrude König."

„Ich habe weder der einen noch der anderen etwas getan. Die Trudl kenne ich seit unserer Kindheit im Burgenland. Hier bin ich ihr dann nach Jahren wieder begegnet. Aber wir hatten nichts miteinander. Sie war wie eine jüngere Schwester für mich. Immer ein wenig hilflos. Wenn sie etwas brauchte, rief sie mich an."

„Etwas brauchte? Was meinen Sie damit genau?“

„Sie wird ja vom Haus in Kleinleuthen ausziehen müssen, denn das hat der König der Gemeinde vererbt. Und sie richtet sich in Wien eine Wohnung mit Dachgarten ein. Da habe ich ihr einen Grillofen gesetzt und sperriges Zeugs hinaufgetragen, das nicht in den Lift passte.“

„Wenn Sie die Tote so gut kannten, wissen Sie etwas von einem Freund, mit dem sie eine Beziehung hatte?“

„Nein. Sie hat von einem Anwalt geschwärmt, dem sie nach Jahren wieder begegnet sei.“

„Hieß der vielleicht Löffler?“

„Weiß ich nicht. Kann sein.“

„Wo waren Sie eigentlich in der Zeit, als Gertrude König erschossen wurde?“

„Das weiß ich zufällig noch ganz genau. Ich habe nämlich ein altes Bauernhaus gekauft und arbeite an der Generalsanierung. Und an dem Vormittag, an dem Trudl erschossen wurde, hatte ich Bauverhandlung.“

„Zeugen?“

„Vier. Der Amtsleiter, der Baumeister, Gemeinderat Holzer und der Bürgermeister von Kleinleuthen, wo die Keusche steht, die mein Prachtstück werden soll.“

„Wie finanzieren Sie das?“

„Ich brauche nicht viel, ich habe in den letzten zehn Jahren rundum Freunden beim Bauen geholfen, also werden sie mir helfen. Das ist unter uns Burgenländern so Brauch. So geht es eigentlich nur um die Materialkosten, einen Berg Leberkässemmeln und ein paar Kisten Bier.“

„Verstehe. Das wär's für heute, Herr Felber. Wir überprüfen jetzt Ihr Alibi und Sie halten sich bis auf weiteres zu unserer Verfügung.“

Als der Mann gegangen war, wirkte es wieder hell im Raum und beinahe leer.

Zwei Stunden später berichtete Pfeiffer: „Im Fall Schotterkönigin ist Felbers Alibi hieb- und stichfest. Die Zeugen haben Ort, Zeit und Teilnehmerliste der Bauverhandlung bestätigt. Sie dauerte bis zwölf Uhr Mittag. Danach sei man zum Heurigen nach Sooß auf eine Jause. Die Heurigenwirtin kannte nur den Bürgermeister und Amtsleiter von Kleinleuthen persönlich, meinte aber, der Beschreibung nach sei unser Mann dabei gewesen, hätte alles bezahlt und sei gegen halb sechs von einer Frau abgeholt worden. Die anderen hätten noch eine Kleinigkeit gegessen und wären dann gegen sieben Uhr aufgebrochen."

Ilse Strasser war sichtlich enttäuscht. „Mir zerrinnen die Verdächtigen in meinen Händen wie Butter in der heißen Sonne. Der Baggerfahrer war mein Traummann."

„Sei nicht traurig, Ilse, der Nächste wartet schon."

„Wo?"

„Na der Anwalt im schönen Eisenstadt. Den werden wir schon für dich finden, was Kollege Korninger?"

„Ihr meint den Löffler?"

„Nein. Wir meinen den, der von unserem Riesen ins Spiel gebracht wurde."

„Ich glaube, den gibt es nicht. Er meint sicher den Löffler. Ich war schon bei ihm. Hat ein halbes Alibi, und es wird so sein, wie in diesen zwei Fällen üblich: Wir prüfen und schon ist es ein ganzes."

Und genau so war es. Korninger und Pfeiffer fuhren nach Eisenstadt, prüften und Anwalt Löffler war schon von der Liste der Möglichen gestrichen. Und ein Nachhaken beim Baggerfahrer ergab, dass die Schotterkönigin mit ihrer Bemerkung, sie kenne einen Anwalt in Eisenstadt, der sei richtig gut, bestimmt nicht gut im Bett gemeint habe, sondern gut als Anwalt. Pfeiffer und

Korninger hätten da etwas missverstanden. Und schon waren auch alle Spekulationen auf ein herkömmliches Motiv geplatzt. Gute Anwälte ermorden ihre Klientinnen nicht. Zumindest nicht ohne Anlass, und ein solcher war weit und breit nicht erkennbar.

Ilse Strasser bohrte und grübelte: „Wir suchen einen Mann, der zu beiden Opfern eine Beziehung hatte. Und wer bleibt uns da?"

„Dieser Versicherungsheini und der Kuckuckskleber", schlussfolgerte Pfeiffer.

„Richtig, Alfred Eder und Löffler Senior", sekundierte Korninger.

„Alfred Eder ist raus. Hat ein wasserdichtes Alibi, von mir überprüft."

„So, was hat er denn zum Tatzeitpunkt im Fall Gertrude König gemacht?"

„Er war bei einem Gymnasiallehrer, einem Professor Tilly, um Nachhilfeunterricht in Allgemeinbildung zu nehmen."

„Wie bitte?"

„Warum denn nicht? Zwei Stunden am Tag würden auch mir richtig guttun und dir sicherlich auch, Leo, Allgemeinbildung ist die Voraussetzung, um sich eine wirklichkeitsnahe Meinung bilden zu können, und ist unerlässlich, wenn man an der Gestaltung der Gesellschaft teilnehmen und sie eventuell kritisieren möchte. Habe ich aus dem Internet."

„Für so einen Kurs hättest du mit diesem Dienst hier und den Judotrainingsstunden doch gar keine Zeit."

„Das ist genau der Grund, warum ich ihn nötig hätte."

Pfeiffer schmeckte das nicht: „Dein Alfred hat einen gewaltigen Vogel, das ist sicher. So viel Allgemeinbildung, um den wettzumachen, gibt es gar nicht. Weißt du, was der mit dem Erbe der Goldbarren aus dem Bestand der Badener Nutte gemacht hat? Zu Geld gemacht hat er sie. Und weißt du, was er mit dem Geld gemacht hat?"

„Keine Ahnung. Sag!"

„Dem Verein der Freunde der Polizei hat er sie gespendet. Vierzigtausend! Die vom Verein haben bei mir angerufen, weil sie meinten, das Geld stamme aus einem Coup oder er hätte sich bei der Überweisung um drei Nullen geirrt."

„Sag bloß!"

„Sag ich und füge hinzu: Der hat einen Vogel. Wie kommt er überhaupt dazu?"

„Das darf nicht wahr sein. Ich hab das doch nicht ernst gemeint."

„Was hast du nicht ernst gemeint?"

„Na, das mit dem Spenden. Du weißt doch, als wir das Erbe freigaben, habe ich ihn angerufen. Und seine Reaktion war mehr als befremdend. Statt aufzuatmen war er ausgesprochen grob und meinte: ‚Behalten Sie's.' Worauf ich sagte, er könne es ja spenden."

„Armer Alfred. Zum ersten Mal tut er mir leid. Der hat sich in dich verknallt. Mir fällt die ganze Zeit schon das Strahlen in seinen Augen auf, wenn er dich anschaut."

„Red keinen Unsinn. Das müsst ich doch merken."

„Musst du nicht. Denn kaum wendest du dich ihm zu, knipst er die Lichter in seinen Augen aus, damit du nichts merkst. Wollt ich dir schon ewig gesagt haben."

„Leo Pfeiffer, ich glaub, du spinnst. Wird Zeit, dass eure Hochzeitsglocken läuten. Dir fehlt deine Ludmilla. Wie lange ist sie noch bei ihren Eltern in Polen?"

„Bis Mitte nächster Woche noch. Sie checkt gerade, welche Dokumente noch gebraucht werden für das dortige Standesamt. Wir haben zwar die EU, aber eine Heirat über die Grenzen ist deshalb nicht leichter geworden."

Ein Alarmanruf Tallians weckte sie aus ihren Betrachtungen. Er sei mit einem Kollegen der Spusi nochmals am Tatort Kleinleuthen gewesen. Auf der Rückfahrt nach Baden habe er den Mann mit Hut wiedererkannt. Der sei in ein Bauernhaus gegangen.

„Sind Sie sicher?"

„Ziemlich sicher."

„Gut, Sie warten dort, wir sind gleich zur Stelle. Sollte der Mann aus dem Haus kommen, folgen Sie ihm unauffällig. Versuchen Sie nicht, ihn festzuhalten. Eins gegen eins, das geht nicht. Also Sie warten, wir sind schon unterwegs."

Etwa einen Kilometer vor der Ortsgrenze Kleinleuthens meinte Ilse Strasser, Pfeiffer möge das Blaulicht vom Dach nehmen. Sie fuhren am Rathaus vorbei und sahen drei Häuser, danach Tallian an der Bushaltestelle. Er zeigte auf das Haus.

„Du hinten, ich geh vorne rein", sagte Ilse Strasser zu Pfeiffer.

Auf ihr Klopfen rief jemand im Haus: „Es ist offen."

Sie trat ein. Um den Tisch in der guten Stube saßen einige Leute vor halbvollen Römergläsern, in der Tischmitte stand ein Weinheber, ein Gugelhupf und ein silberner Ständer mit leuchtender Kerze. Etwas zurückgelehnt saß eine alte Frau mit weißer Schürze über einem hochgeschlossenen Dirndl in Schwarz, neben ihr ein dunkel gekleideter Mann mit schwarzem Hut auf dem Kopf. Sieben Augenpaare musterten sie. Der Bürgermeister war der Erste, der Worte fand: „Schau, Resi, die Dorfjugend kommt, um dir zum Neunziger zu gratulieren."

„Ja, alles Gute auch. Wir wollen nicht weiter stören. Nur, Herr Bürgermeister, vielleicht auf ein Wort?"

„Aber sicher doch, junge Frau. Wo brennt's denn?"

Mit diesen Worten erhob er sich etwas schwerfällig, Ilse Strasser bekam einen Hauch von seiner Schnapsfahne ins Gesicht und führte ihn vor das Haus.

„Herr Bürgermeister, der Mann mit Hut am Tisch, wer ist das?"

„Unser Friedhofsgärtner und Totengräber. Warum denn, meine Liebe? Hat er was angestellt?"

Ilse Strasser dachte krampfhaft nach, wie die kritische Frage zu stellen sei, die an Deutlichkeit nichts zu wünschen übrig ließ und gleichzeitig die Polizei nicht blamierte: „Hat er einen Führerschein?"

„Der Sepp? Nein, ich glaub nicht. Wozu denn auch, er hat ja kein Auto."

„Dann ist es gut. Vor kurzem hat nämlich einer ein Reh totgefahren, dessen Beschreibung auf Ihren Sepp passt."

„Also, das kann er unmöglich gewesen sein. Der kam erst gestern aus dem Krankenhaus. Hat Krebs, die arme Haut. Weiß aber nicht, wie ernst es ist."

„Und wie lange war er im Spital?"

„Zwei, nein, ich glaube drei Wochen. Ja, drei."

„Wie lange soll denn das da drinnen noch gehen?"

„Ein, zwei Runden noch, dann wird sich die Resi hinlegen."

„Also, viel Spaß noch, Herr Bürgermeister. Und nichts für ungut."

Pfeiffer war hinter dem Haus hervorgekommen, mit einem Berg von Fragezeichen in seinem Gesicht. Ilse Strasser holte tief Luft: „Das war knapp, Leo. Beinahe hätte ich den Dorfdeppen abgegeben. Unser vermeintliches Phantom ist der Totengräber, und todkrank ist er auch."

Im Bezirkskommando sortierte sie den Ermittlungsstand. Die Bilanz sah traurig aus. Was das Tötungsdelikt an Agnes Brunner betraf, war Alfred Eder nicht aus dem Schneider, bloß weil er ein Alibi für die Tatzeit des Mordes an der Schotterkönigin hatte. Die Grabinschriften, die er vor dem Begräbnis seiner Mutter studiert haben wollte, konnte er von früheren Friedhofsbesuchen her kennen. Der Helenenfriedhof war ja angeblich etwas ganz Besonderes für Friedhoffans ... Friedhoffans? Gab es so etwas überhaupt?

Ilse Strasser bemühte das Internet. Und tatsächlich: Es gab sogar ein internationales Ranking. Platz eins hielt der Fröhliche Friedhof von Maramures in Rumänien. Dazu verriet der erklärende Text: *„Berühmt ist der Friedhof für die farbenfrohen Grabmäler, die aus bunt bemaltem Holz bestehen.“* An sechster Stelle rangierte der Wiener Zentralfriedhof, an zehnter Stelle der Assistenzfriedhof von Kopenhagen: *„Für Arme angelegt, wurde er schnell auch bei den betuchteren Bürgern beliebt. So ist der Märchenerzähler und Schriftsteller Hans Christian Andersen hier bestattet. Bis heute ist er ein beliebtes Ausflugsziel. Lautstarke Picknicks störten die Totenruhe, sodass im Jahr 1813 an den Buden der Verkauf von Schnaps verboten werden musste.“*

Für Badens Helenenfriedhof gab es keinen Platz auf der Liste. Doch er hätte einen verdient, als letzte Ruhestätte für Prinzessinnen des Hauses Habsburg, k. u. k. Minister, Feldmarschälle und Admirale mit Namen, von denen allerdings keiner einen so nachhaltigen Klang hatte wie der des Franz Sacher, Zuckerbäcker des Kaisers, Erfinder der nach ihm benannten Mischung dickmachender Ingredienzen.

Das brachte Ilse Strasser wieder zu Alfred Eder zurück. Richtig schlank geworden war der. Und einen neuen Volvo fuhr er neuerdings auch. Korninger hatte ihn ständig im Auge behalten und berichtete auch von regelmäßigen Besuchen in einem der teuren Fitnessstudios mit privaten Trainerstunden. Ob dieser Wandel, dieser neue Lebensstil Eders vielleicht doch irgendwie auf die 140.000 Euro aus der Lebensversicherung von Agnes Brunner zurückzuführen waren? War die ihm auf die Schliche gekommen, hatte es Streit gegeben, hatte er sie im Streit erschossen? Quatsch, Eder war auf bestem Weg, mit ehrlicher Arbeit demnächst die halbe Million zu erreichen. Doch was sagte das schon? Oft verdarben Geiz und Gier die Freude an Wohlstand, Glück in bürgerlichem Rahmen. Zu Geiz und Gier passte aber seine exzessive Spende an den Verein der Freunde der Polizei ganz und gar nicht. Eher als Vorwand und Ablenkungsmanöver von seiner Schuld. Das würde auch die übersteigerte Höhe der Spende erklären.

Keiner der Nachbarn von Agnes Brunner hatte zur Tatzeit etwas von einem Streit gehört und nichts von einem Schuss. „Ist denn die ganze Nachbarschaft schwerhörig?“, hatte Pfeiffer geflucht und mit Korninger vor Ort die Umstände ausgelotet. Mit einer Pistole, die laut Analyse der Spusi der Tatwaffe zumindest ähnelte. Ein handliches, kleines Ding, im Fachjargon Ladykiller, nicht weil es Ladys killte, sondern Ladys bei Mordgelüsten gern Gebrauch davon machten. So zumindest Spusichef Leopoldi.

Im Stock unter der Wohnung des Opfers war von dem Testschuss aus dem Ladykiller kaum etwas zu hören. Im Stockwerk darüber bewertete Korninger das Geräusch als „einer knallenden Tür ähnlich“. Das alles sprach für die gediegene Ausführung von Altbauten. Aber kriminalistenfreundlich war es nicht.

„Der Kriminaltechnische Dienst hat also herausgefunden, dass die Waffe, mit der die Schotterkönigin erschossen worden ist, nicht die war, mit der Agnes

Brunner in Baden erschossen wurde“, wiederholte sie halblaut und seufzte: „Schade, das wäre ein starkes Indiz für Alfred Eders Unschuld gewesen. Jedenfalls ein weit besseres als das öde Studium vergilbender Grabinschriften.“

Als einziger Trost in trister Lage blieb nur, dass sich die Medien gerade auf einen Bestechungsskandal bei der Nachrüstung der österreichischen (Frei)Luftstreitkräfte stürzten. Unbestochene traten als Unbestechliche vor und schlugen den Takt im Geschrei der Opposition nach einem parlamentarischen Untersuchungsausschuss. Damit waren die Mordfälle Agnes Brunner und Gertrude König medial passé.

10

„Sicilia insula est." Alfred rekapitulierte gerade die „lectio prima" eines abgegriffenen Lateinbuches mit dem Titel *Liber Latinus*, als es läutete. Das Buch hatte er von dem alten Lehrer. Der hatte entschieden, den Kursus Allgemeinwissen mit der griechischen und römischen Geschichte und Latein zu beginnen.

Alfred öffnete die Tür. Ilse Strasser stand draußen. Adolf, der sonst jeden Besucher verbellte, beschnupperte Ilse Strassers Schuhe, maß sie von unten bis oben und dackelte ab in Richtung Wohnzimmer. An der Zimmertür drehte er sich nochmals nach der Besucherin um und schenkte ihr einen „So kommen Sie doch weiter"-Blick, den Alfred so bei ihm noch nie gesehen hatte.

„Ich darf es als gutes Zeichen nehmen, dass Sie läuten, und nicht wie früher gegen die Tür hämmern, und dass Sie alleine kommen, statt in Begleitung Ihres Cerberus?"

„Cerberus?"

„Ja, Ihr Kollege Pfeiffer. Griechisch Kerberos, latinisiert Cerberus. Ein mehrköpfiger Hund der griechischen Mythologie, der den Eingang zur Unterwelt bewacht, damit kein Lebender eindringt und kein Toter herauskommt. Aber bitte treten Sie ein, nehmen Sie Platz."

„Niemand unter der Dusche?" Ilse Strasser hätte sich ohrfeigen können für diese Frage, so peinlich war sie ihr. Ihm aber gar nicht, wie sie erleichtert feststellte.

Er lachte bloß und meinte: „Nein, keine Frau Stöger und auch keine andere. Aber, was führt Sie zu mir?"

„Sie kennen eine Lisa Eschweiler?"

Alfred erschrak: „Es wird ihr doch nichts passiert sein!"

„Nein, nein. Aber in ihrem Haus in Heiligenkreuz wurde eingebrochen."

„Ich muss gleich mit Frau Eschweiler Kontakt aufnehmen. Danke, dass Sie mich verständigen, Frau Strasser."

„Ließ sich nicht vermeiden. Denn unsere Kollegen vom Einbruchsdezernat fanden in dem Haus Fingerabdrücke, glichen sie ab, und eine Vielzahl davon stammte von Ihnen. Danach verständigten sie mich, weil – Sie wissen schon."

Alfred reagierte verärgert: „Wer einmal von der Polizei verdächtigt wird, wird sie nie mehr los. Das klebt an einem wie eine Verleumdung im Internet. Solange aber Sie der Klebstoff sind, ist es zu ertragen. Bitte, stellen Sie Ihre Fragen."

„Nein, nein, Sie verstehen mein Kommen falsch, Herr Eder. Ich bin nicht gekommen, weil ich Sie verdächtige oder Sie zum Kreis der Verdächtigen in diesem Fall gehören, sondern nur, um Sie zu informieren."

„Das ist wirklich nett von Ihnen, Frau Strasser. Bitte entschuldigen Sie meine Reaktion. Frau Eschweiler ist in Singapur. Ich werde mir sofort den Schaden ansehen und sie dann verständigen."

„Nicht nötig, Herr Eder. Frau Eschweiler ist schon in Heiligenkreuz."

„Und hat sich nicht bei mir gemeldet?"

„Ich fürchte, da ist etwas suboptimal gelaufen, und ich fühle mich verpflichtet, Ihnen reinen Wein einzuschenken und mich für die Kollegen vom Einbruchsdezernat zu entschuldigen. Also, die Kollegen haben Frau Eschweiler vor Ihrer Person sozusagen gewarnt."

„Gewarnt?"

„Ja, ich kann es nicht anders formulieren. Sie haben ihr gegenüber den Fall Agnes Brunner erwähnt. Brauche ich mehr zu sagen?"

„Das heißt, Lisa verdächtigt mich des Mordes und womöglich auch noch des Einbruchs in ihre Villa?"

„Sieht so aus, so leid es mir tut. Waren Sie sehr eng mit Frau Eschweiler? Anscheinend hat sie gegenüber Kollegen angedeutet, Sie hätten sich bei ihr eingeschlichen."

„Ich habe Frau Eschweiler über ein Vermittlungsbüro kennengelernt. Wir wurden Freunde, sie meine Kundin, ich habe ihr vertraut und sie mir. Ich habe über sie noch das Vertrauen weiterer Damen erwerben können und verwalte auch deren Vermögen. Vermutlich werden die nun ebenfalls von dem Verdacht gegen mich erfahren und mir nicht mehr ihr Geld anvertrauen."

„Dann hat dein Freund und Helfer Polizei ja ganz schön was angerichtet. Nochmals, ich bedaure das außerordentlich, Herr Eder."

Der hörte gar nicht mehr zu, sondern bedachte das ganze Ausmaß des Schadens. Er hatte nach den ersten Erfolgen als Vermögensverwalter von begüterten Witwen die Adressen der Jäger an einen Kollegen abgetreten. Und jetzt das! War das sein wirtschaftliches Ende? Dann aber begegnete er Ilse Strassers ehrlich besorgtem Blick aus ihren grüngrauen Augen und riss sich zusammen: „Wird schon nicht so schlimm sein, Frau Strasser. Schlimmstenfalls muss ich wieder bei null anfangen."

„Nun, Sie haben ja noch Ihre Jäger. Und, wie macht sich Adolf? Er scheint ja recht friedlich geworden zu sein."

„Täuschen Sie sich nicht. Wie Sie ihn eben gesehen haben, das war die Ausnahme. Eigentlich ist er launisch wie immer, also die meiste Zeit mürrisch und grantig. Und die Jäger gibt es nicht mehr. Das heißt, natürlich gibt es sie noch, aber nicht mehr als meine Kunden. Wir haben in der Firma umgeschichtet. Ich sollte mich in

Hinkunft auf Fälle konzentrieren, bei denen Hinterbliebene Vermögenswerte aus Lebensversicherungen ausbezahlt bekommen. Diese Vermögenswerte sollte ich im Sinne der Hinterbliebenen sicher und gewinnbringend anlegen."

„Gewinnbringend vor allem für Ihre Arbeitgeberin, die Versicherung, denke ich."

„Auch, oder besser: vor allem. Deshalb wollte ich später mal meine eigene Agentur gründen, um noch mehr für meine Klienten herauswirtschaften zu können. Die Kosten, die die Versicherungen berechnen, sind nämlich exorbitant, müssen Sie wissen. Die verdienen immer, egal ob der Kunde gewinnt oder verliert."

„Mit der eigenen Agentur wird es nun wohl vorläufig nichts werden?"

„Zurzeit muss ich schauen, dass ich nicht gekündigt werde. Bisher wusste nämlich Wien nichts von den Verdächtigungen gegen mich. Deshalb heißt es jetzt, retten, was noch zu retten ist. Von meinem guten Ruf meine ich."

„Übrigens, das Einbruchsdezernat wird sich bei Ihnen melden. Es geht ja auch um die Schadensregulierung mit der Versicherung, die Sie vertreten."

„Ja, ich brauche das Ermittlungsergebnis und die Schadensliste."

„Ich habe den Kollegen gesagt, sie mögen kooperieren. Nochmals, das alles tut mir schrecklich leid, Herr Eder. Sie glauben mir das?"

„Ich glaube Ihnen das, Frau Strasser, und Ihr Besuch macht vieles wieder gut. Wird schon werden."

Aber leicht wurde es nicht. Als er beim Einbruchsdezernat anrief, lud man ihn ins Kommando.

„Jetzt gleich?"

„Ja, am besten jetzt gleich."

Ganz so entgegenkommend, wie Alfred das nach dem Gespräch mit Ilse Strasser wohl erwarten hätte dürfen, war der Mann vom Raubdezernat, ein Gerhard Kobenter, in der Kollegenschaft „Gekko" genannt, jedoch nicht. Er wollte ein Alibi für die Tatzeit.

„Was war eigentlich mit Burgl?", fragte Alfred ziemlich konsterniert.

„Ach ja, die Hausgehilfin von Frau Eschweiler."

„Genau. Ich weiß, dass Frau Eschweiler mit ihr vereinbarte, dass sie zweimal wöchentlich in der Villa nach dem Rechten sehen soll."

„Tja, die hat einen Anruf bekommen. Ihrem pflegebedürftigen Vater ginge es schlecht. So musste sie zu ihm nach Kirchberg an der Pielach. Da war sie bis vorgestern. Wir haben ihre Angaben überprüft. Sie hat definitiv ein Alibi und der Anruf war nicht irgendwie fingiert, um sie von der Villa der Eschweiler wegzulocken. Mit dem Vater dieser Haushaltsgehilfin geht es tatsächlich zu Ende. Sagt dessen Arzt."

An diesem Punkt kam Pfeiffer in den Raum, grüßte Alfred unfreundlich und setzte sich neben seinen Kollegen.

„Und was war mit der Alarmanlage? Die war mit der Polizeiinspektion Alland verbunden." Diese Frage hatte Alfred die ganze Zeit schon beschäftigt.

„Tja", sagte Inspektor Kobenter mit langgezogenem A. „Auch so eine Besonderheit an dem Fall. Die Rekonstruktion ergab, dass der Täter gewollt viermal die Alarmanlage ausgelöst und wahrscheinlich kichernd aus sicherer Entfernung bei der Polizeiarbeit zugesehen hatte. Jedes Mal rasten wir hin, jedes Mal blinder Alarm. Beim vierten Alarm ließen die Kollegen die Anlage deaktiviert. Ob willentlich oder versehentlich wird ein Disziplinarverfahren zu klären haben. Jedenfalls hat der Täter das bei seinem neuerlichen Versuch, den Alarm auszulösen, bemerkt und zugegriffen. Niemandem fiel etwas auf. Über die Tatzeit wissen wir nur, dass sie irgendwann zwischen dem letzten Alarm und der Rückkehr der Putzfrau vom Krankenbett ihres Vater anzusiedeln ist. Dazwischen liegen fünf Tage.“

Eine Pause trat ein, die Alfred nutzte, um seinerseits dienstlich zu werden: „Hören Sie, ich vertrete die Versicherung, die für den Schaden aus dem Einbruch aufkommen müssen wird. Deshalb brauche ich die Ergebnisse Ihrer Erhebungen. Normalerweise arbeitet da die Polizei sehr produktiv mit uns zusammen.“

„Wir wollen nichts durcheinanderbringen, Herr Eder. Wir befragen Sie als möglichen Täter, nicht als Vertreter der Länderversicherung. Bei Tätern mit auffälliger Orts- und Detailkenntnis kommt immer auch der Versicherer, der Schlosser und der Monteur der Alarmanlage ins Visier. Das ist State of the Art, Herr Eder.“

„Und für mich ist es State of the Art, die Interessen meiner Kunden zu vertreten und nicht bei ihnen einzubrechen.“

„Vorsicht, Herr Eder. Keine so großen Töne. Die Tötungsdelikte Brunner und König sind noch lange keine Cold Cases“, giftelte Pfeiffer.

„Dann machen Sie endlich Ihre Arbeit.“

„Ich werde es Frau Strasser weiterleiten. Und jetzt zu Ihnen als Vertreter der haftenden Versicherung. Von Frau Eschweiler wissen wir, es fehlt die Goldsammlung. In anderen Worten: Es fehlt mehr als ein Kilo Gold.“

„Eineinhalb Kilo, um etwas genauer zu sein.“

„Wie viel ist das in Euro? Sie kennen sich da ja aus.“

„60.000 gerundet.“

„Handelte es sich um Sammlerstücke oder Nachprägungen?“

„Gemischt, laut Frau Eschweiler. Doch sie hatte sich entschieden, immer nur den Goldwert zu versichern. Von etwaigen Sammlerwerten habe ich keine Ahnung. Numismatik gehört nicht zu meinen Steckenpferden.“

„Also, wenn nichts anderes fehlt als ein bestimmter Wertgegenstand, dann fällt das auf. Vor allem, wenn noch jede Menge Schmuck in einer Schatulle im Schrank liegen bleibt, obwohl er durchwühlt wurde, und Bilder von hohem Wert an der Wand hängen bleiben, obwohl der Täter ganz offensichtlich reichlich Zeit hatte, sich zu bedienen. Wir schließen daraus, dass es dem Täter nur um die Münzsammlung ging. Fazit: Vielleicht waren teure Sammlerstücke darunter, und nur er wusste das. Also kommt der Täter mit an Sicherheit grenzender Wahrscheinlichkeit aus dem Umfeld der Besitzerin.“

„Wenn Sie mich verdächtigen, soll dann ein anderer die Interessen der Versicherung wahrnehmen?“

„Sehen Sie, genau diese Frage haben wir Ihrer Versicherung gestellt.“

„Wem, Frau Greilinger?“

Pfeiffer sah nach: „Ja, so hieß die Dame. Sie vertraut Ihnen explizit und uneingeschränkt und sie hat nichts dagegen, dass Sie die Schadensregulierung durchziehen. Am besten, Sie rufen sie an. Noch etwas.“ Pfeiffer zog das Phantombild des Mannes aus der Tasche, das auf der Suche nach Agnes’ Mörder angefertigt worden war, und reichte es Alfred. „Der wurde wieder gesichtet. Mitsamt dem blauen Wagen, in dem er angeblich an dem Haus von Agnes Brunner vorbeifuhr. Ein dunkelblauer VW Passat. Schauen Sie sich das Bild nochmals an. Sagt es Ihnen was?“

Alfred konzentrierte sich darauf. Irgendwie kam ihm das Gesicht bekannt vor. Laut sagte er: „Irgendwie kommt mir das Gesicht bekannt vor, aber ich kann es nicht zuordnen."

Gleich nach dem – ja, was war es eigentlich: Ein Verhör? Ein Gespräch? – also gleich nach dem Was-auch-Immer rief Alfred bei Ilse Strasser an. Er wollte sich erklären. Seine Bemerkung, die Mordkommission möge gefälligst ihre Arbeit tun, hätte Pfeiffer mit seiner schroffen Art und seinen Verdächtigungen provoziert. Keinesfalls wollte er sich irgendwie abfällig über die Ermittlungsarbeit äußern. „In Wahrheit bewundere ich Ihre Leistungen." Beinahe hätte er „bewundere ich Sie" gesagt.

Ilse Strasser meinte in einem warmen Ton: „Im Grunde war Ihr Vorwurf berechtigt, Herr Eder. Im Fall Agnes Brunner haben wir irgendetwas übersehen. Hoffentlich klärt sich mit dem Fall König, was es ist. Und wenn Ihnen etwas dazu einfällt, bitte rufen Sie mich an."

In Einem wollte Alfred ganz sicher sein: „Und wegen meiner abwertenden Bemerkung über Ihre Fahndungserfolge gegenüber Ihrem Kollegen Pfeiffer sind Sie mir nicht böse?"

„Nein, nein. Ich weiß, wie Sie es meinten, und kann Ihr persönliches Interesse an der restlosen Aufklärung des Mordes an Agnes Brunner sehr wohl nachempfinden. Deshalb und noch einmal: Wenn Ihnen irgendeine Ungereimtheit dazu einfällt, Ihren Verdacht erregt, bitte melden Sie sich." Dazu gab sie ihm ihre Handynummer. „Für dringende Fälle."

Damit war es für Alfred an der Zeit, sich bei Lisa zu melden. Sie ließ ihn in Ruhe ausreden, reagierte darauf aber nur mit einem eisigen: „Ich schlage vor, du redest mit meinem Anwalt. Du kennst ihn ja. Wir zwei haben uns nichts mehr zu sagen."

Wenigstens war der Anwalt freundlich. Nicht nur freundlicher als Lisa, sondern auch noch deutlich freundlicher als bei Alfreds erstem Besuch, als er seine Veranlagungspläne präsentierte. Er eröffnete mit Small Talk, bestellte bei der Sekretärin Kaffee und goss sich und Alfred Cognac in zwei Schwenker aus schwerem Bleiglas. Alfred verabscheute harte Getränke, aber er stürzte ihn runter. Der Anwalt sah den paar Tropfen traurig nach und sagte: „Fürs Extrinken war der eigentlich nicht gemeint, dafür ist er zu edel." Dabei wärmte er den edlen Brand in seinem Schwenker mit der hohlen Hand und nippte davon. Danach räusperte er sich und begann: „Herr Eder, ich bitte Sie um Verständnis. Der Verlust der Münzsammlung des Vaters trifft meine Mandantin sehr. Sie reagiert wohl etwas über."

„Ich kann doch für nichts, das müsste sie doch einsehen. Mir hat sie zu verdanken, dass alles versichert ist. Wenn das vor zwei Monaten passiert wäre, wär alles futsch. So bekommt sie wenigstens den Schaden ersetzt."

„Verzeihen Sie die direkte Frage: Hat die Polizei Sie in Verdacht? Die Beamten vom Dezernat deuteten so etwas an."

„Sie haben mich vernommen und erklärt, in solchen Fällen kämen alle mit Ortskenntnis unter Generalverdacht. Versicherung, Elektriker, Schlüsseldienste."

„Und die Sache mit Agnes Brunner?"

„Ich habe kein klopffestes Alibi."

„Verstehe. Aber wie konnten Sie vor meiner Klientin so tun, als ob Sie mit ihr rein Geschäftliches zu besprechen hätten, in Wahrheit aber ihre Adresse von einem Eheanbahnungsinstitut erkauft haben?"

„Eine Willkür des Schicksals. Eigentlich suchte ich eine Partnerin, nicht fürs Leben, sondern eine vertrauenswürdige Person, die sich um meinen Hund kümmern könnte. Und dann sah ich Lisa. Sie hatte wie vereinbart rote Handschuhe neben der Kaffeetasse vor sich liegen. Sie erschien mir so schön, so erhaben, da hatte ich nicht den Mut, sie anzusprechen."

„Und was sollte der Brief?"

„Ach, das wissen Sie auch? Nun gut, Sie werden das verstehen. Ich musste den Brief schreiben. Ich konnte doch diese wunderschöne Frau hinter der Scheibe der Konditorei nicht im Glauben lassen, dass sie der Mann, mit dem sie sich verabredet hatte, einfach versetzt hatte."

„Und wie sind Sie auf ihren Namen gekommen? Durch eine Indiskretion des Instituts?"

„Nein, die haben gemauert. So wie es sich gehört. Ich bin Lisa nachgefahren nach Heiligenkreuz, habe sie quasi beschattet."

„Ich verstehe. Aber Lisa wird Ihnen das nie und nimmer verzeihen. Doch nun zum Geschäftlichen: Wer regelt jetzt den Schaden?"

„Meine Firma hat mich mit der Abwicklung beauftragt."

„Gut, dann empfehle ich, dass Sie die Abwicklung über meine Kanzlei laufen lassen. Lisa wird Sie in nächster Zeit nicht wiedersehen wollen. So viel zum Schadensfall. Und was Ihre private Beziehung anbelangt, werde ich ein gutes Wort für Sie einlegen. Versprochen."

Der Anwalt goss nach und man sprach noch über diese und jene Aktie. Diesmal nippte Alfred von dem Getränk, stellte fest, dass es seine Mundhöhle in ein Fegefeuer verwandelte, das beim Abkühlen herrlich herbe Geschmacksaromen freigab.

Noch am selben Tag meldete sich per Handy dieser Prüller, der Mann des Partnervermittlungsbüros. Die

Polizei habe sich bei ihm nach Alfreds Verhältnis zu Lisa Eschweiler erkundigt. Ob alles okay sei.

„Okay kann man nicht gerade sagen. Frau Eschweiler teilte mir vor kurzem mit, dass sie mich nie wieder sehen möchte."

„Wie bedauerlich. Können wir Ihnen mit einer weiteren Adresse aushelfen? Es gäbe da eine Dame ..."

„Vielen Dank. Bis auf Weiteres kein Bedarf", unterbrach ihn Alfred. Da saß er schon in der Südbahn nach Wien, um sich bei seiner Vorgesetzten für das erwiesene Vertrauen zu bedanken.

11

Abteilungsleiterin Greilinger wollte davon nichts hören und vertraute ihm stattdessen zwei neue Witwenadressen an: „Die eine, eine Frau Helene Wagner, will besucht werden, die andere, eine Dolores Kunz, hat 100.000 von einer Erlebenspolizze ausbezahlt bekommen. Nicht viel, aber Kleinvieh macht auch Mist. Am besten, Sie überreden sie, das Kapital in einem Betrag als Versicherungssparen bei uns anzulegen. Los, schmieden Sie das Eisen, solange es heiß ist. Sie wissen, ich zähle auf Sie, Eder."

Die Dame Wagner wohnte in Ebreichsdorf. Die Anlage zu den diversen Polizzen verriet, dass ihr Mann Karl Wagner als Landwirt zu einem beträchtlichen Vermögen gekommen war, weil er ein Grundstück in der Nähe von Schwechat besaß, das die Flughafengesellschaft in den Neunzigerjahren des vorigen Jahrhunderts um mehrere Millionen Schilling von ihm erworben hatte. Es lag einer in Planung befindlichen dritten Piste im Weg. Die Millionen brachten dem Bäuerlein kein Glück. Er arbeitete fortan nicht mehr, ergab sich dem Suff und einer Dreißigjährigen, für die er Frau und Kinder verließ. Obwohl die Lebensversicherung der Polizze die erste Ehefrau nach dem Willen des Verstorbenen begünstigte, erhob die zweite Frau Wagner Ansprüche darauf.

„Wahrscheinlich hat er im Suff vergessen, dass es die Versicherung überhaupt gibt", sagte die Witwe aus der ersten Ehe verächtlich. „Und so frag ich mich, wie meine Nachfolgerin davon erfahren hat. Aber um die 250.000 Euro Versicherungssumme kämpfe ich. Selbst wenn mein Haus dabei draufgeht."

Alfred nahm alles auf und versprach, er werde sich darum kümmern.

Das Geld wollte sie nicht anlegen, sondern zur Hälfte den beiden Kindern überlassen und um die andere eine Eigentumswohnung in Himberg erwerben.

„125.000 Euro? Reicht das für den Ankauf einer Wohnung?"

„Nein. Die kostet 200.000 Euro. Aber ich verkaufe die Keusche hier, man hat mir 150.000 geboten, weil das Grundstück so groß ist. Mit dem wenigen Ersparten habe ich den Kaufpreis in bar."

Alfred sah sich um. Das Haus war alles andere als eine Keusche. Die Wohnfläche betrug an die 200 Quadratmeter, die Bausubstanz war solide, Dach und Dachstuhl auf den ersten Blick vollkommen in Ordnung. Das Bad war aus den frühen Nachkriegsjahren, die Küche sauber, bestand aber aus einem Sammelsurium von Kästchen, Regalen und Geräten, kurzum Sperrmüll. Es gab eine große Terrasse, aber keine Zentralheizung.

„Warum investieren Sie nicht in Bad, Küche und Zentralheizung? Das würde Sie um die 20.000 Euro kosten. Danach vermieten Sie. Die Eigentumswohnung in Himberg kaufen Sie über einen Baukredit. Dafür zahlen Sie 2,75 Prozent Zinsen. Für eine Geldanlage mit großer Sicherheit bekommen Sie vier oder mit etwas Glück in einem guten Jahr zehn bis zwölf Prozent. Zudem glaube ich, dass Ihr Haus mit seinen 2000 Quadratmeter Grundfläche mehr Wert ist als 150.000 Euro. Da wäre auch noch die zu erwartende Wertsteigerung in den nächsten Jahren zu bedenken."

„Meinen Sie?"

„Ich mache Ihnen einen Vorschlag: Ich liefere Ihnen bei meinem nächsten Besuch ein Konzept der optimalen Vorgangsweise. Sie prüfen es und sagen dazu ja oder nein. Es verpflichtet zu nichts. Was halten Sie davon?"

„Machen Sie nur. Schaden kann es ja nicht."

Bei der Verabschiedung sah sich Alfred nochmals mit der Besitzerin am Objekt um. Dabei entdeckte er auf der von der Straße abgewandten Seite einige zerbrochene Dachziegel und ein Loch.

„Was ist da passiert?"

„Vom letzten Sturm."

„Haben Sie uns das gemeldet? Sie sind windschutzversichert."

„Ach so? Daran habe ich nicht gedacht."

„Na, sehen Sie. Bestellen Sie baldmöglichst einen Dachdecker, der soll das sanieren. Geben Sie ihm meine Karte, ich garantiere ihm Kostendeckung."

„Und das kostet mich nichts?"

„Nicht einen Cent. Sie sind ja versichert."

Alfred war froh, die Lücke in der Dachdeckung entdeckt zu haben. Solche Mankos schätzen Versicherungsvertreter als Türöffner. Wollte man etwas verkaufen, musste man beim Versicherten tunlichst einen Schaden finden oder notfalls einen erfinden, um beweisen zu können, wie großzügig das Institut Schadensfälle regelte. Das kostete die Versicherung zunächst, brachte aber über kurz oder lang über die Prämien die erwünschten Zahlen in Schwarz. Und dazu klapperte die Mühle der Mundpropaganda. Ein Trick, der beinahe so alt war wie das Versicherungswesen selbst.

Alfred aber erfüllte seinen Teil der Abmachung. Er sprach beim Bauamt der Gemeinde vor. Eine Teilung des Grundstücks der Ebreichsdorferin in eines von 800 Quadratmetern, auf dem das Haus stand, und zwei weiteren Baugründen von je 600 Quadratmetern war möglich. Damit konnte er der Witwe Wagner guten Gewissens empfehlen, die 250.000 Euro aus der Lebensversicherung bei der Länderversicherung anzulegen, das Haus ein wenig aufzufrischen und zu vermieten. Die Mieterlöse würden die Raten für den Kredit zum Kauf der Wohnung decken. Das wäre mit großer Wahrscheinlichkeit die für sie günstigste Variante.

Alfred unterbreitete der Frau seinen Plan. Sie ging, halblaut zu sich sprechend, die einzelnen Etappen des Konstrukts durch und begriff. Dann wurde ihr Gesicht zu einem Fragezeichen: „Und die Kinder?"

„An die habe ich auch gedacht. Wir", er sagte ganz bewusst „wir", „teilen das Grundstück. 800 Quadratmeter für Sie und das Haus, das darauf steht, und für die Kinder je ein Teilgrundstück. Die können es dann verkaufen oder behalten und bebauen, ganz nach deren Belieben. Sie hingegen haben die Kinder bedacht und keinen Stress."

Sie überlegte, und er sah ihr an, dass sie seinen Menüvorschlag goutierte.

„Hätten Sie rund 30.000 Euro Reserve in bar als Realisierungskapital?", fragte er weiter.

„Habe ich."

„Um ertragreich vermieten zu können, müssten Sie schon eine neue Küche anschaffen und eine Zentralheizung installieren lassen. Da bin ich bei 20.000 Euro. Und 10.000 Reserve brauchen Sie für den Fall, dass Sie das Haus nicht zügig vermieten können oder ein Mieter säumig wird. Denn die Raten für den Baukredit müssen Sie ja bedienen. Ich gehe davon aus, dass Sie spielend 800 Euro Monatsmiete erzielen können, denken Sie nicht auch?"

„Der Nachbar vis-à-vis hat sein Einfamilienhaus um 800 Euro vermietet. Das hat keine Garage und einen Garten, in dem Sie kaum einen zweiten Liegestuhl aufstellen können."

„Na, sehen Sie. Dann würde ja alles passen."

„Aber ich habe nicht die Zeit, das alles so durchzuziehen. Ich muss die Wohnung in Himberg jetzt kaufen."

„Darin sehe ich kein Problem. Wir werden den Baukredit für die ersten vierundzwanzig Monate tilgungsfrei stellen."

Wenig später verließ Alfred das Anwesen von Frau Wagner mit dem Gefühl, beim nächsten Besuch abschließen zu können. Er fragte sein Gewissen: Ist das auch alles zum Besten von Frau Wagner? Er kam zu dem Schluss, es war. Irgendwann würde Frau Wagner ein Haus haben, ihre Eigentumswohnung und 250.000 Euro gewinnbringend von ihm angelegt. Eine echte Win-win-Situation getreu seinem Motto, die Kunden immer ein wenig reicher zu machen. Die zu erwartende Wertsteigerung der Immobilie Haus und der Immobilie Wohnung dank ihrer Lage im äußeren Speckgürtel Wiens ga es für Frau Wagner als Sahnehäubchen obendrauf.

Seit geraumer Zeit arbeitete Alfred in solchen Fällen mit Alfons Biermeier, einem ehemaligen Eisenbahner, zusammen. Biermeier war der Mann der Kreditabteilung für Bau- und Bausparkredite. Er war allezeit jedem gegenüber freundlich, und egal, was er sagte, es klang immer nach: „Die Fahrkarten bitte." Vielleicht war gerade deshalb seine Erfolgsquote so beachtlich. Jedenfalls, Biermeier sollte mit Frau Wagner den für Alfreds Finanzplan erforderlichen Vertrag für den Baukredit in trockene Tücher bringen.

Der Exschaffner hielt mit seinem Dienstwagen, einem dunkelblauen VW Passat, vor der angegebenen Adresse in Ebreichsdorf. Es war zwanzig vor zehn, also früher als vereinbart, weil der Verkehr ungewöhnlich flüssig war. Er klingelte, nichts rührte sich. Er drückte die Klinke. Die Tür war nicht abgesperrt. Zögernd trat er ein. Er machte ein paar Schritte und rief: „Frau Wagner? Hallo, Frau Wagner, sind Sie da?"

In dem geräumigen Vorraum muffelten ein dunkler Schrank in Neubarock, herumstehende Schuhe, ein abgetretener Läufer und ein stellenweise erblindeter, mannshoher Spiegel. Eine von drei Türen stand offen. Sie führte in die Küche des Hauses, in der ein ziemliches Durcheinander herrschte. Auf dem Tisch waren ein Nudelbrett, ein Messer und ein in Streifen geschnittener, hauchdünner Teigfladen. Offensichtlich sollten daraus Nudeln werden. Auf dem Herd spritzte Wasser aus einem Fünflitertopf. Es zischte, wenn es auf die heiße Ofenplatte spritzte. Das erklärte den eigenartigen Geruch.

Biermeier rief nochmals: „Frau Wagner?" Nur das Zischen des überkochenden Wassers antwortete. Er drehte die Herdplatte ab, entschied sich für einen Espresso in dem kleinen Café schräg vis-à-vis, um in einer Stunde wiederzukommen. Vor seinem Abgang deponierte er zwischen Messer und Nudelbrett seine Karte. Den schweren Küchengeruch nahm er mit ins Auto. Es roch nach Blunzngröstl. „Komisch", sagte er zu sich selbst. „Von einem Blunzngröstl habe ich gar nichts gesehen."

Kaum war Biermeier weg, kam der Briefträger. Ohne zu läuten oder zu klopfen, ging er ebenfalls durch das Vorzimmer in die Küche. Aber Frau Wagner war nicht da. Auf der gegenüberliegenden Seite des Küchentisches führte eine Tür in eine Vorratskammer, die der Postler bis oben mit eingekochten Marmeladen gefüllt wusste. Diese bot Frau Wagner in kleinen Gläsern auf den Wochenmärkten rundum zum Verkauf an. Bei Marmeladenliebhabern aus nah und fern standen ihre Marille und ihre Ribisel in hohem Ansehen. Deshalb vermutete er Frau Wagner bei ihren Gläsern. Er ging um den Tisch herum, um ihr die Post persönlich zu überreichen. Darum war der Briefträger immer bemüht. Der Austausch von zwei, drei Sätzen – und seien sie noch so banal – beeinflusste die Höhe des Jahrestrinkgelds zu Weihnacht und Neujahr.

Noch ein Schritt und er wäre über eine Tote gestolpert. Frau Wagner lag ausgestreckt vor der Kammertür im eigenen Blut.

12

Kontrollinspektor Gerhard Kobenter alias „Gekko“ hatte einen gefestigten Ruf als Ekel des Hauses zu verteidigen. Er war ohne Hintergedanken, sozusagen aus seinem Naturell heraus bösartig, gleichzeitig erfahren genug, um zu wissen, dass die Leitung des Morddezernats für ihn eine Nummer zu groß war. Er würde also Ilse Strasser nie beerben können. Aber schaden konnte er ihr und das reichte ihm. Er musste nicht jedes Mal einen Nutzen daraus ziehen, schadete anderen sozusagen ehrenamtlich.

Das Interesse von Ilse Strasser und Leo Pfeiffer zum Bruch in Heiligenkreuz berührte seine Kreise, weshalb er beim Dienststellenleiter ein paar Klarstellungen betreffs seiner Zuständigkeit anmahnte. Damit brachte er den Dienststellenleiter immerhin so weit, Ilse Strasser anzuschnauzen: „Kümmern Sie sich lieber um Ihre Leichen“, rüffelte er sie, just als das Telefon läutete und das Kommissariat Ebreichsdorf einen Leichenfund mit Einwirken von Gewalt meldete.

„Na bitte, Sie haben doch ohnedies genug am Hals.“

Zwanzig Minuten später waren Strasser und Pfeiffer am Fundort. Doktor Franz Marik kam keine fünf Minuten später. Er beugte sich über die Tote: „Beinahe noch warm. Auch das Blut ist noch nicht fest verkrustet. Sie ist nicht länger als sechzig bis neunzig Minuten tot, also ungefähr. So viel kann ich schon sagen.“

Ilse Strasser wandte sich an den Kollegen des Kommissariats Ebreichsdorf: „Wer, sagten Sie, hat die Leiche gefunden?“

„Der Briefträger da draußen im Garten.“

Er zeigte in Richtung Fenster. Ilse Strasser ging näher ran und sah einen Polizisten, den sie vom Kommissariat hier vor Ort kannte. Er unterhielt sich mit einem Mann, der Kleidung nach eindeutig der Briefträger. Neben den beiden Pfeiffer am Handy. Sie wandte sich vom Fenster ab und beobachtete, wie Doktor Marik die Rundung eines Nudelwalkers mit der Delle im Kopf des Opfers verglich.

Doktor Marik spürte ihren Blick, sah auf und sagte: „Könnte passen! Blut ist auch dran."

„Dann hätten wir schon mal die Tatwaffe", meinte sie. Und: „Schauen Sie, Doktorchen, die Karte hier liegt da, als ob der Täter seine Visitenkarte hinterlassen wollte."

„Das wär ja was ganz Neues. Mörder hinterlässt seine Visitenkarte", sagte Doktor Marik, ohne von seiner Leiche aufzusehen.

Ilse Strasser steckte die Karte behutsam in eine Plastikhülle und ging ab in den Garten.

„Erzählen Sie mal: Wie war das, als Sie die Leiche fanden", fragte sie den Briefträger.

„Na, ganz normal."

„Normal? Finden Sie täglich bei Ihrem Rundgang Leichen?"

„Sie wissen schon, wie ich das meine. Bei Frau Wagner war alles wie immer. Ich ging in die Küche, sie war nicht da. Ich habe mir gedacht, sie ist in der Vorratskammer. Also wollte ich zur Tür, und da lag sie."

„Ist Ihnen sonst etwas in der Küche aufgefallen?"

„Ja, beim Rausgehen, um zu telefonieren, sah ich den Nudelwalker neben der Tür liegen. Der ist mir beim Reingehen nicht aufgefallen."

Hans Leopoldi von der Spusi kam mit Gefolge vorgefahren. Er fragte: „Wo?", stülpte sich den Knitterfreien über, wie im Jargon des KTD die Schutzanzüge hießen, und verschwand im Haus.

Ilse Strasser registrierte, dass sie und die ihren bis dato kaum Aufsehen erregt hatten, und war dankbar dafür. Die Straßen waren zu diesen Vormittagsstunden generell leer. Die Kinder saßen – hoffentlich! – in der Schule, die Männer waren auf Arbeit, die Frauen beim Kochen. Eine Funkstreife ohne Blaulicht und Folgetonhorn fiel da nicht auf. Und so wie sie da im Garten beisammenstanden, hätte ein Passant allenfalls an eine Bauverhandlung oder Ähnliches gedacht.

„Sie wollten also den Brief Frau Wagner persönlich übergeben. War es etwas Eingeschriebenes, hätte sie den Empfang bestätigen müssen?"

„Nein. Eine ganz normale Briefsendung. Aber meine Kunden plaudern gern ein wenig mit mir. Haben um diese Tageszeit ja sonst keinen Ansprechpartner."

„Und was haben Sie danach gemacht?"

„Wann?"

„Na, nachdem Sie in den Garten gelaufen sind, um die Polizei zu rufen."

„Da habe ich gekotzt. Dort hinten bei dem Fliederstrauch. Wollen Sie es sehen?"

„Danke, nicht nötig. Sie können Ihren Dienst wieder aufnehmen. Wenn Ihnen etwas einfällt, rufen Sie mich bitte an. Hier meine Karte."

Pfeiffer hatte zu telefonieren aufgehört.

„War wohl enorm wichtig, Leo. Wichtiger als die Tote?"

„Ausnahmsweise ja. Es geht immer noch um die Hochzeit in Polen. Wusstest du, dass man dafür ein Ehefähigkeitszeugnis braucht? Das klingt ja wie Potenznachweis."

„Und es bleibt bei der Hochzeit in Polen?"

„In Krakau, ja."

„Schöne Stadt, was man so hört. Da möchte ich auch einmal hin."

„Musst du sogar. Du wirst doch bei meinem Jawort in Krakau dabei sein wollen, oder?"

„Ich komme gern."

„Zusage?"

„Natürlich. Versprochen. Wann werden die Glocken läuten?"

„Im Frühjahr."

Ein Mann kam durch das Gartentor, sah sich verwundert um und setzte seinen Weg in Richtung Haustür fort.

„Moment, Moment", rief Ilse Strasser und eilte ihm entgegen. „Sie können da jetzt nicht rein. Wer sind Sie überhaupt?"

„Biermeier, Alfons Biermeier", sagte er und gab ihr die Hand.

„Freut mich, Herr Biermeier. Darf man fragen, was Sie hierherführt?"

„Ich bin angemeldet. Sind Sie Frau Wagners Tochter?"

„Ich? Nein, ich bin von der Polizei. Sie kannten also Frau Wagner?"

„Nein, nicht persönlich. Aber wieso ‚kannten'?"

„Frau Wagner ist tot. Jemand hat sie ermordet."

„Ermordet?" Beinahe hätte er gesagt: „Aber ich war doch eben noch da, da war alles in Ordnung!" Er verbiss es sich. Er hatte doch nichts angerührt? Doch, seine Karte hatte er hinterlegt. Na, wenn schon. Die kann ihr ebenso gut Alfred hinterlassen haben. Am besten unerwähnt lassen, dass er schon einmal hier war. Er hätte der Polizistin ohnedies nicht helfen können, kannte weder das Opfer noch ihr persönliches Umfeld.

Ilse Strasser ihrerseits wertete das Verhalten des Mannes als Betroffenheit. Dafür sprach auch seine Frage: „Ist sie tot?"

„Sind Ermordete immer."

Beinahe hätte sie Biermeier gefragt, ob mit dem Messer, das auf dem Küchentisch lag. Aber sie durfte ja keinesfalls wissen, dass er eines neben dem Nudelbrett hatte liegen sehen. Deshalb hauchte er nur ein „Schrecklich".

„Also: Sie sagten, Sie wären bei ihr angemeldet gewesen. Angemeldet wofür, Herr ... wie war doch gleich Ihr Name?"

„Biermeier."

„Ganz recht, Biermeier. Ich höre?"

„Um einen Vertrag für einen Baukredit zum Abschluss zu bringen."

„Aus dem wird wohl nichts." Ilse Strasser dachte einen Moment nach und entschied: „Sie können gehen, Herr Biermeier, hinterlassen aber meinem Kollegen aus Ebreichsdorf Ihre Telefonnummer, okay? Für den Fall, dass wir Fragen haben."

Biermeier dachte, am besten so tun, wie diese Kriminalbeamtin hier sagte. Nämlich gehen. Zunächst zu dem uniformierten Polizisten, um ihm die Telefonnummer zu diktieren, danach ab zu seinem Wagen. Bei seinem Abgang hob er gewohnheitsmäßig für alle die Hand zum Gruß. Ein Reflex nach seiner langen Dienstzeit als Schaffner, als er so mit der Kelle dem Lokführer das Zeichen zur Abfahrt gab.

Ilse Strasser und Leo Pfeiffer sahen sich am Tatort noch einmal gründlich um, registrierten die Gewissenhaftigkeit, mit der Hans Leopoldi und seine zwei Männer die Spuren sicherten, und fuhren schließlich ab in Richtung Baden.

Pfeiffer unterbrach das nachdenkliche Schweigen im Auto: „Mit den beiden Witwenmorden scheint dieser Fall nicht in Verbindung zu stehen. Bei der Gelegenheitsprostituierten Agnes Brunner in Baden Pistole, bei der Schotterwitwe Gertrude König in Kleinleuthen Pistole, hier ein Nudelwalker. Zweimal Hinrichtung sauber, einmal mit Keule wie Steinzeitmensch. Was für ein Gegensatz! Das passt nicht zusammen, oder?“

„Ich weiß nicht“, bremste ihn Ilse Strasser ein. „Wenn ich mir das Tatbild reime, passierte Folgendes: Frau Wagner hat den Nudelteig zu einem Fladen ausgewalkt und legt den Nudelwalker zur Seite. Sie schneidet den Teigfladen in Streifen, um sie danach in Nudeln zu schnippeln. Neben ihr steht der Täter. Er redet mit ihr, will vielleicht etwas von ihr, sie lehnt ab, dreht sich zum Herd um, weil sie sehen will, ob das Salzwasser für die Nudeln schon kocht. Der Topf war noch warm, als wir noch einmal alles durchcheckten. Du wirst sehen, die Spusi wird einen mehligen Fingerabdruck von ihr finden.“

„Dann zieht ihr der Täter eines mit dem Nudelwalker über? Das passt nicht zur Lage der Leiche, und verschoben wurde sie nicht, sagt Leopoldi.“

„Du hast recht, die Lage der Leiche spricht für einen anderen Lauf der Dinge. Sie wollte in die Vorratskammer. Das passt zur Lage der Leiche.“

„Und diese Gelegenheit nutzt der Täter, um ihr den Garaus zu machen. Danach verlässt er fluchtartig den Raum.“

„Möglich. Nur den allerletzten Punkt glaube ich nicht. Er verlässt nicht fluchtartig den Raum, sondern vergewissert sich erst, dass sie tot ist. Sonst wäre er ja geliefert.“

„Wie prüft er das in so kurzer Zeit?“

„Sie liegt vor ihm, er braucht nur nach der Halsschlagader zu greifen und kann es feststellen.“

„Dann haben wir es mit einem extrem kaltblütigen Täter zu tun. Meinst du, dass er das geplant hat?“

Ilse Strasser überlegte kurz und meinte: „Eher nein. Der Einsatz des Nudelwalkers spricht für eine Tat im Affekt."

Eine Variante, die die Spusi noch am gleichen Nachmittag widerlegte. Spusichef Hans Leopoldi war gekommen, bat um eine Tasse von Ilse Strassers Arabica-Robusta und zählte auf: „Vorweg fürs Protokoll: Das Labor hat endlich herausgefunden, welche Pillen in dem Döschen waren, das wir vor dem Anwesen König in Kleinleuthen gefunden haben. Wer immer es verloren hat, war Diabetiker. Der Pillenstaub, den wir darin fanden, stammt von einem Antidiabeticum. Vielleicht hilft euch das. Und jetzt zu den Fingerabdrücken in Ebreichsdorf. Im Bereich Küchentisch jede Menge. Wir müssen noch eine ganze Menge abgleichen und zuordnen. Den Nudelwalker hat der Täter nach dem Zuschlagen nicht einfach auf den Boden fallen lassen, sondern auf dem Tisch abgelegt. Blutspuren von dem Nudelholz haben sich auf die Tischplatte übertragen. Von dort rollte er auf den Boden in Richtung Tür. Aber etwas macht die Sache spannend: Es haften Fasern im Mikrobereich auf dem Griff des Nudelwalkers. Und zwar solche von einem schwarzen Lederhandschuh. Die müssen sich bei der Heftigkeit des Schlages auf das Holz übertragen haben. Es handelt sich um feinstes Glaceeleder."

„Interessant. Klingt so, als ob der Täter ursprünglich vorgehabt hätte, sein Opfer zu erwürgen. Dann lag da der Nudelwalker und er sagte sich, wozu die schönen Handschuhe schmutzig machen. Ich nehme das Holz", warf Pfeiffer in den Ring.

„Erwürgt? Ja, das könnte sein ursprünglicher Plan gewesen sein. Jedenfalls wissen wir, er hatte Böses vor. Wozu trägt ein Mann im Sommer Handschuhe?", meinte Ilse Strasser.

„Bin ganz bei dir“, antwortete Leopoldi. „Er kam mit dem Vorsatz, keine Fingerabdrücke zu hinterlassen, daher die Handschuhe. Ob er damit sein Opfer erwürgen wollte, sei dahingestellt. Aber sicher erscheint: Er plante Mord.“

„Tragen Männer überhaupt Glaceehandschuhe oder haben wir es mit einer Täterin zu tun?“, fragte sich Ilse Strasser halblaut.

„Habe ich mich zunächst auch gefragt“, sagte Leopoldi. „Aber gibt es. Sündteures Zeugs für trendbewusste Fahrer von Sportautos oder Cabriolets.“

13

Alfred war entsetzt, als er von Biermeier telefonisch erfuhr, dass die Witwe Wagner ermordet worden sei. Biermeier vertraute ihm auch an, dass er der Kriminalbeamtin gegenüber unerwähnt ließ, dass er kurz vor dem Mord noch am Tatort gewesen war.

„Kriminalbeamtin, sagen Sie? War sie dunkelhaarig, schlank, zwischen dreißig und vierzig?"

„Ja, eigentlich viel zu hübsch für diesen Job. Viel zu sehr ladylike, wenn Sie wissen, was ich meine."

Und ob Alfred das wusste! Wieder war etwas geschehen, was Lisas Verdacht gegen ihn aufwärmte. Er musste sie anrufen und ihr von seinem Kontakt zu Helene Wagner erzählen. Zu Biermeier sagte er grob: „Sind Sie noch ganz bei Trost! Einfach verschweigen, dass Sie am Tatort waren? Die Spurensicherung wird etwas von Ihnen am Tatort finden und sie wird Sie in die Mangel nehmen. Ich kenne die Kriminalistin. Sie ist eine von den Besten. Was allerdings für Sie von Vorteil ist. Denn dass Sie nichts gemacht haben, wird sie früher oder später trotz Ihres Fehlers ebenfalls herausfinden."

„Ich habe meine Karte auf dem Tisch hinterlassen. Neben dem Nudelbrett. Könnten nicht Sie diese Helene Wagner gegeben haben? Ich habe nichts angerührt."

„Nein, das bringt nichts. Die Spurensicherung findet garantiert etwas von Ihnen und dann stehen Sie aber ganz blöd da."

„Ich habe die Herdplatte abgedreht, weil Wasser überkochte."

„Na bitte, da haben wir's. Und Sie glauben, die Spusi findet nichts von Ihnen. Aber lassen Sie's vorläufig gut sein. Ich spreche mit Frau Strasser. So heißt nämlich die Kriminalbeamtin. Danach werde ich Ihnen berichten."

Ilse Strasser war nicht im Kommando zu erreichen. „Auf Einsatz", sagte eine junge Männerstimme durchs Telefon. Alfred hinterließ die Bitte, sie möge ihn zurückrufen. Er überlegte: Ob er ihre Handynummer versuchen sollte? Besser nicht, entschied er. Sie war jetzt sicherlich gefordert und hatte ihm die Nummer nur „für dringende Fälle" gegeben.

Es war ein schöner Tag, er hatte sich den Nachmittag für die Wagner, die jetzt auf irgendeinem Tisch in der Gerichtsmedizin lag, freigehalten und konnte daher mit Adolf Gassi gehen. Der Kleine zog ihn in Richtung Doblhoffpark. Am Ententeich setzte Alfred sich auf die Bank, hob Adolf hoch und dachte nach.

Mehr als ein halbes Jahr war seit dem Mord an Agnes Brunner vergangen und Alfred gingen die Frauen aus. Die eine Witwe in ihrer Küche per Genickschuss erledigt, die andere ermordet, wie, wusste er noch nicht, Lisa Eschweilers Villa in Heiligenkreuz ausgeraubt, diese Bilanz begann unter seinen Kundinnen die Runde zu machen. Zum Glück wandten sie sich an Lisas Anwalt, sodass Alfred deren Vermögen weiter verwalten durfte, allerdings nur über die Anwaltskanzlei. Und die machte das nicht umsonst, kassierte vermutlich zweimal. Einmal bei ihm und einmal bei seinen Mandantinnen. Würde Alfred nicht gute Miene zu diesem Spiel machen, würden die Damen ihr Geld abziehen? Die Versicherung würde wissen wollen warum und Alfred müsste zugeben, dass er mit einem Frauenmord in Verbindung gebracht wurde. Genauer gesagt mit zwei, demnächst vielleicht gar mit drei. Und weit und breit kein Täter in Sicht, dessen Ausforschung seinen guten Ruf wiederherstellen würde.

Ein Gutes jedoch hatten sie, die Morde: Sie ergaben einen Kontakt mit Ilse Strasser. Er wählte nochmals die Nummer des Kommandos. Noch immer nichts. Auf dem

Weg zurück in die Stadt ging er an der Konditorei vorbei, hinter deren Auslage dereinst Lisa saß und in ihrem Buch las. Empfand er etwas bei dieser Erinnerung? Ja, Ärger. Wie konnte jemand so überheblich sein? Diese Kälte in ihrer Stimme, als sie sagte: „Wir zwei haben uns nichts mehr zu sagen." Dabei hätte er alles mit wenigen Worten erklären können.

Auf der Höhe des Marktes läutete das Handy. Es war Ilse Strasser. Endlich! Er musste ihr alles mitteilen, bevor sie herausfand, dass die tote Helene Wagner zu seinen Kundinnen gehörte, und sie musste erfahren, dass Biermeier, dieser Trottel, am Tatort war. Und zwar unmittelbar am Tatort.

„Ich bin zurzeit sehr unter Druck, Herr Eder", sagte Ilse Strasser. „Hat es Zeit bis morgen?"

„Leider nein."

„Gut, ich komme mit Pfeiffer heute nach Dienstschluss bei Ihnen vorbei."

„Mit Pfeiffer? Geht es nicht ohne?"

„Ganz ausgeschlossen."

Um halb zehn Uhr läutete es an Alfreds Tür. Es war Ilse Strasser. Sie ging an ihm vorbei in das Vorzimmer und er ließ die Tür offen, sah hinaus in das Stiegenhaus und fragte: „Wo ist Pfeiffer?"

„Der konnte nicht. Muss mit seiner Freundin reden, einer Polin. Sie wollen im Frühjahr heiraten."

Alfred versuchte, sich nicht anmerken zu lassen, wie froh er war, dass sie allein kam. Da konnte er ihr ungestört alles erklären. Auch Biermeiers Dummheit. Gleichzeitig fragte er sich, wer diesen unfreundlichen Klotz heiraten wollte. Aber vielleicht war er ja privat der beste Kumpel.

„Also, was gibt es Dringendes, Herr Eder?" Doch erst musste Adolf von ihr begrüßt und ein wenig gekrault werden. In solchen Fällen entschied der Hund, wann es genug war. Reichte es nicht, bellte er so lange, bis die Streicheleinheiten fortgesetzt wurden. Aber er schien zu fühlen, dass Wichtiges anlag, und gab sich bescheiden.

„Was es gibt? Helene Wagner ist eine Kundin von mir."

„Du meine Güte, die auch noch. Woher wissen Sie davon?"

„Vom Kollegen Biermeier."

Adolf gab deutlich zu verstehen, dass ihn dieses Thema nicht interessierte, und verschwand gähnend in seinem Korb. Ilse Strasser nahm Platz, Alfred setzte sich ihr gegenüber und seufzte: „Schön langsam stehe ich das nicht mehr durch. Auch finanziell nicht. Frau Eschweiler und ihre Freundinnen wickeln ihre Geschäfte mit mir nur noch über einen Anwalt ab, der mir dafür die Hälfte meiner Provisionen abnimmt ..."

„Darf er das?"

„Ja. Er kann ja nachweisen, dass er und seine Kanzlei Mühwaltungen haben, auch wenn sie nur darin bestehen, dass er mit mir beim Handaufhalten einen Cognac trinkt. An sich also okay, aber mein halbes Geld ist weg."

„Hat er Sie erpresst? Sagt er: Wenn Sie nicht mitspielen, rufe ich eben die Versicherung an?"

„Nein, so dumm ist er nicht, braucht er auch gar nicht zu sein. Die Damen würden ihr Kapital abziehen und die Versicherung würde von sich aus Fragen stellen. Meine Chefin, Frau Greilinger, will Zahlen sehen und muss Zahlen liefern. Und zwar schwarze."

„Ich hoffe, Sie haben ein klares Alibi, Herr Eder."

„Wann wurde Helene Wagner getötet?"

„Heute Vormittag zwischen halb zehn und halb elf."

„Gott sei Dank. Da war ich beim Zahnarzt. Das können die zwei Vorzimmerdamen und Doktor Reisner bezeugen."

„Was Grobes?“

„Na ja, gebohrt hat er schon.“

„Das ist gut, Herr Eder. Das wird auch Pfeiffer überzeugen. Der mag Sie nicht.“

„Und macht auch kein Hehl daraus. Da ist noch etwas: Kollege Biermeier, der den Kreditvertrag mit Frau Wagner abschließen sollte, hat gebeichtet und mir anvertraut, dass er eine knappe Stunde vor dem Gespräch mit Ihnen im Garten schon einmal am Tatort war. Die Haustür sei offen gestanden und auch die vom Vorzimmer in die Küche. Er habe Frau Wagner nicht angetroffen und in der Absicht, etwas später nochmals vorzusprechen, seine Karte hinterlegt.“

„Warum sagt er das nicht gleich?“

„Er hatte Angst, noch an Ort und Stelle von Ihnen verhaftet zu werden.“

„So ein Blödmann. Dieses Wissen ist ganz wichtig zur Tatzeiteingrenzung. Hat er sonst noch was gebeichtet?“

„Nicht gebeichtet, sondern beteuert. Er sei gleich wieder gegangen, habe aber davor noch die Herdplatte abgedreht, weil Wasser bereits zischend überkochte.“

„Ach, er war das. Na warte, den werde ich mir kaufen. Wie ist der so, der Biermeier?“

„Eigentlich ganz in Ordnung. War Eisenbahner und ließ sich nach seiner Pensionierung bei uns in der Kreditabteilung einschulen. Er ist einer von den Erfolgreichen, also auch von den Fleißigen. Und bevor Sie fragen: Er gilt als korrekt.“

„Wie geht's mit Latein?“, fragte Ilse Strasser unvermittelt.

„Oh, Lectio dreiundzwanzig. Deinde ladrones in ipsis.“

„Oho, Herr Eder trainiert seine Gripsis. Und was heißt der lateinische Satz?“

„Es ist gar kein Ganzer. Ladrones sind die Diebe, Einbrecher. Die Textstelle aus meinem *Liber Latinus* heißt übersetzt: ‚Darauf die Einbrecher unter sich'."

„Ich bitte Sie, nichts über Einbrecher. Mein Dienststellenleiter hat Pfeiffer und mich heute ermahnt, dem Einbruchsdezernat in Sachen Eschweiler-Villa Heiligenkreuz nicht weiter ins Handwerk zu pfuschen."

„Oh weh. Indirekt habe auch ich daran Schuld."

„Nein, die Schuld liegt schon beim Leiter des Dezernats Einbruch, einem gewissen Gerhard Kobenter, unter uns einfach ‚Gekko'."

Ilse Strasser kostete den Riesling vom Stadlmann in Traiskirchen.

„Gute Wahl, Herr Eder", sagte sie anerkennend, und er schenkte nach. „Wir haben diesem Gekko angeboten, alles über das Umfeld von Lisa Eschweiler zu liefern. Aber er will das Rad neu erfinden. Hat er sich bei Ihnen nochmals gemeldet?"

„Bis jetzt noch nicht. Wie stehen eigentlich die Chancen, dass die Münzsammlung gefunden wird? Was meinen Sie?"

„Extrem schlecht. Es gab den Verdacht, dass wir es mit einer rumänischen Einbrecherbande zu tun haben, die den Bezirk Bruck an der Leitha unsicher macht. Sieht aber nicht so aus. Wer auch immer die Münzen gegrapscht hat, der wird sie an einen Hehler irgendwo in Warschau, Bratislava oder Budapest verkaufen, und die werden die Münzen einschmelzen oder fernab von hier auf den Markt bringen. Erkennungsmerkmale wie bei Schmuckstücken gibt es ja nicht."

So plauderten die beiden noch bis kurz vor zwölf. Dann verabschiedete sich Ilse Strasser. „Ich habe morgen einen schweren Tag." Alfred hielt ihre Hand etwas länger. Sie war kalt, ihm aber wurde bei ihrer Berührung ganz warm ums Herz.

Ilse Strasser gestand sich auf der Heimfahrt in ihrem Auto ein, dass sie die Länge des Händedrucks Alfreds als Geste des Vertrauens und der Zuneigung empfand. Doch Zuneigung in welche Richtung? Von ihrer in die seine oder in die umgekehrte Richtung oder vielleicht sowohl als auch? Nach Pfeiffers Bemerkung, dass seine Augen strahlten, wenn er sie nur ansah, hatte sie darauf besonders achten wollen. Fand sie aber nicht. Sie konnte nur feststellen, dass seine Blicke eine wohlige Wärme ausstrahlten, die sie berührte. „Quatsch“, sagte sie sich und hätte vor Zorn darüber beinahe einen Fußgänger übersehen.

Am nächsten Morgen erhielt Alfred eine Mail vom Anwalt der Eschweiler mit einer Auflistung der Sammelstücke in dem Konvolut Münzen, deren Wiederbeschaffungswert weit über dem Goldwert lagen. Teuerstes Stück des Konvoluts war eine 20-Pesos-Münze Kaiser Maximilians von Mexiko in Gold, Wert: 21.000 Euro. Den reinen Goldwert der Sammlung hatte ein gerichtlich beeideter Sachverständiger mit 58.270 Euro angesetzt. Alfred zeichnete die Auflistung gegen und gab sie weiter an die Schadensabteilung. Die würde allenfalls rückfragen ober binnen Wochenfrist den Betrag auf das Anwaltskonto überweisen.

Am nächsten Morgen hatte Ilse Strasser noch kaum hinter ihrem Schreibtisch Platz genommen, als Pfeiffer fragte: „Warst du bei diesem Eder?“

Lag in seiner Frage etwa mehr als das bloß sachliche Interesse eines Kriminalisten, fragte sie sich. Wollte er vielleicht wissen, wie lange Alfred ihre Hand beim Abschied gehalten hatte? Sie sah ihren Kollegen prüfend an: Unterstellte er irgendetwas?

Pfeiffer merkte natürlich, dass sie überlegte, bevor sie sagte: „Ja. Und stell dir vor, die Helene Wagner war auch eine seiner Kundinnen."

„Du wirst lachen, ich dachte mir so etwas, als er sich meldete. Der Mann ist ein Frauengefährder. Wahrscheinlich ist ihm das gar nicht klar. Darum rate ich dir: Halte dich fern von ihm, Ilse. Sein Schatten heißt Tod."

Ilse Strasser musste lachen: „Wie du dich ausdrückst. Das klingt nach Fernsehen und Hitchcock."

Pfeiffer lachte nicht, sondern sah sie nur prüfend an.

„Übrigens, dieser Eder hat sich unglaublich verändert. Offensichtlich nimmt er sein Fitnessprogramm ernst, von dem uns Korninger berichtet hat. Eder hat abgenommen, legt Wert auf gute Kleidung, schaut dich an, wenn er mit dir redet, hat plötzlich so etwas wie Wortschatz und betreibt Erwachsenenbildung, kennt sich neuerdings sogar in der griechischen Götterwelt aus. Von dir sprach er als Zerberus."

„Hat er nichts Besseres zu tun?"

„Warum? Bildung adelt. Nimm dich zum Beispiel: Was weißt du über Zerberus?"

„Ein Asteroid aus der Gruppe der Apolloasteroiden. Er wurde Anfang der Siebzigerjahre von einem Astronom in Hamburg entdeckt. Der Name des Entdeckers fällt mir momentan nicht ein, aber ich weiß, dass er gebürtiger Tscheche ist. Soviel ich weiß, lebt er noch."

„Falsch. Zerberus ist der berühmte Höllenhund, der die Unterwelt bewacht. Sagt Eder."

„An dessen tatsächliche Existenz glaube ich nicht. An den Asteroiden schon. Aber was hast du nur immer mit diesem Eder? Man könnte ja meinen, er wäre dein neuester Schwarm."

„Quatsch. Aber es kommt doch nicht so oft vor, dass sich ein Mensch in kurzer Zeit um Eckhäuser verbessert. Das muss man doch würdigen dürfen."

„Für mich ist er aus der Sache Agnes Brunner und Schotterkönigin erst raus, wenn er ein hieb- und stichfestes Alibi liefert."

„Du bist sowas von stur. Im Fall der Schotterkönigin hat er doch eines. Und zur Tatzeit Helene Wagner war er seinen Angaben zufolge beim Zahnarzt. Da, unser Neuling Tallian soll es prüfen und protokollieren." Mit diesen Worten reichte sie ihm einen Zettel mit Namen und Adresse.

„Und die beiden Sprechstundenhilfen des Doktors soll er ebenfalls befragen. Ich will das alles im Akt haben. Und jetzt knüpfen wir uns den Biermeier vor. Kommst du Pfeiffer?"

„Biermeier?"

„Ja, der Versicherungsheini, der gestern in Ebreichsdorf auftauchte. Stell dir vor, der war kurz zuvor schon mal am Tatort gewesen, in der Küche, wo unser Opfer Nudeln schnitt."

„Wohin?" fragte Pfeiffer.

„Nach Oeynhausen. Ich hab die Adresse unseres Vogels gegoogelt. Er wohnt in einem Einfamilienhaus."

„Wird er da sein?"

„Weiß ich nicht. Ich möchte ihn überraschen und ihm einen Schreck einjagen. Er hat unsere Arbeit behindert, hätte uns gleich reinen Wein einschenken müssen. Es gilt vor allem, die Tatzeit einzugrenzen."

Biermeiers Einfamilienhaus stand inmitten einer der geputzten Siedlungen, deren Architektur sich an allen Ecken und Enden auf das Notwendigste beschränkte. Was Ilse Strasser beim Anblick solcher Siedlungen auffiel, war das Missverhältnis zwischen Investitionen in den Bau und der Pflege der Rabatte. Jeder verfügbare Groschen der Häuslbauer schien in die Behübschung der Vorgärten zu fließen, während dahinter Glotzfenster, glatte Fassaden und Baumarkttüren den Betrachter frösteln ließen. Das Haus Biermeiers war keine Ausnahme.

Pfeiffer läutete an dem Vorgartentürl und Biermeier erschien in der Haustür. Er schien erfreut: „Ach, Frau Kommissarin, ich wollte gerade zu Ihnen. Kommen Sie nur herein, die Gartentür ist offen."

„Mit Überraschung ist also nichts, der hat sich gut vorbereitet", dachte Ilse Strasser und nahm mit Pfeiffer in einem sauberen Wohnzimmer Platz.

Frau Biermeier bot Kaffee an, den Pfeiffer annahm, Ilse Strasser aber dankend ablehnte.

„Ja, Herr Biermeier. Alles haben Sie uns ja gestern nicht erzählt, oder?"

„Weil ich blöd bin. Trottel hat mich der Eder geheißen und ich kann ihm nur recht geben."

„So grob hat er sich dazu geäußert?"

„Ja, und er hat gemeint, dass ich froh sein soll, dass Sie die Untersuchung leiten, denn Sie würden schon selber rausfinden, dass ich es nicht war."

„So weit sind wir noch lange nicht, Herr Biermeier. Noch sind Sie ein Verdächtiger für uns. Also: Wann sind Sie erstmals im Haus des Opfers erschienen?"

„Ich war für zehn Uhr angemeldet, war aber etwas früh dran, weil der Verkehr ungewöhnlich flüssig war."

„Gut. Und jetzt das Ganze Schritt für Schritt. War die Haustür versperrt?"

„Sie war zu, aber nicht versperrt. Also bin ich hinein und hab nach Frau Wagner gerufen, aber nichts hat sich gerührt. Die Tür in das Vorzimmer stand offen, die Küchentür ebenso. Und weil sich niemand rührte und nur das Kochwasser zischte, bin ich hinein und hab die Herdplatte abgedreht, meine Visitenkarte auf den Tisch gelegt und bin wieder raus."

„Sie haben also niemanden gesehen?"

„Keine Seele."

„Glauben Sie, dass da Frau Wagner schon tot war?"

„Keine Ahnung. Aber eines fiel mir noch in meinem Wagen auf. In der Küche hat es eigenartig gerochen. Eher unangenehm, wie beim Auslassen von Speck zu Schmalz oder nach Blunzengröstl."

„Hm. Roch es vielleicht nach Blut? Denken Sie nach!"

„Weiß ich, wie Blut riecht!"

„Was wissen Sie über das Opfer?"

Biermeier hatte ein Formular auf dem Couchtisch ausgebreitet und las davon ab: „Helene Wagner, geboren: 14. Februar 1972, Adresse ..."

An dieser Stelle unterbrach ihn Ilse Strasser: „Nicht die Personalien interessieren mich, Herr Biermeier, sondern ob Sie etwas aus ihrem Umfeld wissen."

„Zwei Kinder."

„Mehr nicht?"

„Nein, nur zwei."

„Ich meinte, mehr wissen Sie nicht? Also anders gefragt: Wie kamen Sie eigentlich auf Frau Wagner? Hat sie sich bei Ihnen gemeldet oder putzen Sie Klinken?"

„Ich bitte Sie, ich bin im Range eines Inspektors hautberuflich im Einsatz. Frau Wagner ist unsere langjährige Kundin in Sachen Leben, Haus, Hausrat und Sturmschäden."

„Ist sie Besitzerin des Hauses in Ebreichsdorf?"

„Ja, ist sie."

„Wozu braucht sie dann einen Baukredit?"

„Sie will sich in Himberg eine Eigentumswohnung kaufen."

„Aha. Dürfte ich Ihre schwarzen Lederhandschuhe sehen?“

Biermeier verwirrte die Frage. Er brauchte ein paar Sekunden, bis er begriff.

„Meine Lederhandschuhe? Die sind bei den Wintersachen. Wir haben Sommer.“

„Ich weiß, aber ich möchte einen Blick darauf werfen. Kann Ihre Frau sie uns bringen?“

Sie konnte. Ilse Strasser reichte sie Pfeiffer, der sie in seine Aktentasche steckte.

„Die müssen wir mitnehmen. Sie brauchen sie ja zurzeit nicht. Es ist ja Sommer, wie Sie so treffend sagten. Aber Sie bekommen sie wieder. Leo, quittierst du bitte?“

Während Leo Pfeiffer den Empfang bestätigte, fuhr Ilse Strasser fort: „Was war eigentlich mit dem Wasser?“

„Wasser?“

„Ja, das Wasser, das auf dem Herd kochte und zischte, wie Sie sagten.“

„Ach so, das. Na, wie ich sagte. Das habe ich abgedreht, um ein Durchglühen mit Kabelbrand zu verhindern. Hätte ja das ganze Haus abbrennen können. Haben Sie sich den Herd näher angeschaut? Ein Modell der Fünfzigerjahre.“

„Sie haben sich also den Herd angeschaut, abgedreht, sich vielleicht überhaupt in der Küche umgeschaut. Was meinen Sie, würde das nicht bedeuten, dass die Tote zu diesem Zeitpunkt noch lebte? Der Raum neben der Küche ist eine Vorratskammer. Vielleicht war Frau Wagner gerade darin irgendwie beschäftigt. Haben Sie etwas gehört?“

„Nichts gehört. Wirklich umgesehen in der Küche habe ich mich nicht. Dass die Wagner gerade nicht da war, war mir unangenehm. Ich wollte nicht als Eindringling von ihr in ihrer Küche überrascht werden. Also hab ich mir gedacht, ich geh auf einen Espresso und komme in einer halben Stunde wieder. Weil ich ja auch zu früh dran war."

„Herr Biermeier, jetzt bitte konzentrieren. Wir fanden die Leiche hinter dem Tisch und vor der Vorratstür. Hätten Sie sie gesehen, wenn sie zu dem Zeitpunkt schon dagelegen wäre?"

„Weiß ich nicht."

„Na gut. Den Namen des Lokals brauch ich noch, wo Sie die Zeit bis zu Ihrer Rückkehr verbrachten."

Pfeiffer notierte, Biermeier war entlassen.

„So richtig vorgeknöpft hast du ihn dir aber nicht", meinte Pfeiffer im Auto.

„Da muss ich dir recht geben. Und weißt du warum? Weil ich die ganze Zeit, die er quasselte, über die Verbindung Eder-Biermeier nachdachte."

„Und was ist daran so interessant?"

„Nun, denk mal nach, Leo: Jede der Toten in unseren Fällen hatte mit Alfred Eder zu tun. Aber nicht bloß irgendwie, sondern immer auch als Kundin seiner Versicherung. Vielleicht greift dort jemand von ihm die Vermögensverhältnisse seiner Kunden ab und tötet, um sich zu bereichern. Der Biermeier scheidet für mich gefühlt als Täter aus. Aber Alfred Eder wird ja nicht nur mit Biermeier zusammenarbeiten. Erinnere dich an den VW Passat mit Wiener Kennzeichen, der in Agnes Brunners Straße auffiel. Er kommt im Fall Gertrude König vor und wurde vor der Villa von Lisa Eschweiler in Heiligenkreuz gesichtet. Biermeier fährt diese Type. Aber vielleicht hat die Versicherung dieses Modell als Einheitskarre im Außendienst. Wir müssen mit Eder reden."

„Was will eigentlich der Täter erreichen? Lässt ein Raubmörder erhebliche Vermögenswerte, die quasi vor seiner Nase liegen, am Tatort zurück? Komischer Raubmörder, wenn du mich fragst."

„Ich finde das gar nicht so komisch. Es scheint mir, als suche der Täter immer wieder nach etwas ganz Bestimmten. Im Falle Lisa Eschweiler ging es ihm nicht um Bilder oder ein paar Silberkrüge und Porzellan aus der Vitrine, sondern ganz gezielt um die Münzsammlung ihres Vaters. Beim Schotterkönig ging es scheinbar allein um den Cognac und den Whisky mit einem abgesicherten Wiederbeschaffungswert von 400.000 Euro. Worum ging es bei Agnes Brunner und Helene Wagner? Wir wissen es nicht. Aber es hat ganz bestimmt mit der Länderversicherung zu tun, und wir werden es herausfinden."

Ein kurzer Faktencheck in der Espressobar nahe dem Tatort Wagner in Ebreichsdorf ergab: Der Biermeier war zur fraglichen Zeit dort. Ein Alibi war das nicht, also blieb er gelistet.

„Und jetzt?", fragte Pfeiffer.

„Zu Alfred Eder."

„Ich hätte privat einen wichtigen Termin."

„Macht nichts, ich kann das allein erledigen. Ist ja nur ein informatives Gespräch."

Pfeiffer quittierte diese Entscheidung mit einem langgezogenen Blick.

Im Kommando fasste Ilse Strasser für sich zusammen: Sehr wahrscheinlich gab es nur einen Täter, der auszog, um sich zu bereichern. Aber warum morden? In allen Fällen wusste er genau Bescheid über die Vermögensverhältnisse seiner Opfer. Bei Agnes Brunner waren es 12.000 Schweizer Franken und vier Goldbarren im Wert von 40.000 Euro. Mehr nicht? Da musste es noch etwas geben. Vielleicht hatte es mit den noch immer offenen Fragen zu den rund 140.000 Euro aus ihrer Lebensversicherung zu tun. Das Opfer hatte sie Wochen vor der Tat selbst behoben. Von dem Geld aber weit und breit keine Spur. War sie erpresst worden? Bei Gertrude König waren es die beiden Schnapsflaschen, Wert 300.000 Euro. War es das, oder war es das nur vordergründig? Die beiden Flaschen hätte sich der Täter auch nachts holen können, still und heimlich. Ohne zu morden.

Was der Täter beim Opfer des Nudelholzes erbeuten konnte oder wollte, lag noch völlig im Unklaren. Und bei Lisa Eschweiler in der Villa von Heiligenkreuz ging es um 100.000 Euro in Gold. Die Geschädigte wiederum Kundin von Alfred Eder. Also waren ihre Vermögensdetails im Computer der Länderversicherung abgespeichert. Nur so kam sie als Glied in die Kette der Delikte. Der große Unterschied bei Eschweiler: Der Täter hatte ganz offensichtlich keine Tötungsabsichten. Im Gegenteil: Er wusste die Hausbesitzerin in weiter Ferne und stieg in ihr Haus ein.

Warum mussten die drei anderen Frauen sterben? Weil der Täter von den Opfern überrascht wurde? Nein. Agnes Brunner suchte er auf, stand ihr gegenüber, es gab keinen Streit. Die Schotterkönigin wollte ganz offensichtlich mit ihm Kaffee trinken. Die beiden Tassen standen dafür schon bereit. Und Helene Wagner in Ebreichsdorf wurde von hinten erschlagen, als sie sich über den Herd beugte. Mit dem Nudelholz. Also hatte in diesem Fall der Täter sehr wahrscheinlich gar keine Waffe mitgebracht, sondern schlug einfach zu.

Aber warum? Nach einem Gespräch mit Forderungen, auf die Helene Wagner nicht einging? War Biermeier derjenige, der diese Forderungen stellte? Ganz sicher nicht. Er war gewiss nur gekommen, um einen

Darlehensvertrag mit ihr aufzusetzen. Damit stellt sich die Frage, ob der Mord an Helene Wagner mit den anderen Fällen überhaupt zu tun hatte? Hatte er aber, denn die Ederconnection war ganz sicher kein Zufall. Vielleicht konnte der Zufall ein wenig Licht in dieses Dunkel bringen.

Sie rief ihn an. Alfred Eder war gerade in einem Kundengespräch und unter Druck. So schlug sie ein Treffen vor. Er sei „bei diesem Wetter“ für einen bestimmten Heurigen in Sooß. Ilse Strasser zögerte, dachte an die vielen Hecken im Gastgarten des Winzers und dass man dort nicht wie auf einem Servierteller saß. Das traf sich gut. Sie sah draußen die Sonne lachen. Das traf sich ebenfalls gut.

„Okay“, sagte sie. „Um siebzehn Uhr, geht das?“

„Siebzehn Uhr geht.“

14

Über den Pflastersteinen von Sooß flimmerte es heiß, als Alfred mit Rauhaardackel Adolf zwischen den Buschenschänken in Richtung oberes Ende der Hauptstraße ging. Der ganze Ort duftete nach Kümmelbraten und Sauerkraut. Erfreut registrierte er: Noch waren Tische und Bänke leer, herrschte Ruhe hinter den Torbögen der Winzerhäuser. Die aus Wien Anreisenden waren wohl gerade irgendwo im Stau auf der Autobahn, die Einheimischen vielleicht noch in ihren Schwimmbecken oder an einem der beliebten Schotterteiche der Umgebung.

Alfreds Ziel war ein kleiner Heuriger inmitten der Weingärten. Er bahnte sich seinen Weg durch ein Spalier von Oleandersträuchern und stellte mit Genugtuung fest, auch hier nur leere Plätze. Er würde also mit Ilse Strasser eine Zeit lang allein sein. Das förderte ein vertrauliches Gespräch. Er wusste, egal was ihm die Kontrollinspektorin zu sagen hatte, er würde an ihren Lippen hängen und jedes ihrer Worte genießen.

In Vorfreude auf das Treffen atmete er tief durch. Der Garten des Heurigen war frisch gemäht worden und atmete den Duft getrockneter Heublumen aus. Es roch wie in einem auf Holz und Natur statt Stein und Glas getrimmten Wellnesszentrum. Er lehnte sich zurück und genoss Sekunde für Sekunde. Und wieder einmal fragte er sich, wie man diesen Landstrich mit seinen Bergen, Wasserfällen, Klöstern und Wehrkirchen, mit der Buckligen Welt, dem Höllental und dem Zauberberg Semmering „Industrieviertel" nennen konnte. Ein riesiges „Industrieviertel" für diesen duftenden Teppich in tausend verschiedenen Grünschattierungen, mit einer gesunden Landwirtschaft, dominiert von kleinen Betrieben, meist bio! Würde man wirklich ins Schwärmen kommen, wenn man bei der Urlaubsplanung von den „Vorzügen des österreichischen Industrieviertels" hörte? Würde man sich das auch einmal geben wollen, am besten gleich oder spätestens im nächsten Jahr? Ganz offensichtlich hatte Österreich ein generelles Problem bei der Namensgebung für seine Schönheiten. Manches davon mochte ja in seiner Derbheit originell sein. Andererseits: Wer würde schon gerne mit Grußkarten aus dem Urlaub in Oberstinkenbrunn im Weinviertel, aus Kotzgraben in der Steiermark oder dem Arschlochwinkel im Salzkammergut reüssieren wollen?

Adolf riss an der Leine, fing an zu winseln, der Kies knirschte und Ilse Strasser kam. So verrückt vor Freude hatte er den Hund noch nie erlebt – und Ilse Strasser noch nie gesehen. Statt der üblichen Jeans in den unvermeidlichen Stiefeletten und der lässigen Lederjacke trug sie ein luftiges blaues Dirndlkleid mit einer reichbestickten, an der Taille gerafften Schürze und Pumps aus schwarzem Wildleder mit Silberschnallen. Sie nahm Platz, sah sich um, genoss sichtlich die Hanglage mit Aussicht auf das Badener Becken und sagte: „Hier kann man es aushalten."

Alfred hatte weder für Hanglage noch Badener Becken ein Interesse. Sein Blick blieb an der weißen Bluse mit dem spitzwinkeligen V-Ausschnitt hängen, der ihren Busen betonte.

„Vorerst nur Mineral, Herr Eder, vor uns liegt Arbeit."

Das Gesicht der Serviererin wurde bei der Bestellung etwas spitz.

Danach ging Ilse Strasser gleich in medias res: „Das Gespräch mit Ihrem Kollegen Biermeier hat mich auf die Idee gebracht, dass der Mörder von Agnes Brunner und Gertrude König ein Kollege von Ihnen sein könnte. Wer aller hat eigentlich Zugang zu den Daten Ihrer Kundinnen und Kunden?"

„Praktisch jeder, der einen Zutritt zum Zentralcomputer hat. Also rund zweitausend Männer und Frauen."

„Dem Täter ging es immer um Beutestücke, die man erst zu Bargeld machen muss, wofür man einen Hehler braucht. Oder man lässt die Werte eine Zeit lang liegen oder schafft sie ins Ausland. Das würde bedeuten, dass der Mörder aus Habsucht handelt, ohne in einer besonderen finanziellen Klemme zu sein. Aus reiner Gier also. Fällt Ihnen da jemand ein?"

Ohne lang nachzudenken, sagte Alfred: „Nein. Beim besten Willen nicht."

Ilse Strasser sah, dass er an ihren Lippen hing, ohne dabei zuzuhören. „Ich fürchte, Sie sind nicht ganz bei der Sache, Herr Eder. Bitte denken Sie nach."

Alfred fühlte sich ertappt, aber keineswegs verlegen. Nach einer Entschuldigung versprach er Besserung.

„Haben Sie sich mit einem Ihrer Kollegen bis in die Einzelheiten über Ihre Kundinnen ausgetauscht?"

„Nein. Mit Ausnahme des Kollegen Semmelweis. Und mit der Teamchefin Frau Greilinger natürlich."

„Semmelweis. Den werden wir unter die Lupe nehmen. Ist er vielleicht Diabetiker?"

„Nicht, dass ich wüsste, aber ich glaube nein."

„Was ist die Greilinger für ein Typ?"

„Immer fleißig, immer korrekt, immer auf gute Jahresergebnisse aus, karrieregeil."

„Vielleicht verschossen in einen Mann, groß, mit VW Passat, der für sie einbrechen geht und dabei mordet?"

„Bestimmt nicht. Sie ist mit ihrem Job verheiratet, arbeitet meist bis spät in die Nacht, oft auch an den Wochenenden, hat keine Kinder und wenig Privatleben, falls überhaupt eines."

„Wie ist das eigentlich mit den Dienstautos bei euch?“

„Also viele fahren einen VW Passat, aber bei weitem nicht alle. Die Greilinger zum Beispiel ist als Teamleiterin höher eingestuft, erhält ein höheres Gehalt und fährt einen BMW. Der Semmelweis fährt einen VW Passat, ich fahre einen Volvo, das ist aber mein eigenes Fahrzeug. Ich habe mir nämlich ausgerechnet, dass ich mit Kilometergeld bei eigenem Gefährt besser abschneide.“

„Gut, dann werden wir uns um diesen Semmelweis einmal kümmern. Was können Sie mir über den sagen?“

„Nur, dass er ein netter Kerl ist. Zumindest mir gegenüber. Und das immer.“

„Arbeiten Sie noch mit einem weiteren Kollegen auf der Basis Biermeier zusammen?“

„Nein.“

„Dieser Biermeier konnte uns kein Alibi bieten. Welches Motiv könnte er haben, Frau Wagner mit dem Nudelholz zu erschlagen?“

„Mit Sicherheit keines. Bis zu dem Zeitpunkt, an dem ich ihn bat, mit Frau Wagner ein Darlehen auszuhandeln, hatte er nach allem, was ich weiß, keine Kenntnis, dass es diese Frau überhaupt gab.“

„Na gut, wir werden ja sehen. Zurück zum Zentralcomputer und zum Fall Gertrude König: Wenn sich da jemand einhackt, was würde er finden?“

„Um reinzukommen, brauchen Sie einen Zugang. Den bekommt man von unserer EDV-Zentrale auf Weisung der Direktion. Ohne Zugang kommen Sie nicht in das System. Es heißt, es sei eines der sichersten. Zudem müssten Sie Ihre Personalnummer eingeben. Das schränkt Ihre Zugriffsmöglichen auf Ihren Aufgabenbereich ein. Sie können also nicht auf alle Daten der Versicherung zugreifen, sondern nur auf solche, die für Ihre Abteilung relevant sind. Wenn ich also jetzt Gertrude König eingebe und dazu ihre Polizzennummer oder die Kundenummer, würde ich alle noch gültigen Versicherungen vermerkt sehen, die sie bei uns abgeschlossen hat."

„Würde da etwa geschrieben stehen: Eine Cognacflasche, Wert 160.000 und eine Flasche Whisky, Wert 170.000? Etwas in der Art?"

„Ja. Der Versicherungsgegenstand würde genau vermerkt sein, es würde auch ein Foto davon geben."

„Würde da stehen, wo der Gegenstand verwahrt ist?"

„Nein."

„Wenn Sie Gegenstände im Wert von über hunderttausend suchen, würden Sie auf die Idee kommen, dass der auf einer Konsole im kleinen Salon steht, einfach so, zur Selbstbedienung?"

„Nein, ganz sicher nicht. Ich würde sogar meinen, dass dies deshalb auch einer der sichereren Aufbewahrungsorte wäre."

„Das alles sagt uns doch, dass der Mörder genau über den Wert der zwei Flaschen Bescheid wusste und auch wusste, wo sie standen."

„Dann muss jemand aus dem Freundes- oder Familienkreis des Opfers der Täter sein."

„Warum sind Sie sich da so sicher?"

„Egal, wer sich in die Daten einer meiner Kunden oder Kundinnen einloggt, ich würde es sehen, der Name der Person würde auf meinem Bildschirm blinken, und ich kann Ihnen versichern, bei meinen Kundendaten hat niemand herumgestöbert."

„Würden Sie auch sehen, ob Semmelweis Daten abgefischt hat?"

„Würde ich sehen. Hat er nicht."

„Hm." Ilse Strasser gefiel das Gesagte gar nicht. Sie goss sich Mineralwasser nach und leerte ihr Glas mit einem gierigen Schluck. Dann verengten sich ihre grüngrauen Augen zu Sehschlitzen: „Und was, wenn sich einer Ihrer Kollegen in aller Ruhe Ihre Daten hackt und sie an das organisierte Verbrechen verkauft, damit die wissen, wo was zu holen ist?“

„Unsere EDV-Gurus sagen, das sei unmöglich.“

„Das sagen die EDV-Gurus immer, und auf einmal tauchen Panama Papers auf.“

„In die Länderversicherung hat sich aber bestimmt noch nie jemand eingehackt. So ein Angriff würde sich im Haus herumsprechen und auch gleich nach außen dringen.“

„Und doch bin ich sicher, unser Wienerwaldphantom sitzt in Ihrem Büroturm oder bekommt von dort seine Zunds.“

Sie überlegte, wie weit sie ihn in ihre nächsten Arbeitsschritte einweihen konnte, setzte sich aber über ihr Zögern hinweg. Schließlich brauchte sie Informationen, die nur er ihr so auf die Schnelle und ohne bürokratischen Aufwand bieten konnte. „Können Sie mir die interne Personalakte von Semmelweis, Biermeier und Greilinger beschaffen?“

„Ich kann es versuchen“, sagte er.

Die Leichtfertigkeit, mit der er das sagte, irritierte sie. Schlagartig wurde ihr klar, dass sie mit diesem Ansinnen ihren Job riskierte. Aber für einen Rückzieher war es zu spät. Außerdem konnte das der entscheidende Zug sein, den Frauenmörder dingfest zu machen. Und so konnte sie nur noch warnen: „Seien Sie aber vorsichtig, das muss ganz diskret gehen, denn wenn es einen Knatsch mit Datenschutz gibt, kann ich hier als Servierin anfangen.“

„Das stell ich mir herrlich vor. Ich wäre jeden Tag Ihr Kunde“, sagte Alfred heimatfilmreif.

„So oft ist hier gar nicht ausgesteckt.“

„Dann würden Sie woanders arbeiten und ich würde dort Ihren Umsatz heben."

„Ich würde Ihnen Chili ins Essen streuen und statt Wein Essig servieren."

„Und ich würde mit Freuden essen und trinken."

Sie mussten beide lachen.

„Im Ernst, versprechen Sie, dass Sie vorsichtig sein werden?"

„Ich verspreche es."

„Glauben Sie, dass Sie an diese Unterlagen herankommen könnten?"

„Weiß ich noch nicht, aber ich werde ganz sicher vorsichtig sein und mich eher töten lassen, als Sie damit irgendwie in Zusammenhang zu bringen. Versprochen."

„Nun, so weit brauchen Sie es auch wieder nicht kommen lassen. Dann lieber Chili im Essen, okay?"

„Okay."

„Gut. Nächster Punkt: Dem Täter scheint es ja vordergründig nur um Hochpreisiges und Bares zu gehen. Aber es muss auch noch Hintergründiges geben. Warum sonst hätte er in den Fällen Brunner, Schotterkönigin und Wagner gemordet? Er hätte doch einfach nur einsteigen und die Opfer überwältigen brauchen. Deshalb vermute ich stark, dass es seitens der Opfer ein Wissen über ihn gab, das er mit ihrem Tod aus der Welt schaffen wollte. Fällt Ihnen dazu etwas ein, das uns weiterhelfen könnte?"

Alfred reagierte mit Ratlosigkeit pur.

„Vielleicht plant der Täter schon sein nächstes Verbrechen. Bitte denken Sie nach, welche Ihrer Kundinnen als Opfer in Frage kommen könnten."

„An diese Möglichkeit habe ich noch gar nicht gedacht", sagte er ziemlich betroffen. „Also Geld herumliegen hat keine, aber mehr oder weniger vermögend sind sie alle."

„Versprechen Sie mir, dass Sie mich sofort informieren, wenn Ihnen irgendetwas einfällt, das für eine von ihnen eine erhöhte Gefahr bedeuten könnte?“

„Versprochen. Hoch und heilig versprochen, Frau Strasser.“

Sie lehnte sich zurück. Und als ob sie nie über Gier und Mord und Gefahren gesprochen hätte, sagte sie: „Gut, dann können wir jetzt essen.“

Sie langte ordentlich zu: Ein halbes Backhuhn, ein Mittelgebirge von grünem Salat, Radieschen büschelweis. Dazu trank sie Sommergspritzten.

Alfred aber brachte kaum etwas runter. Er wollte nicht wegen ein paar Salatblättern, einem paprikaroten Liptauer und einer gemeinen Kümmelbratenschwarte den Blick von ihr lassen. Erst beim Kaiserschmarrn hatte er sich so weit sattgesehen, dass er darin ein wenig herumstocherte.

Inzwischen hatte sich der Heurigengarten gefüllt. Als sie zahlten, stand bereits eine Gruppe von vier Neuankömmlingen an ihrem Tisch und scharrte mit den Füßen. Auf dem Weg durch das Spalier der Oleandersträucher kam ihnen ein Paar entgegen. Ein gutgekleideter Fünfziger mit einer halb so alten dunkelhaarigen Schönheit an seiner Seite. Er grüßte Ilse Strasser, sie grüßte ihn, Alfred grüßte, die halb so alte Schönheit ebenfalls, alles ohne anzuhalten und ohne einander vorzustellen.

„Das war mein Dienststellenleiter, Oberst Koller“, erklärte Ilse Strasser.

„Aha“, meinte Alfred etwas traurig, denn damit war das Zwiegespräch – von einem Rendezvous konnte ja keine Rede sein – zu Ende. Seinen Vorschlag, im Casino Café noch einen Espresso zu nehmen, lehnte sie mit der Begründung ab, es sei besser, wenn sie von Kollegen nicht zusammen gesehen würden. Man könnte sie sonst für befangen halten und ihr den Fall entziehen. Sie sagte es mit ehrlichem Bedauern. Dieses Bedauern war ihm mehr wert, als eine weitere gemeinsame Plauderstunde bei einem Espresso. Adolf empfand dies anders. Er wollte bei Ilse Strasser bleiben und ließ nicht ohne klägliches Winseln von ihr.

Am nächsten Morgen begegnete Ilse Strasser ihrem Dienststellenleiter im Stiegenhaus des Kommandogebäudes. Er grüßte betont jovial und sagte: „Schönen Abend gehabt, Frau Strasser? Ein hübsches Paar haben Sie abgegeben. Und Ihr Dirndl, ein glatter Schulterwurf für Unvorbereitete."

Es fiel ihr nicht gleich eine passende Erwiderung ein. Sie dachte nur: „Alfred wird ihm doch hoffentlich fremd gewesen sein."

Gott sei Dank, so war es. Denn Pfeiffer fragte sie beim Mittagessen in der Kantine: „Mit wem warst du denn gestern beim Heurigen? Dein Dirndl hat es dem Dienststellenleiter ganz schön angetan."

Anlass genug für Ilse Strasser, um über das vertrauliche Gespräch mit Alfred beim Heurigen in Sooß kritisch nachzudenken. Ungezählt die Fälle, in denen Kolleginnen von Justiz und Exekutive gegenüber Straftätern schwach geworden waren. Und sie hatten fast immer als Katastrophe geendet. Besonders krass der Fall einer Hamburger Strafverteidigerin, die ihrem Mandanten verfiel und für ihn zur Hauptverhandlung eine Waffe in den Gerichtssaal schmuggelte. Am Ende gab es drei Tote. Seit diesem Fall waren die Regeln noch strenger geworden. Privater Umgang mit Verdächtigen war ein absolutes Tabu. Dass er für sie längst über jeden Verdacht erhaben war, zählte wenig.

Laut Erhebungsakte Agnes Brunner stand hinter seinem Namen immer noch ein Fragezeichen. Ansonsten war der Fall ausgereizt. Hätte also der Dienststellenleiter Alfred als ihren Begleiter in Sooß erkannt, hätte er ihr die Mordfälle wahrscheinlich entzogen. Dazu durfte es keinesfalls kommen. Denn ein hausfremder Chefermittler aus Wien oder der Landeshauptstadt St. Pölten könnte das Tötungsdelikt Agnes Brunner anders sehen, nämlich getrennt von den Fällen des Wienerwaldphantoms, und den Ordner zu den Cold Cases legen lassen. Damit bliebe an Alfred Eder der Schatten eines Verdachts haften. Das musste sie verhindern. Das Mindeste, was sie nach dem Fehler der Kollegen vom Raubdezernat für ihn tun konnte. Der Fauxpas konnte ihn noch immer seine wirtschaftliche Existenz kosten.

Sie atmete auf. Ihr ausgeprägter Gerechtigkeitssinn und nichts anderes hatte sie veranlasst, einer Heurigenpartie mit Alfred Eder zuzustimmen. Sie wusste: Ging es um Gerechtigkeit, genügten nichtigste Anlässe, um sie auf die Barrikaden steigen zu lassen. Egal ob nichtig oder zum Himmel schreiend, Unrecht blieb immer Unrecht, stand wie eingemeißelt in ihren Genen und steuerte ihr Handeln. Schon zu Schulzeiten hatte sie dieses innere Diktat in so manche Schwierigkeit gebracht. Die wohlmeinenden Worte ihres Vaters klangen ihr im Ohr: „Wenn es nicht wirklich um etwas geht, ruhig mal drei gerade sein lassen. Du bist nicht der Betriebsrat deiner Klasse." Doch im Falle Eder ging es sehr wohl um etwas. Ihr Vater, als Richter an einem Waldviertler Bezirksgericht ein unablässig um Harmonie bemühter Friedensstifter, würde das bestimmt genauso sehen.

Das alles bewies, wie abwegig Leo Pfeiffers Andeutungen waren. Und dann seine Frage, mit wem sie gestern beim Heurigen gewesen sei. Warum plötzlich die

Neugierde? Nie zuvor hatte er sich an ihrer Freizeitgestaltung interessiert gezeigt. Das musste angesprochen werden.

Also erklärte sie ihm ihr Interesse an Alfred als Engagement für Gerechtigkeit und Fairness. Na gut, vielleicht etwas zu ausführlich, wenn nicht gar umständlich. Aber kein Grund, sie dabei die ganze Zeit spöttisch anzusehen und ihre Rede am Ende mit einem schlecht gespielten „ach sooo“ zu quittieren. Verärgert wechselte sie das Thema: „Gibt es eigentlich neue Erkenntnisse im Fall Helene Wagner?“

„Ja, noch jemandem fiel der Wagen vor dem Haus der Ermordeten auf. Und zwar einer Frau im Haus gegenüber. Ihre Wohnung liegt im ersten Stock. Sie gibt an, aus dem Fenster gesehen zu haben, weil sie auf den Briefträger gewartet habe. Und wie sie so raussieht, parkt ein blauer oder dunkler Wagen vor dem Gartentor von Helene Wagner. Die Type konnte sie nicht sagen. Ein Mann mit Hut und dunklem Burberry sei ausgestiegen und ins Haus der Wagner gegangen. Dann sei der Briefträger gekommen. Sie habe ihm einen Einschreibbrief mitgegeben und das Geld für die nötige Gebühr. Danach habe sie sich aufs Kochen konzentriert. Unser Kommen hat sie weder gesehen noch gehört, sagte sie.“

„Was gab es bei ihr zu Mittag?“

„Faschierten Braten mit Gurkensalat. Zwei schulpflichtige Enkelkinder essen täglich bei ihr zu Mittag.“

„Hast du ihr unser Phantombild gezeigt?“

„Na klar doch, aber sie konnte nichts damit anfangen. Verständlich. Vom ersten Stock war ein Gesicht unter der Hutkrempe nicht zu erkennen. Ich habe mich davon überzeugt.“

„Wieder der große Unbekannte mit Hut und Burberry. Es ist fast so, als ob er gesehen werden wollte.“

„Na ja, an den Tatortadressen fällt bald einer auf. Vor all diesen Häusern tut sich ja sonst nichts."

„Schon, aber immer mit Hut und immer mit Mantel, egal ob Herbst oder Sommer?"

„Es hat nicht jeder so eine üppige Garderobe wie du."

Ilse Strasser sah ihr Gegenüber prüfend an. War das schon wieder eine Anspielung auf ihr Dirndl und den Heurigentreff in Sooß? Sie kam zu keiner klaren Erkenntnis.

„Wir müssen mehr über diesen Typen erfahren. Vielleicht haben wir Glück und er hat an einer der Tankstellen im näheren Umkreis angehalten und wurde von einer der Überwachungskameras erfasst. Schick ein paar von den Nachwuchskräften los, die sollen sich umhören."

„Sind schon unterwegs. Obwohl, in der Umgebung von Lisa Eschweilers Villa in Heiligenkreuz hat es nichts gebracht."

„Und überleg mal, Leo: Es geht bei der Beute immer um Werte, die bei der Länderversicherung versichert sind. Was, wenn dort jemand weitergibt, wo was zu holen ist? Und der Lauscher schlägt zu und teilt ab. Was meinst du?"

„Habe ich mir auch schon gedacht. Vielleicht gibt es einen Draht zu einer rumänischen Connection."

„An Connection denke ich nicht. Da kommen immer mehrere oder zumindest zwei. Einer, der zuschlägt, und einer, der Schmiere steht. Den Beobachtungen zufolge haben wir es aber immer mit einem Einzeltäter zu tun."

„Kannst du mit deinem Eder darüber reden?"

„Erstens, das ist nicht mein Eder, zweitens habe ich das bereits getan. Er wird sich für mich in der Versicherung schlaumachen und versuchen, an die Belege heranzukommen. Zunächst einmal von seiner Abteilungsleiterin Greilinger und dann von einem gewissen Semmelweis, einem Kollegen, mit dem er sich früher ab und zu austauschte. Mich würde die Versicherung ohne konkreteren Verdacht mit ein paar handfesten Indizien ja nicht in ihr System lassen."

„Wenn es da zu einem Datenmissbrauch kommt, bist du ein Fall fürs AMS, ist dir das klar?"

„Ist mir schon klar."

„Kannst du dich auf Eder verlassen?"

„Unbedingt."

„Unbedingt ist eine ganze Menge, meinst du nicht auch?"

„Ich weiß. Man nennt es Vertrauen."

„So weit bist du schon mit ihm?"

„Ach komm, Leo, lass uns unsere Arbeit machen."

Dazu gehörte auch, über die Wiener Sicherheitsdirektion den Dienststellen landauf, landab nahelegen zu lassen, alle Hehleradressen und Goldhändler abzuklappern. Auch die Kollegen vom Zoll erhielten eine genaue Beschreibung der Cognac- und Whiskyflasche des Schotterkönigs und wurden ersucht, die Vorgänge im Bereich der Duty-free-Shops im Auge zu behalten. Der Täter oder ein Hehler könnte ja die Edelabfüllungen des Schotterkönigs mit Ware aus den Zollfreiregalen auswechseln und außer Landes zu Bargeld machen.

Wieder in ihrem Büro, bat sie Neuling Tallian, diskrete Erhebungen über eine Grete Greilinger, Abteilungsleiterin der Versicherung, anzustellen. „Hier ist alles, was über sie amtlich bekannt ist. Sie fährt einen BMW. Ich will wissen, ob sie einen Zweitwagen hat, ob sie einen Partner hat und wenn ja, was der für einen Wagen fährt. Also in ihrer Nachbarschaft umhören. Sie wohnt in Wien Hietzing, Ober St. Veit. Nehmen Sie sich ruhig ein paar Tage dafür Zeit, aber diskret. Das heißt, außer mir, Pfeiffer und Korninger muss niemand davon erfahren. Schaffen Sie das?“

Nachdem Tallian versichert hatte, er werde, brauste er ab.

Ilse Strasser rief ihn zurück: „Diskret, Herr Kollege Tallian, heißt ohne Brandspuren im Asphalt, geht das?“

15

Im Kurpark färbten sich die Laubbäume zwischen den Nadelhölzern gelb und verwandelten die Hänge des Wienerwaldes auf Badens Wetterseite in ein vielfärbiges Mosaik. Von den Rebstöcken hingen die reifen Trauben und am Weinwanderweg wischten sich angereiste Wiener immer wieder die Fäden des Altweibersommers aus dem Gesicht, diese kaum sichtbaren Wegelagerer mit ihrem silbrigen Glanz zwischen den Sträuchern. Nach den schicken Fernzielen an den Sandstränden des Sommers genossen die Ausflügler wieder das stille Glück des Wanderns. Am Ende ihrer Wegstrecken belohnten sie sich reichlich an den Speckbuden der Etappen. Jeden Schritt ließen sie sich mit dem Zehnfachen an Kalorien zu jungem Wein aufwiegen. Bei Bratlfettbroten, Schinken, Verhackerts, Kümmelbraten und Blutwurst pendelten die Gefühle zwischen Frohsinn und Seligkeit. Und was die Winzersfrauen zum Nachtisch aus ihren Backrohren an Strudeln und Torten herauszogen, konnte es locker mit den kaiserlichen Hofzuckerbäckern Sacher und Demel aufnehmen. Jetzt gaben die Wiener ihr Letztes, um ihren Ruf als ausgewiesene Kenner und Schlemmer zu rechtfertigen.

Pfeiffer, Korninger und der junge Tallian hatten jedoch keine Zeit, vom Angebot des goldenen Herbstes Gebrauch zu machen. Sie liefen sich ihre Schuhabsätze flach und wählten sich die Finger an ihren Handys und Tischapparaten wund, ohne bei der Aufklärung weitergekommen zu sein. Das Einbruchsdezernat hatte längst resigniert und ihnen den Einbruch in die Villa der Eschweiler in Heiligenkreuz abgetreten. Offensichtlich hatte Gekko seine Leistungsbilanz nicht mit einem weiteren „Ungelöst“ belasten wollen und erwirkte beim Dienststellenleiter diese Verschiebung. Der Bruch hänge so sehr mit den Fällen von Ilse Strasser zusammen, dass diese Maßnahme Sinn mache, argumentierte er. Zur Unterstützung und Fachberatung stellte er mit Friedl Helfgott sein schlechtestes Pferd im Stall zur Verfügung.

Helfgott war ein im ganzen Haus gefürchteter Hypochonder mit dem Spitznamen Wohlsein, der immer dann gefährliche Krankheiten in sich aufkommen fühlte, wenn Klinkenputzen und Recherche angesagt war. An dem Tag, an dem ihm Gekko von der Versetzung Mitteilung machte, meldete er sich wegen Verdachts auf Herzflattern krank.

Dabei hätte Ilse Strasser die Hilfe des Kollegen Helfgott sehr gut gebrauchen können. Alfred hatte sie angerufen und von einer neuen Kundin berichtet, die ihm Sorgen mache. Sie wollten sich in einem Café in Bad Vöslau treffen, hoffend, dass sie dort nicht zusammen gesehen würden. Solche Treffs waren fast schon Routine, denn Alfreds Leistungen in den vergangenen Wochen als Amateurdetektiv waren beachtlich gewesen. Auch wenn sie nicht wirklich weiterführten, schlossen sie eine ganze Reihe von Möglichkeiten aus. Vor allem war er umsichtig und vorsichtig zugleich.

Ihre Ängste, sein Bemühen an Daten heranzukommen würde auffallen, einen Skandal auslösen und sie den Job kosten, waren gänzlich unbegründet. Vielmehr meinte Alfred kurz nach dem Heurigentreff in Sooß, er hätte erst gar nicht versucht, an die Personalakte seiner Abteilungsleiterin Grete Greilinger zu kommen. Das wäre einfach zu riskant gewesen und vielleicht sogar überflüssig.

„Schauen Sie, was ich stattdessen hab." Er überreichte ihr eine Datenliste, die zeigte, dass Grete Greilinger zum Zeitpunkt der Morde an Agnes Brunner und Gertrude König in ihrem Büro gewesen sein musste. In Alfreds Abteilung gab es nämlich nur einen einzigen und gemeinsamen Drucker. Und an dem hatte die Greilinger zu den Tatzeitpunkten Mails ausgedruckt.

Ilse Strasser war hochzufrieden und sagte: „Mehr und mehr gefällt mir dieser Eder."

Alfreds Herz schob einen Extraschlag ein vor Glück.

Sie merkte es und versuchte es mit einem Dämpfer: „Nicht wörtlich nehmen, Herr Eder. Eine Formulierung des polnischen Oberst und Phrasendreschers Thaddäus Prokoszny über den Juden Samuel Jacobowsky ..."

„... ich weiß, nach Franz Werfel, mit Danny Kaye und Curd Jürgens. Ein Mussfilm mit Happy End."

„Ein wenig erinnern Sie mich an den Juden Jacobowsky, der mit seiner stillen Art die Blicke der Frauen auf sich lenkt. Nicht die ersten, aber die zweiten. Ist das Berechnung, Herr Eder?"

„Nein, bestimmt nicht. Aber wie beim Juden Jacobowsky gibt es auch in meinem Herzen eine Synagoge, in der eine Kerze brennt. Für Sie, Frau Kontrollinspektorin."

„Der Satz kommt etwas zu früh, Herr Eder. Bei Werfel und im Film ist es der Schlusssatz?"

„Ich werde ihn zur gegebenen Zeit wiederholen."

Ilse Strasser schien nachzudenken, und Alfred dachte nicht daran, sie dabei zu unterbrechen.

Schließlich tat sie es selbst, indem sie einen Themenwechsel ansagte: „Wir wollten aber über etwas ganz anderes reden, Herr Eder."

Und Alfred berichtete: „Laut Dienstplan der Abteilung hatte Semmelweis zu den jeweiligen Tatzeiten Kundentermine. Die hat er auf der Dienstplanseite der Abteilung eingetragen. Ich bin zu den Kunden gefahren, sagte, ich käme von der Versicherung, Abteilung innere Revision, zeigte meine Kantinenkarte und ließ mir die Termine bestätigen. Semmelweis scheidet in beiden Fällen als Mörder aus."

„Als Mörder schon. Doch vielleicht hat Greilinger oder Semmelweis oder sonst jemand Ihrer Kollegenschaft Komplizen. Wenn dem so wäre, kämen wir über die Versicherung auf keinen grünen Zweig. Sonst wären wir wieder bei den zweitausend Mitarbeitern als zweitausend Möglichkeiten."

Ilse Strasser berichtete auch Leo Pfeiffer von diesen Überlegungen. Der nickte nur. Sie war enttäuscht: „Mehr hast du nicht dazu zu sagen? Ist doch beachtlich, wie methodisch Alfred Eder vorging."

Wofür Pfeiffer nur ein „Du bist ja richtig stolz auf ihn!" übrig hatte.

„Quatsch. Aber eine Erwähnung hat er sich verdient."

Zwei Tage später hatte Alfred wieder etwas zu vermelden. Also auf nach Bad Vöslau.

Sie parkte ihren Wagen hinter seinem Volvo und eilte die Stufen hoch, denn sie wollte ihn nicht warten lassen. Er saß vor einem Paar Frankfurter, erhob sich, wartete, bis sie Platz genommen hatte, und jammerte über die Qualität der Semmel: „Das geflügelte Wort ‚der kracht wie eine Kaisersemmel' als Beschreibung des Zustandes zwischen Pleite und Bankrott ist überholt. Nirgendwo gibt es noch Semmeln, die knusprig genug wären, um zu krachen."

„Gib sie mir, ich habe heute noch keinen Bissen gegessen."

Er machte nicht die geringsten Anstalten, sich von dem blassen Stück Teig zu trennen, sondern sagte: „Sie haben mich geduzt."

„Nein, habe ich nicht.“ Dann wiederholte sie im Stillen ihren Satz und räumte ein: „Aber nur indirekt und ungewollt. Pardon.“

„Und wenn dem so wäre?“

„Wenn wem oder was so wäre?“

„Dass wir uns duzten?“

„Noch nicht, Alfred. Lassen Sie uns beim Sie bleiben. Gerhard Kobenter vom Einbruchsdezernat geht um und wartet nur darauf, dass ich einen Fehler mache. Mich mit jemandem privat zu treffen, der in einem Mordfall nur ein halbes Alibi hat, ist ein solcher Fehler. Er würde reichen, um mir den Fall zu entziehen. Das wollen wir doch beide nicht, oder? Und ich sage Ihnen, wenn Gekko von unseren Treffen wüsste, er würde alles tun, nur damit er mir entzogen wird.“

„Was hat dieser Rüpel gegen Sie? Ist er bei Ihnen einmal abgeblitzt?“

„Nicht, dass ich wüsste. Der schadet, wenn er jemandem schaden kann. Einfach aus Spaß. Liegt wohl in seinen Genen.“

„Sie haben etwas Wunderschönes gesagt, Ilse, haben Sie es bemerkt?“

„Nein, was denn?“

„Dass unsere Treffen privat sind.“

„Nicht nur, denn Sie wollten mir etwas berichten.“

„Ja, jemand war in meinem Fach.“

„Was für ein Fach?“

„So wie andere eine Cloud haben oder One Drive, auf dem alles, was sie in ihren Laptop eintippen, automatisch gespeichert wird, haben wir in der Versicherung ein Fach. In dieses Fach, intern genannt Kastl, kann nur ich.“

„Und wie wissen Sie, dass ein Unbefugter da drinnen herumgestöbert hat?“

„Weil das gelbe Warndreieck, das Logo für ‚Radioaktiv verseucht', geblinkt hat, als ich es geöffnet habe. An sich hätte ich sofort bei unseren EDV-Experten Hackeralarm auslösen müssen. Habe ich aber nicht getan. Stattdessen habe ich gejammert, dass ich nicht in mein Kastl könne. Die sagten bloß, es läge keine Störung vor, ich solle es nochmals versuchen, und wenn ich dann noch immer nicht in mein Kastl könne, würden sie als Schlüsseldienst intervenieren."

„Kommt es öfters zu solchen Problemen?"

„Eigentlich nie. Einmal, vor vier Jahren, gab es einen Riesenstunk. Einer unserer Betriebsräte hat gebrüllt, jemand sei in seinem Kastl gewesen. Das sei Bespitzelung gewerkschaftlicher Agenden. Der Vorfall wurde dann tatsächlich von der Kriminalpolizei untersucht, es kam aber nichts dabei raus, und unser EDV-Team sprach von einer Panne."

„Gibt es eine Möglichkeit, herauszufinden, wer in Ihr Kastl eingedrungen ist?"

„Ich bin sicher, unsere Spezialisten könnten das."

„Was legen Sie für gewöhnlich in Ihr Kastl?"

„Nur Dienstliches, Börsennachrichten und natürlich Protokolle von Vereinbarungen mit meinen Kunden."

„Das heißt, Sie könnten mich also zu einer Ihrer Witwen machen."

„Gern, aber vorher möchte ich mit Ihnen leben", lachte er und hoffte, dass sie das nicht kategorisch ausschließen würde.

Sie sah ihn nur erwartungsvoll an und meinte: „Was ist, könnten Sie?"

„Ich versteh nicht ganz."

„Sie erinnern sich an unser Gespräch beim Heurigen in Sooß."

„Und ob ich das tu. Es war einer meiner schönsten Nachmittage seit langem, wenn nicht überhaupt."

„Da sprachen wir über den Täter und fragten uns, warum er nicht einfach einsteigt, die Beute nimmt und wieder verschwindet. Ich glaube noch immer fest, dass die Beute nur als Mitnahmeartikel eine Rolle spielte und der Täter vor allem seine Opfer als Wissende oder Mitwissende beseitigen wollte. Und ich weiß, wie wir einer Antwort auf diese Frage näherkommen können."

„Aha."

„Also, Sie basteln einen Versicherungsakt über mich. Ein Protokoll von einem Erstgespräch zunächst mal. Geht es nun unserem Täter allein um die Beute, würde er anbeißen. Reagiert niemand auf den Köder, dann ging es dem Täter um mehr als um sündteure Whisky- und Cognacflaschen und Agnes Brunners Erspartes. Vielleicht hat er mit ihnen oder unter Zuhilfenahme ihrer Versicherungspolizze einen gigantischen Versicherungsbetrug gelandet und wollte sie mit seiner Tat endgültig loswerden."

„Glaube ich nicht, Frau Strasser. Das würde ich wissen."

„Meinetwegen. Aber als von Ihnen zur Millionärin Hochstilisierte könnte ich ihn aus der Reserve locken. Also: Machen Sie mich reich, Herr Eder. Was könnte ich Tolles besitzen?"

„Sie wollen Lockvogel für einen dreifachen Mörder sein?"

„Wer denn sonst, wenn nicht ich?"

„Ich weiß nicht ..."

„Doch, doch, doch. Gleich morgen Früh werde ich es mit unserem Dienststellenleiter besprechen. Sie müssen mir ein Vermögen andichten. Was könnte ich also besitzen?"

„Es müsste handlich und wertvoll sein.“

„Schmuck?“

„Zu simpel.“

„Wie schnitzt man so etwas? Kommen Sie, da sind Sie der Experte.“

„Also, ich stelle mir das so vor: Sie wollen bei mir eine Hausratsversicherung abschließen. Ich komme zu Ihnen in die Wohnung – ha, der Teil gefällt mir besonders gut – ich komme also zu Ihnen in die Wohnung und frage, ob es Stücke von besonderem Wert gibt, die in der Polizze angeführt werden müssten. Sie sagen: ‚Ja.‘ ...“

„Ja, gute Idee, ich sage schon mal ja.“

Das brachte Alfred völlig aus dem Konzept.

„Weiter“, sagte sie mit unerbittlicher Sachlichkeit. „Was könnte ich geerbt haben? Ein Gemälde?“

„An solchen scheint unser Mann nicht sonderlich interessiert, denken Sie an die Galerie im Hause König. Nicht angerührt hat er sie. Deshalb denke ich an eine Armbanduhr.“

„Sie meinen, eine Armbanduhr soll unseren Mörder in Bewegung setzen? Ich weiß nicht, fällt Ihnen nichts Teureres ein?“

„So auf die Schnelle nicht. Aber täuschen Sie sich nicht. Ich habe schon mal eine Armbanduhr auf 200.000 Euro versichert.“

„Na ja, irgendeine besondere Rarität, ein Einzelstück wohl.“

„Nein, nein, meine Liebe. Die teuren Einzelstücke kosten schon über fünf Millionen Euro, sind aber ganz normale Markenuhren.“

„Fünf Millionen? Ist die Welt total verrückt oder der Euro im Fall?“

„Es gibt die absurdesten Preisbeschleuniger. Da ist zum Beispiel die Armbanduhr von Paul Newman. Eine

Rolex, nicht mal aus Gold, sondern aus Stahl. Paul Newmans Frau schenkte sie ihm zum Geburtstag. Nachdem man sie bei einem Rennen in Daytona, Florida, am Handgelenk von Paul Newman erblickt hatte, setzte eine Welle von Nachfragen nach dem Modell ein. Rolex benannte es im Nachhinein nach der Rennstrecke und bewirbt sie heute noch mit dem Slogan: ‚Daytona, die Uhr mit Motorsport-DNA'. Das Paul-Newman-Original wurde unlängst um 15,9 Millionen Euro versteigert. Eine mehr oder weniger einfache Stahluhr."

„Verrückt. Also, was für eine Uhr nehmen wir?"

„Ich würde sagen, etwas Billiges, so um die 300.000 Euro."

„Etwas Billiges um 300.000. Hat man Worte!"

„Jedenfalls werde ich in einem konstruierten Protokoll vermerken ‚falls echt' und ein Gesprächsprotokoll dazulegen, dass ein Experte des Dorotheums meinte, sie sei echt, und dass sein Haus die Uhr jederzeit zum Rufpreis von 200.000 Euro platzieren würde."

Ilse Strassers Vorgesetzter, Oberst Koller, ließ sich am nächsten Morgen den Modus Operandi ausführlichst erklären, hielt mit der Rechtsabteilung der Landessicherheitsdirektion Rücksprache und gab mit großem Lob für Ilse Strassers Idee das grüne Licht weiter. Wer der Versicherungsvertreter sei, mit dem man in der Sache zusammenarbeite, schien ihn nicht zu interessieren, und Ilse Strasser sah keine zwingende Notwendigkeit, darauf hinzuweisen. Pfeiffer auch nicht.

Natürlich mussten einige Vorkehrungen getroffen werden. Ilse Strasser bewohnte das Erdgeschoß einer Villa, die in den Sechzigerjahren in vier Mietwohnungen zersägt worden war. Sie tauschte ihr Namensschild auf Drose aus, den Mädchennamen ihrer Mutter, und erzählte der verwunderten Nachbarin aus dem ersten Stock, diese würde demnächst zu ihr ziehen und hätte die Post schon umleiten lassen.

Doppelposten wurden eingeteilt, die die Wohnung in jenen Stunden, in denen Ilse Strasser wie üblich ihrer Arbeit nachging, observieren sollten. Bei einem relevanten Vorkommnis würde sie alarmiert, notfalls würde sofort einschritten werden. Als Vorsichtsmaßnahme wollte Ilse Strasser jeden Tag einen anderen Weg ins Kommando nehmen und genau prüfen, ob ihr wer folgte. Denn laut Versicherungsakte war sie ja Privatière. Einer solcherart Privilegierten musste natürlich auch der Kleidungsstil angepasst werden. Statt Stiefeletten Pumps, statt Jeans ein graues Kostüm, keine Lederjacke mehr.

Da sie jeden Abend für den erhofften Besuch eines Räubers und potenziellen Mörders zu Hause sein wollte, hatte sie endlich mal Zeit, die Wohnung gründlich von oben bis unten zu putzen.

Am fünften Tag, einem Sonntag, blitzte die ganze Wohnung. Der Sieg gegen Lurch, Schlieren und Fingertapse auf Türklinken, Kühlschrank und Glasvitrine war ein totaler.

Alfred war zweimal an ihren Fenstern vorbeigefahren. Einander zuzuwinken hatten sie sich verboten. Er sah nur kurz zu ihr hinauf, sie zu ihm herunter. Das war nicht viel, aber immerhin, ihre Blicke begegneten sich. Gegen Mittag stellte sie gelangweilt fest: Wohnen ist gar nicht so lustig, wenn man allein ist, wartet, und nichts tut sich.

Da, am Nachmittag, läutete es. Sie hatte weder Gartentor noch Haustüre gehört. Sie griff nach ihrer Pistole, ging ins Vorzimmer und sah durch den Türspion. Wenn das ihr Mörder war, war die Tarnung sehr amateurhaft. Eine schlecht rasierte, unfrisierte Visage oberhalb eines offenen Kragens von einem Hemd, das ganz bestimmt roch.

„Wer ist da?"

„Taxi."

„Ich hab keines bestellt."

„Ich soll etwas abgeben. Fahrt schon bezahlt."

Ein Akzent, dachte sie, aber kein echter, sondern ein plump aufgesetzter. Sie öffnete. Der Mann hielt ihr einen Korb entgegen und sagte: „Gehört Ihnen, mit Grüßen."

Ilse Strasser behielt ihre Rechte mit der entsicherten Pistole in der Rocktasche und sagte drohend: „Grüßen von wem?"

„Weiß nicht. Von einem Mann."

„Zeigen Sie mir Ihren Ausweis?"

„Eh?"

„Ihren Ausweis."

„Habe ich im Auto."

„Sie warten hier, rühren sich nicht von der Stelle. Ist das klar?" Ohne den Mann aus den Augen zu lassen, machte sie zwei Schritte zurück und sah durch das Fenster der Kochnische auf der anderen Straßenseite tatsächlich ein Taxi stehen.

„Kommen Sie herein und stellen Sie den Korb da auf den Tisch."

Der Mann machte die paar Schritte und schickte sich an, abzustellen.

„Und jetzt nehmen Sie die Sachen aus dem Korb. Aber einzeln und keine falsche Bewegung. Ich bin bewaffnet." Dazu zog sie ihre Rechte mit der Pistole aus der Tasche.

Der Mann sah die Waffe und ließ vor Schreck den Korb fallen. Zwei Laugenbrezn, einige Räder Blutwurst und ein Kümmelbraten, dessen Verpackung beim Sturz geplatzt war, kullerten über den Fußboden in alle Richtungen auseinander. Aus einer Flasche sprudelte Sturm in den frisch gesaugten und gegen den Strich gebürsteten Teppich und fing sofort an zu riechen.

„Ist das alles?“, fragte Ilse Strasser streng.

„Und das“, sagte der Mann und hielt ihr einen Zettel hin.

Sie las: „Sitz hier allein beim Studeny in Sooß und denke unablässig an Sie. Das Essen schmeckt fad, der Wein schal und die Serviererin fragt ständig, ob noch jemand kommt. Wenn das so weitergeht, bin ich abends sturzbesoffen. Hoffentlich ist das alles bald überstanden.“

„Danke, Sie können gehen“, sagte Ilse Strasser in unverändert strengem Ton. Der Mann atmete auf, sagte irgendetwas in einer slawischen Sprache und knallte die Tür von außen zu. Sekunden später hörte sie das schwere Nageln eines alten Diesels.

Das reichte. Sie sperrte die Waffe weg, packte die Grüße aus Sooß zurück in den Korb und war eine halbe Stunde später bei Alfred.

Die Serviererin nahm ihre Bestellung auf und Alfred schien tatsächlich ein wenig zu tief ins Glas geschaut zu haben. Er brachte kein Wort heraus und hatte Schluckauf. Ob vom Wein oder vor Schreck oder vor Freude, war ihr egal.

Zwei weitere Wochen vergingen, ohne dass irgendetwas geschah. Schließlich blies der Dienststellenleiter die Aktion ab. Man müsse zur Routine der Polizeiarbeit zurückkehren und könne nicht ad infinitum auf ein Wunder warten. Alfred war einerseits enttäuscht das zu hören, andererseits froh Ilse Strasser aus der Schusslinie eines mörderischen Phantoms zu wissen. „Hat es uns durchschaut oder den Köder nicht bemerkt?“, wollte er von Ilse Strasser wissen.

„Wir können nur letzteres hoffen. Es gibt Fälle, wo Serientäter plötzlich nicht mehr zuschlagen. Sie sitzen wegen eines anderen Delikts eine Strafe ab, sie erleiden einen Unfall, der sie außer Gefecht setzt, oder – und auch das habe ich schon erlebt – sie begehen Selbstmord. Auf jeden Fall sollten Sie eine Notiz in Ihr Kastl legen, die festhält, dass die Uhr im Besitz der Frau Drose doch nicht mehr wert sei als 2000 Euro. Sonst überrascht mich das Phantom am Ende noch völlig unvorbereitet in meiner Wohnung."

„Sie haben recht. Und wenn er unseren Köder ganz einfach übersehen hat?"

„Auch möglich. Deshalb müssen wir uns etwas anderes einfallen lassen."

„Da hätte ich etwas. Eine nicht unvermögende Apothekerswitwe. Sie wohnt in Baden in der Friedrichstraße und hat von einem Onkel einen brüllenden Löwen geerbt. Dreißig Zentimeter lang, sechs Kilo schwer, das Maul weit geöffnet. Beim ersten Hinsehen eine zweitklassige Bronzemischung, ist auch gewollt so patiniert worden, besteht aber aus 24-karätigem Gold. Wert 230.000 Euro. Wir haben das Stück auf 250.000 Wiederbeschaffungswert versichert. Es steht, unscheinbar wie es ist, im Fach eines Bücherregals aus den späten Fünfzigerjahren. Man braucht es nur runterzunehmen. Die Frau ist ungeheuer resolut. Wenn sie Ihnen die Tür öffnet, erinnert sie an Siegfrieds Drachen."

„Sie meinen, wir könnten sie als Lockvogel einsetzen?"

„Ich bin ziemlich sicher, sie wäre sofort mit Feuer und Flamme dabei."

„Wir würden sie natürlich rund um die Uhr schützen. Zumindest für eine Woche. Für länger würde man mir den Personenschutz wohl nicht abzeichnen."

„Wir können ja mit ihr reden."

„Tut mir leid, das muss ich mit Pfeiffer machen."
„Kann ich dabei sein?"
„Das geht leider nicht." Sie wollte sich schon mit „Der Pfeiffer wundert sich ohnedies schon über uns" erklären, schluckte aber den Nachsatz. Denn es lag ihr daran, dass sich das Verhältnis der beiden Männer zueinander möglichst bald harmonisierte.

Am nächsten Vormittag frühstückte sie im Café Zentral. Das tat sie gerne, wenn auch viel zu selten. Alles dort übertraf ihr Hausgemachtes. Die Butter war stets frisch portioniert, die Semmeln krachten – he, dass es sowas noch gab, das musste sie Alfred sagen – und die Marmelade war nicht nur „hausgemacht" laut Karte, sondern schmeckte auch. Und den Honig gewann einer der Ober aus eigenen Bienenkörben. Selbst der Kaffee kam ihrem Arabica-Robusta nahe.

Sie war gerade am Zahlen, als sie ein älterer Herr freundlich grüßte. Sie erkannte ihn sofort. Es war Professor Tilly, Alfreds Nachhilfelehrer in Allgemeinbildung.

„Na, wie macht sich Ihr Schüler?"

„Oh, ganz vortrefflich."

„Was ist denn der Zweck seiner Übung? Wen will er damit beeindrucken?"

Er sah sie völlig perplex an und meinte: „Das wissen Sie nicht?"

„Nein."

„Na, doch Sie, wen denn sonst?"

Die Röte wärmte noch ihre Wangen, als Tilly bereits um die Ecke in die Frauengasse abgebogen war.

Lange konnte sie sich über das Gehörte nicht freuen, sie musste sich auf das Treffen mit der Apothekerswitwe einstellen. Pfeiffer erwartete sie vor deren Haus.

Sie bewohnte ein Einfamilienhaus mit angebauter Garage. Dass sie ausgerechnet einen Löwen erbte, passte. Die Frau, mit der sie es zu tun hatten, war die geborene Löwenbändigerin.

Ilse Strasser überließ Pfeiffer die Erklärung ihres Besuches. Sie kostete indes noch ein wenig Professor Tillys Verwunderung darüber aus, dass sie nicht gewusst hatte, wen Alfred Eder wohl mit seinem Lerneifer beeindrucken wollte. Seine Antwort klang ihr immer noch wie Musik in den Ohren.

Wie durch einen rosaroten Nebel hörte sie Pfeiffers harte Stimme: „Ich empfehle dennoch, den Löwen in einem Banksafe aufzubewahren. Davon wüsste ja unser Räuber nichts, und Ihr Gold wäre sicher."

„Banksafe? Wo denken Sie hin? Sie reden ja wie der Vertreter von der Versicherung. Bei dem versteh ich's ja. Die Versicherung will kassieren und nur ja keinen Schadensfall. Aber Ihnen von der Polizei kann es doch Wurst sein, wo mein Löwe brüllt."

„War nur ein Vorschlag, gnädige Frau."

Mit „Papperlapapp!" erhob sich die Witwe zu einem drohenden Ungeheuer. „Der soll mir nur kommen, ich weiß mich zu wehren."

„Daran zweifeln wir nicht, aber Sie sollen sich nicht wehren, sondern ihm gar nicht erst aufmachen. Ab morgen sitzt einer von uns auf der Lauer. Sie halten dieses Gerät bereit. Wenn ein Verdächtiger an der Tür klopft, brauchen Sie nur den roten Knopf zu drücken. Wir bekommen das Zeichen und stellen ihn."

„Kommt nicht in Frage. Die Nächte sind schon recht kalt. Ihr Kollege bezieht seinen Posten in der Garage. Da gibt es einen Elektroheizer, und einen Fauteuil lasse ich ihm runterstellen, damit er es einigermaßen bequem hat."

„Das ist aber wirklich nicht nötig."

„Warum sagen Sie so etwas? Liegen Sie auf der Lauer? Nein. Also wird es so eingerichtet, wie ich sage."

„Ganz wie Sie wollen, Madame."

Ilse Strasser horchte auf. Noch nie war Pfeiffer ein „Madame" über die Lippen gekommen.

Der fuhr eifrigst fort: „Wir werden ihm rund um die Uhr auflauern. Dennoch dürfen Sie ohne Zeichen von unserem Mann niemandem öffnen."

Bei der Fahrt zurück ins Kommando meinte Pfeiffer: „Ist was, du bist so ruhig?"

„Ach, mir dauert das Ganze schon viel zu lang."

„Du bist einfach ausgelaugt. Nimm dir zwei, drei Tage frei, fahr ins Gebirge."

Sie spann den Gedanken weiter: „Ja, mit ...", und verbat ihn sich. Stattdessen seufzte sie: „Später, Leo, später, wenn wir ihn haben und die Jagd vorbei ist."

Um achtzehn Uhr des dritten Tages übernahm Tallian die Schicht. Er packte seine Thermosflasche aus, fand den Fauteuil angenehm und bequem und zog sich für ein kleines Geschäft ins WC zurück.

Just in diesem Augenblick kam das Notsignal. Tallian spurtete auf die Straße. Mit einem Vorsprung von etwa hundert Metern rannte ein Mann mit schwarzem Hut und dunklem Mantel in Richtung Sandwirtgasse und verschwand. Tallian konnte nur noch vermuten, dass er in einen der Gärten eindringen konnte und am anderen Ende das Weite suchte.

Er rief Ilse Strasser an, und die wiederum löste einen Alarm aus: „Kontrolle an allen Ausfahrtsstraßen. Besondere Kontrolle bei VW Passat, dunkelblau mit Wiener Kennzeichen. Vorsicht, Lenker könnte bewaffnet sein."

Tallian keuchte zum Haus der Apothekerswitwe zurück, um auf Pfeiffer zu warten. Der übernahm nach seiner Ankunft die Befragung der Frau. Tallian hingegen sollte auf seinem Platz ausharren, um Ausschau nach einem eventuell passierenden VW Passat zu halten und unbedingt die Kfz-Nummer zu notieren.

Es blieb aber völlig ruhig, wie Tallian mit Bedauern feststellte. Bloß die Turmuhr von St. Christoph schlug sieben. Nichts rührte sich. Einzig ein altes Mütterchen kam aus der Kirche und schleppte sich in Richtung Josef-Koch-Straße.

Nach Mitternacht fasste man im Kommandogebäude die Angaben der Apothekerswitwe zusammen: Verdachtsperson hätte geläutet, und auf die Frage, wer denn Einlass begehre, hätte eine helle Männerstimme behauptet: „Hartmann von der Länderversicherung. Wir hätten eine Zusatzversicherung anzubieten.“ Daraufhin hätte die Apothekerswitwe versucht, die Person vor der Tür hinzuhalten. Sie hätte sinngemäß gesagt: „Um diese Zeit?“ Danach hätte sie sich schwerhörig gestellt und gefragt, um welche Versicherung es sich handle. Es hätte aber niemand mehr geantwortet. Da hätte sie bei Tallian den Alarm ausgelöst. Der Mann vor der Tür hätte einen Akzent gehabt, aber einen vorgetäuschten. „Glauben Sie mir, ich habe ein scharfes Gehör“, hatte sie Pfeiffer angeschnauzt, als er meinte, da könne man sich ja wohl nicht sicher sein. Und zuletzt hatte sie regelrecht geschäumt: „Das Ganze war von vornherein schlecht geplant. Ich hätte ihn einlassen und ihm hier eine über den Schädel ziehen sollen. So hätten wir das anlegen müssen.“ Die Außenposten vermeldeten, dass die Straßensperren ergebnislos geblieben waren.

Per Telefon teilte Alfred mit, einen Hartmann gäbe es in der Versicherung nicht. Jedenfalls nicht im Außendienst und nicht für das Bundesland Niederösterreich. Ilse Strasser und Co. hatten auch nichts anderes erwartet.

Am nächsten Morgen wurde ein schwarzer Hut in der Friedrichstraße gefunden, den der Gesuchte bei der Hetzjagd mit großer Wahrscheinlichkeit verloren hatte. Er wanderte umgehend zur Kriminaltechnik.

Niederösterreich-Bild lieferte wieder einmal Schlagzeilen zum Wienerwaldphantom. Die Apothekerswitwe schilderte in einem Interview, wie sie bei dem Einsatz vorgegangen sei. Sie wiederholte, was sie schon Pfeiffer ins Gesicht geschleudert hatte: „Ich hätte ihn einlassen und ihm eine über den Schädel ziehen sollen."

Das Rätselraten um das „Phantom von Baden", diese Formulierung gebrauchten inzwischen sämtliche NÖ-Ausgaben des Boulevards, nahm zu, als drei Tage danach der Pfarrer von St. Christoph im Kommando erschien und einen schwarzen Burberry überbrachte, den er unter dem Kniebrett einer Kirchenbank gefunden hatte. Ilse Strasser bedankte sich und brachte ihn persönlich zu Spusichef Hans Leopoldi.

„Ich glaube, auf Hut und Mantel wirst du übereinstimmende DNA-Spuren finden. Gibt's irgendetwas auf dem Hut?"

„Wenn dem so wäre, hätte ich mich doch längst bei dir gemeldet."

„Danke, Poldi."

„Für nichts, Ilse, ich weiß. Übrigens: Ist was mit dir? Du bist in letzter Zeit so anders."

„Nein. Aber die Fälle ziehen sich. Wir waren so nahe dran!" Dabei legte sie ihren rechten Zeigefinger auf die Kuppe des Daumens, und zwar so, dass bestenfalls ein Millimeter Platz dazwischen blieb.

„Habe ich gehört. Wie macht sich übrigens der Tallian?"

„Ich würde sagen, bestens."

„Und der Helfgott?“

„Meinst du den Helfgott alias Wohlsein, den ich das letzte Mal vor zwei Jahren bei der Auszeichnungsfeier vom Chef gesehen habe? Damals wollte er mir eine Leukämie einreden, weil ich so blass sei.“

Leopoldi besah sich den Mantel und fragte: „Du hast dir doch sicherlich schon den Kopf zerbrochen, warum jemand einen so schönen Mantel der Marke Burberry wegschmeißt.“

„Wegschmeißen ist nicht ganz richtig. Er wurde unter dem Kniebrett einer Kirchenbank gefunden.“

„Aha, also wollte ihn jemand loswerden. Der Mann mit Hut etwa?“

„Genau das sollst du für uns herausfinden, Poldi. Also, ruf an oder komm zu mir herüber, wenn du so weit bist, ich mach dir einen guten Kaffee.“

Noch hatte sich keine Gelegenheit ergeben, Tallian zu dem Mantel zu befragen, jetzt aber war er von einer Recherchetour zurück.

„Sagen Sie, Tallian, was meinen Sie, warum versteckt jemand seinen Mantel unter einer Kirchenbank?“

„Weil er von uns nicht wiedererkannt werden wollte.“

„Genau. Und jetzt denken Sie mal ganz scharf nach: Haben Sie jemanden gesehen nach der Hetzjagd in der Friedrichstraße? Gehen wir das gemeinsam durch: Sie waren ausgepustet, rangen nach Luft. War da wer?“

„Nein, gar niemand.“

„Es ist halb sieben und es ist kein Mensch auf der Straße? Denken Sie noch mal nach.“

„Niemand. Nicht mal ein Auto, das vorbeigefahren wäre. Nur eine Frau kam aus der Kirche und ging die Josef-Koch-Straße runter.“

„Und das sagt uns gar nichts? Wo wurde denn der Mantel gefunden?“

„Na, in der Kirche."

„Und die Frau aus der Kirche, wie war sie denn gekleidet?"

„Sie trug ein langes Kleid."

„Könnte es ein Tuch gewesen sein, das man sich einfach um die Hüften wickeln kann, und schon ist es ein Rock?"

„Wenn es groß genug war, ja."

„Und kein Mantel?"

„Nein. Ein Schultertuch. Und eine Tasche."

„Eine Tasche, sagen Sie? Als der Gesuchte vor Ihnen weglief, hatte er da eine Tasche bei sich?"

„Nein."

„Also hat er sie mit Vorbedacht irgendwo in der Kirche zwischengeparkt. Darin das Hüfttuch und all die anderen Utensilien für seine Maskerade."

Tallians Gesicht war ein einziges Fragezeichen.

„Natürlich, ein ganz Schlauer. Der Mantel hätte ihn verraten können. Also ließ er ihn unter einer Bank verschwinden. Wäre wohl auch zu voluminös für die Tasche gewesen. In der Tasche aber muss etwas gewesen sein, das ihn verraten hätte, hätten wir sie in der Kirche gefunden. Also nahm er sie mit."

„Und warum das Ganze, Frau Kontrollinspektor?"

„Für einen sicheren Abgang natürlich. Unser Mann wollte seinen Wagen keinesfalls hier in der Straße parken. Sehen Sie sich um, alles autofrei. Und im ganzen Viertel um diese Tageszeit kein Verkehr. Ein Fahrzeug wäre aufgefallen wie ein Exot. Jemand hätte sich vielleicht die Autonummer gemerkt oder wenigstens einen Teil davon. Das geschieht in den Tatortkrimis immer wieder, in der Realität leider viel zu selten, aber sei's drum. Jedenfalls: Unser Mann wollte auf Nummer sicher gehen. Als Fußgängerin würde er keinem auffallen.

Außerdem war er so unterwegs beweglicher, konnte in Gärten Deckung suchen oder sich in einem Hausflur verstecken. Gar nicht dumm, unser Vogel."

Pfeiffer kam herein und erklärte, er müsse Schluss machen und Ludmilla von der Schneiderin abholen.

„Kleidet sie sich neu ein?"

„Nein, das Brautkleid."

„Wie steht's mit der Hochzeit?"

„Alles im Lot. Halte dir die erste Woche im März frei. Am siebten ist Polterabend, am achten die Trauung. Du wirst in der Datscha von Ludmillas Schwester wohnen. Dort ist auch die Tafel."

„In einer Schrebergartenhütte? Das wird bestimmt romantisch."

16

Einige Tage später rief sie Alfred an. Ob er Zeit habe, sie in Bad Vöslau zu treffen. Natürlich hatte er und fragte, was sie essen wollte. Sie aber hatte keinen rechten Hunger und begann mit: „Ich muss etwas gestehen."

Er schob seine Frankfurter beiseite, legte die Senftube zurück zu dem Haltegestell der Menükarte und sah sie fragend an.

„Wir mussten die Stögerin einvernehmen. ‚Grillen' nennt man das bei uns. Pfeiffer hat sie mit dem Exekutor Löffler im SCS gesehen. Hand in Hand, das warf Fragen auf."

„Fragen? Wieso?"

„Wissen Sie, ein Exekutor hat Kontakte zu allerlei Händlern, darunter eventuell auch zu dubiosen, die so gut wie alles verwerten können. Die dritten Zähne einer Oma ebenso wie einen Cognac um 200.000 Euro."

„Und?"

„Beide haben ein wasserdichtes Alibi. Doch da ist noch etwas: Die Stögerin hat uns bei der Vernehmung den Floh ins Ohr gesetzt, dass jemand beim Tod Ihrer Frau Mutter nachgeholfen haben könnte."

„Ist nicht wahr!"

„Doch. Und nun meint Pfeiffer, um ganz sicher sein zu können, müsse man sie exhumieren."

„Waren die Anspielungen der Stögerin derart ernst? Wer sollte etwas gegen meine Mutter gehabt haben?"

„Dazu war aus der Stögerin nichts Konkretes herauszubringen. Sie sagten ja, Ihre Mutter hätte sich mittags hingelegt und sich nicht gerührt, bis Sie sie am Abend wecken wollten. Waren Sie die ganze Zeit zwischen mittags und abends bei ihr in der Wohnung oder sind Sie vielleicht einen Sprung weggegangen?"

„Ich war die ganze Zeit in meinem Zimmer. Wenn sich da meiner Mutter jemand auch nur genähert hätte, Adolf hätte ihn in Stücke gerissen."

„Vielleicht waren Sie mit Adolf kurz Gassi?"

„Ganz sicher nicht. Ich hab Aktienkurse studiert, Adolf hat in seinem Korb in der Küche geschnarcht."

„Hatte Ihre Mutter Feinde, könnte sie jemand vergiftet haben?"

„Auf die Idee wäre ich nie gekommen. Doktor Müller, unser Hausarzt, hat sie doch untersucht und auf Herzstillstand befunden."

„Er sagt, auch eine noch so genaue Untersuchung könne nichts zu hundert Prozent ausschließen."

„Ich kann nur wiederholen, Adolf hätte jeden in Stücke gerissen, der sich hereingeschlichen hätte."

„Es gibt Gifte, die nicht sogleich wirken. Hätten Sie etwas gegen eine Exhumierung, um ganz sicher zu gehen?"

„Ich überlasse das ganz Ihrer Entscheidung. Sie müssen ja doch machen, was Sie für richtig und nötig erachten. Wenn ich es mir recht überlege, jetzt möchte auch ich auf Nummer ganz sicher gehen."

„Wollen Sie dabei sein?"

„Nein, das ist eine Angelegenheit von Rechtsstaat und Totenruhe. Ich bin nur am Resultat interessiert."

Sie sah ihn an und überlegte: „Die Stögerin ist übrigens nicht mehr bei dem aus der Jägerschaft."

Es schien ihn aber nicht im Geringsten zu interessieren.

„Wer ist eigentlich Burli?", rutschte es ihr über die Lippen und schon hatte sie es bereut. Sie wunderte sich über ihren Mangel an Professionalität. Immer wenn sie mit Alfred sprach, verhielt sie sich wie eine Amateurin. Ob das allen Professionisten so ging, wenn es privat wurde? Den Polizisten, den Ärzten, den Richtern, den Schullehrern?

Alfred aber schien die Frage nicht zu belasten: „Meine Mutter nannte mich so."

„Die Stögerin auch?" Schon wieder so ein überflüssiger Satz. Weder wollte sie ihn damit necken und schon gar nicht provozieren. Was redete sie da also daher?

„Ja, die auch", quälte er aus sich heraus.

Mit dem „Burli" war irgendwie der Abend verdorben. Ilse Strasser sagte, sie sei müde und müsse am nächsten Morgen früh raus. Auch das Namensschild Drose müsste sie noch aus dem Rahmen neben der Türglocke nehmen und durch ihren richtigen Namen ersetzen. Als ob das eine abendfüllende Beschäftigung wäre, dachte er und ließ sie ziehen.

Doch in der Mittagspause des nächsten Tages rief sie ihn an: „Alfred, ich mache heute früher Schluss. Möchten Sie nicht bei mir vorbeischauen, ich koche uns etwas Leckeres. Was meinen Sie?"

Er war hellauf begeistert. Es war das erste Mal, dass sie ihn zu sich einlud. Bei der Inszenierung Ilse Strassers als Lockvogel hatte sie es sorgfältig vermieden. Jedenfalls war das sein Eindruck gewesen.

Sie öffnete nach dem Läuten die Tür und machte mit einem gelächelten „Hereinspaziert!" den Weg in das Vorzimmer frei. Es roch nach guter Küche. „Ich hoffe, Sie erwarten sich nicht zu viel", lächelte sie leicht verlegen und gestand: „Ich koche nämlich streng nach Diätrezepten. Geben wird es Avocado mit Thunfischfüllung, danach, der Jahreszeit angepasst, Gänseleber auf geschmorten Muskattrauben von meinem Türken und als Übergang aufs Dessert ein Zucchinikäsegratin."

„Und ich habe Champagner besorgt.“ Mit diesen Worten zauberte er eine Flasche mit zwei Kristallgläsern aus einem aufwändig etikettierten Geschenkkarton.

Sie nahm ihm das edle Stück ab: „Den stelle ich für nachher kalt.“

Für nachher? Das klang vielversprechend.

Am nächsten Morgen weckte ihn Kaffeegeruch. Die leere Champagnerflasche stand neben dem Bett, die beiden Gläser daneben und sie kam aus der Küche mit herrlich duftendem Kaffee und stellte ihn auf den frühstücksgedeckten Tisch am Fußende des Bettes. Er rührte sich nicht, sondern bewunderte still jede ihrer Bewegungen. Schließlich setzte er sich im Bett auf und sagte mit gespielter Empörung: „Das ist aber mein Hemd.“

„Meine Sachen sind alle im Schrank, die Tür knarrt beim Öffnen und ich wollte dich nicht wecken.“

Sie trat an das Bett heran und er fand, dass sein Hemd stolz darauf sein konnte, von etwas so Schönem getragen zu werden.

„Kann ich es nicht borgen? Ich hab sonst nichts und mir ist kalt“, kokettierte sie.

Er bekam es an einem Zipfel zu fassen und zog Hemd wie Trägerin zu sich ins Bett. „Das ist eine rechtswidrige Aneignung eines fremden Kleidungsstücks. Sofort ausziehen.“

Sie zog es mit einem auf leidend gemimten Blick aus und warf es ihm übers Gesicht.

Ihr musste tatsächlich ein wenig kalt gewesen sein. Jedenfalls fühlte sie sich kalt an, als sie neben ihm unter der Decke lag. Sie sahen einander lange Zeit wortlos an. Dann schnüffelte er kurz und sagte: „Der Toast brennt an.“

„Lass ihn brennen. Das Gerät hat einen Sicherheitsschalter. Wenn die Schnitte verkohlt ist, schaltet er automatisch ab."

„Ich mag aber keinen verkohlten Toast."

„Gegessen wird, was auf den Tisch kommt."

„Aber gerne doch, ich bin so frei."

Danach blieb nur wenig Zeit für das Frühstück. Ilse musste um neun Uhr im Kommando sein. Als Außendienstler der Versicherung konnte er es da lockerer nehmen. Mit „Vergiss nicht den Schlüssel einzuwerfen" entschwand sie. Er genoss noch den Duft ihres Körpers an seinem Hemd und schrieb das Datum auf das Etikett der Champagnerflasche. In der dicken Schrift eines roten Filzstifts, der auf einem Notizblock lag.

Dann dachte er über Ilses Worte nach. Er in Gefahr? Jemand wollte ihm Böses? Pfeiffer hörte das Gras wachsen. Alfred würde nochmals mit Ilse darüber reden und mit Pfeiffer Kontakt aufnehmen. Vorausgesetzt, Ilse hatte nichts dagegen.

Die Buden in den Weingärten am Rande der Weinstraße nach Gumpoldskirchen waren längst wieder geräumt, das Gold der Blätter lag unter den Bäumen des Kurparks in schmutzigem Grau, als die Totengräber vom Helenenfriedhof nach ihren Schaufeln griffen, um Alfreds Mutter aus ihrer letzten Ruhe zu buddeln. Obwohl er nicht dabei sein wollte, hatte es ihn auf den Friedhof gezogen. Einige Grablängen vom Ort des Geschehens entfernt sah er den Totengräbern bei ihrer Arbeit zu.

Für den ersten Tiefenmeter setzten sie einen Minibagger ein. Dann stiegen zwei Mann in die Grube und begannen abwechselnd zu schaufeln. Von Alfreds Standort schien es, als ob ein rabiat gewordener Maulwurf

Erde aus seinem Bau werfe. Plötzlich änderte sich der Klang der Schaufel und eine Stimme aus der Tiefe rief: „Ich hab's."

Die Kurbeln an dem Gestell, mit dem Frau Eder an ihrem Begräbnistag versenkt worden war, brachten sie wieder zum Vorschein. Beim Anblick ihres lehmverschmierten Sarges brach Alfred in Tränen aus. Er hätte nicht sagen können warum. Weinte er über die Kälte, die sie ihm die ganze Kindheit hindurch spüren ließ, oder darüber, dass er ihre Erwartungen nicht erfüllt hatte, nicht erfüllen konnte, war ihre Bevormundung die Folge seiner Unbeholfenheit der frühen Jahre oder ihre Ursache? Das Schluchzen darüber schaffte keine Klarheit, es tat nur gut. Ein ältere Frau, die sich mit einer vollen Gießkanne an ihm vorbeischleppte, sah ihn kurz an. In ihrem Blick lag mehr Mitgefühl, als er von der Mutter je erfahren hatte.

Alfred holte tief Luft, zog ein Taschentuch hervor – seit geraumer Zeit waren sie aus Papier –, fuhr sich damit über die Augen und warf es in einen der Abfallkörbe am Brunnen. Jetzt fühlte er sich wie befreit. So, als ob er mit dem Taschentuch auch die ganze Last seiner Kindheit und Jugend in den Abfall geworfen hätte. Ob die Mutter Opfer eines Verbrechens geworden war, interessierte ihn nur noch marginal. Das Einzige, was für ihn zählte, war nichts unversucht zu lassen, um die Verbrechen aufzuklären, die ihn wie Tretminen umzingelten. Nur so würde er von jedem Verdacht reingewaschen. Reingewaschen sei das richtige Wort, fand er. Denn so ein Verdacht klebte an einem wie Dreck.

Dann dachte er an Ilse, seinen einzigen Trost in dieser Lage. Dass sie restlos von seiner Unschuld überzeugt war und darüber hinaus sie dieses Reinwaschen als Teil ihrer beruflichen Verantwortung verstand, ermöglichte ihm den aufrechten Gang. Ein Jammer nur, dass man dabei keinen Schritt weiterkam. Auch er hatte inzwischen begriffen, dass Aufklärungsarbeit ganz wesentlich mit dem Ausschließen von Verdächtigen und Möglichkeiten zu tun hatte. Aber es war immer nur beim Ausschließen geblieben. Und Ilses Vorgesetzte wurden bereits ungeduldig. Zweimal hatten sie schon Zwischenberichte angefordert. Solche Urgenzen bedeuteten nicht unbedingt, dass man mit ihrer Arbeit und der ihrer Gruppe unzufrieden war, beruhigte sie ihn. Sie gaben ihr aber sichtlich zu denken. Die einzige tröstliche Nachricht war die der Forensik, dass Alfreds Mutter eines natürlichen Todes gestorben war. Doch im Grunde war es wieder nur das Ausschließen einer Möglichkeit, aber einer, die die Zahl der Fragezeichen um ein Vielfaches erhöht hätte.

Tatsächlich empfand Ilse Strasser die Ergebnislosigkeit ihrer Recherchen und Strategien inzwischen als Druck. Der Dienststellenleiter, der besonders in Krisen um ein gutes Betriebsklima und Harmonie bemüht war und noch nie Untergebene im Regen hatte stehen lassen, ging mit ihr im amikal-kollegialen Gespräch alles durch.

„Und von dem Mann mit Hut, der die Leser der *Niederösterreich-Bild* als Wienerwaldphantom das Gruseln lehrt, keine Spur?“

„Keine Spur. In Kleinleuthen waren wir ihm ganz nahe auf den Fersen, aber da hat er ja bekanntlich unseren Kollegen Tallian mit einem Pfefferspray außer Gefecht gesetzt.“

„Sollte man eine Belohnung ausloben?“

„Schaden kann so etwas nie. Wenn sich niemand meldet, kostet es nichts, und wenn uns jemand mit einem Hinweis weiterhilft, sparen wir vielleicht ein Vielfaches an Ermittlungskosten."

„Ich wünsch Ihnen viel Glück, Frau Strasser. Ihre Beförderung in die Landespolizeidirektion nach Wien hängt unter anderem auch davon ab."

„Um die geht es mir inzwischen nullo, Herr Oberst."

„Ach so? Das ist mir aber neu. Hat das mit dem netten Herrn an Ihrer Seite beim Heurigen in Sooß etwas zu tun?"

„Ich gehe mit so vielen verschiedenen Herren zum Heurigen, dass ich beim besten Willen nicht wüsste, welchen Sie meinen, Herr Oberst", sagte Ilse Strasser mit stoischer Gelassenheit. Endlich mal eine professionelle Reaktion zu diesem Thema, bilanzierte sie nicht ganz ohne Stolz.

„Verzeihen Sie, ich wollte damit nur sagen, meine Berufungsempfehlung in dieser Angelegenheit habe ich befürwortend weitergegeben. Das war doch in Ihrem Sinn, oder?"

„Schon, schon. Aber entscheiden kann ich mich ja noch immer."

„Ja, können Sie, aber nur pro. Sollten Sie dann ablehnen, sieht das nach Beförderungslogik so aus, als wollte ich Sie wegloben. Und jede Belobigung, um die ich in Zukunft Ihren Personalakt bereichere, würde für die Großkopferten der Landessicherheitsdirektion diesen Eindruck nur untermauern. Das könnte für Ihre Karriere zur Sackgasse werden. Sind Sie sich darüber im Klaren?"

Das Telefon auf dem Tisch des Kommandochefs läutete. Ilse Strasser nahm dies als Gelegenheit wahr, das Feld zu räumen.

Drei Tage danach bat sie der Chef wieder zu sich: „Seit Ihre Morde bundesweite Schlagzeilen machen, klären Sie für den Bürgermeister und unseren Landtagsabgeordneten nicht schnell genug auf. Seien wir froh, dass die Presse von einem Wienerwaldphantom faselt und somit Baden in das Kleingedruckte verdrängt. Ich gebe das völlig wertungsfrei weiter, füge aber hinzu: Erstens, ruhig weiterarbeiten. Zweitens, sich von nichts beirren lassen. Drittens, zur Berufung in die Wiener Herrengasse wird es diesmal nicht kommen. Der Landessicherheitsdirektor meinte, mit drei ungelösten Fällen im Reisegepäck, damit würde man Ihnen keinen Gefallen erweisen. Sie würden Ihnen für den Rest Ihrer Laufbahn als Manko anhaften. Ich teile diese Einschätzung. Können Sie damit leben?“

Das befreiende Lächeln von Ilse Strasser war kaum sichtbar. Und doch blieb es dem Oberst nicht verborgen. Ohne ihre Antwort abzuwarten, reagierte er darauf mit einem: „Na also. Und jetzt zeigen Sie uns, was Sie draufhaben, Frau Kontrollinspektor.“

17

Mitte November buchte Alfred für Silvester eine Kabine auf einem Donauschiff nach Budapest. Ilse studierte das Programm: „Mit Mitternachtsfeuerwerk auf dem Oberdeck, Kabaretteinlagen, Livemusik und Tanz. Super! Tanz, ich liebe Tanz."

Erst im Laufe des weiteren Gesprächs fand er heraus, sie meinte Tanzen aktiv und nicht passiv als Zuseherin. Das schuf ein Problem: Er konnte nicht tanzen. Alfred erwähnte das gegenüber Professor Tilly. Der wusste Rat. Artur Löv, ein ehemaliger Schüler von ihm, der am Gymnasium Sport unterrichtete, war Mitglied einer Gruppe von Formationstänzern und gab Einzelstunden.

Dieser Artur Löv musterte Alfred von oben bis unten und meinte: „Ich warne Sie, das wird ein langer und dorniger Weg." Alfred gab sich ungerührt. Man vereinbarte zwei Doppelstunden, jeweils am Nachmittag. Abends ging nicht, denn am Ende der Torturen wollte er ja Ilse mit seinem Können überraschen.

Die ersten Stunden waren echt öde. Zu faden Tönen verordnete Artur Bewegungsübungen. „Runder, runder", hallte es durch den Saal. „Die Arme müssen sich bewegen, wie die Flügel eines Mantas." Alfred war zwar neu, dass Mantas Flügel hatten, aber er gab sein Bestes. Am Ende von Stufe eins meinte Artur: „Talent hast du keines, aber Ehrgeiz. Darauf lässt sich bauen."

In Stufe zwei des Kurses tanzte man immerhin schon zu richtiger Musik, am Ende sogar mit einer Partnerin, die führte. Ab Stufe drei hatte er zu führen. Wie ein Waschlappen hing die Führerin von Stufe zwei in seinen Armen und gab sich taub für Takt und Rhythmus.

Als Krönung des Ganzen hieß es schließlich „Perfektion". Allein die Überschrift sagte schon alles. Alfred musste übers Parkett walzern, was Strauss und Lanner hergaben. Zum Tango hieß es, mit der Partnerin zu verschmelzen wie das Blatt Käse mit dem Schinken im Schinken-Käse-Toast. Kaum die richtige Körpernähe gefunden, wurden sie wieder auseinandergerissen, um zum Quickstepp zu hüpfen, bis das Hemd auf der Haut klebte. Im Vergleich dazu waren Samba, Cha-Cha-Cha und Rumba die reinste Erholung.

Die Zeit verging wie im sprichwörtlichen Flug und eines Morgens erwachte Baden in Weiß. Auf dem Hauptplatz, wo eben noch die Winzerfamilien Trauben, Sturm und Schmalzbrote verkauft hatten, glitzerte jetzt das Lametta der Buden eines Christkindlmarkts. Vor dem Café Zentral standen Mütter, Väter und Kinder um heiße Maroni an und die Hutschpferde des kleinen Ringelspiels schaukelten zu *Süßer die Glocken nie klingen*.

Aber aus der Silvesternacht auf dem Donauschiff nach Budapest wurde nichts. Ilse und Alfred waren am Tag davor durch die Johannesklamm im Schneebergland gewandert. Am oberen Ende der Klamm wollten sie in der Schutzhütte einen Glühwein trinken und deftig essen. Schon in Alfreds Volvo hatte Ilse gebeten, die Heizung zurückzudrehen, die trockene Luft kratze sie im Hals. In der Klamm war sie, die Durchtrainierte, schon auf halbem Weg ins Keuchen gekommen. Hüstelnd meinte sie: „Ich werde doch keine Grippe bekommen." Bei der Ankunft in der Hütte war sie völlig erschöpft gewesen. Sie trank ihren Glühwein, bat um einen zweiten, schob die Schmalzbrote von sich, wollte auch keinen Kaiserschmarrn und begann sichtlich zu fiebern. In Anbetracht dieser Umstände hatte es Alfred für angebracht gehalten, zum Ausgangspunkt ihres Aufstiegs zurückzueilen, um sie über die obere Zufahrtsstraße mit dem Auto von der Schutzhütte abzuholen. Bei ihrer Ankunft in Baden wurde Fieber gemessen. Die Quecksilbersäule blieb bei 39,2 Grad stehen. Also fuhr er zur Apotheke und nahm, was die Frau in Weiß für empfehlenswert hielt.

Am Morgen war das Fieber auf 38 zurückgegangen. Dafür setzte ein gotterbärmlicher Husten ein. Kurzum, die Silvesternacht auf dem Schiff musste ausfallen. Adolf wich die ganze Zeit nicht von ihrer Seite. In der Nacht schnarchte er nicht einmal, so sehr schien er Rücksicht auf Ilses Schlaf zu nehmen. Doch nach dem ersten Böllerkracher der Silvesternacht fuhr er auf, stürzte gegen die Wohnungstür und verbellte alle da draußen, die auf ihr Ruhebedürfnis keine Rücksicht nahmen.

Trotz Adolfs Fürsorge und Rücksichtnahme war Ilse erst zu Dreikönig wieder gesund. „Ich hab dir das ganze Silvester verpatzt“, bedauerte sie und sah Alfred ganz traurig an. „Und du hast dich so rührend um mich gekümmert und gesorgt, dass du direkt schlecht aussiehst. Ich glaube, du hast sogar abgenommen.“

Er lächelte verlegen, denn er fühlte sich ertappt. Er konnte ja nicht gut sagen: „Das kommt von den vielen Tanzstunden.“ Er wollte sie doch mit seinem Können überraschen.

„Wir haben überhaupt nichts versäumt“, beruhigte er sie. Ich habe als Ersatz zwei Karten für die Casino Redoute erstanden. Da holen wir nach, was die bösen Schwestern Angina und Grippe verdorben haben.“

Gleich am ersten Arbeitstag nach ihrem Krankenstand meldete sich der Kommandant des Kommissariats Ebreichsdorf bei Ilse Strasser. Am Haus, in dem die Witwe Wagner erschlagen worden war, sei das Siegel gebrochen, entrüstete er sich. Und dass die Leute heutzutage vor nichts mehr Respekt hätten. Ob man der Sache nachgehen solle oder ob sie selbst nachsehen möchte?

„Bitte nichts anrühren, wir kommen sofort."

Sie wunderte sich, dass das Haus noch immer versiegelt gewesen war. Man war sich doch vor gut zwei Monaten mit der Spusi und dem Staatsanwalt einig gewesen, es freizugeben. Doch wieder einmal hatte die eine Dienststelle gemeint, die andere würde das erledigen. „Zum Glück", atmete Ilse Strasser auf. „Vielleicht ein neuer, völlig unverhoffter Ansatzpunkt und ein Fingerzeig in Richtung Wienerwaldphantom."

„Jetzt hast es aber du gesagt", spottete Pfeiffer.

„Was?"

„Wienerwaldphantom. Das Wort, das du den Medien am liebsten verbieten lassen wolltest."

Es hatte Tauwetter eingesetzt. Weiß war es nur noch in den schattigen Mulden rechts und links der Bundesstraße. Ansonsten grauer Matsch und blassgrüne Flecken. Leo Pfeiffer musste unablässig die Windschutzscheiben freisprühen, die der Gegenverkehr immer wieder aufs Neue mit trüben Fontänen verfinsterte.

Als sie endlich in Ebreichsdorf am Gartentor von Helene Wagner ankamen, stellten sie fest, dass das Vorhaben der Natur mit den botanischen Zielsetzungen der verblichenen Gärtnerin kontrastierte. Da, wo sie einst Rasen trimmte und Blumen verhätschelte, war kniehohes Unkraut unter der Eigenlast eingeknickt, entlang des Zaunes verrottete Dahlien, unter einem Apfelbaum verfaultes Fallobst. Alles erschien wie abgestorben. Wenig sprach dafür, dass unter all diesen Unansehnlichkeiten neues Leben in üppiger Vielfalt bloß darauf wartete, an den ersten warmen Tagen zu grünen.

Der Ebreichsdorfer Kollege begrüßte sie müde am Gartentor. Es war ordnungsgemäß versperrt. Er holte die Schlüssel aus seiner Tasche hervor, die seit dem Mordtag auf der Wachstube in Verwahrung geblieben waren.

„Wie habt ihr eigentlich feststellen können, dass das Siegel gebrochen ist? Vom Gartentor ist es ja kaum zu sehen."

„Die Nachbarin von vis-à-vis hat in der Nacht auf heute Geräusche gehört. Sie sagt, es hätte sich angehört, als ob jemand im Haus stemmen würde. Und das mitten in der Nacht."

In der Küche roch es nach Bauschutt. Leo Pfeiffer öffnete erst einmal die Fensterläden, damit man atmen und etwas sehen konnte. Auf dem Küchentisch, auf dem am Tag des Verbrechens das Opfer den Teig ausgewalkt hatte, bevor sie der Schlag mit dem Nudelholz traf, lagen ein Maurerhammer und ein Meißel. Entweder hatte der Unbekannte das Werkzeug mitgebracht oder es stammte aus dem Besitz von Helene Wagner. Wenn, dann sprach das für genaue Ortskenntnisse und eine gute Taschenlampe, denn der Stromanschluss war längst tot.

„So wie das hier aussieht, haben die beiden Kinder der Frau Wagner sich nach dem Mord um das Haus nicht viel gekümmert. Ist das nicht verwunderlich?"

„Nicht unbedingt", meinte der Ebreichsdorfer. „Die Kinder haben sich nicht gemeldet. Amtliche Rückfragen ergaben, dass sie das Haus, immerhin das ihrer Kindheit, mit allem Drum und Dran unbesehen verkaufen wollten."

Ilse Strasser genügte das nicht. Sie erreichte Tochter Edda per Handy: „Wir haben das Haus seit jenem Tag nicht betreten. Wir schafften es einfach nicht, wollten die Abhandlung der Verlassenschaft abwarten und dann alles, wie es da liegt und steht, über einen Makler verkaufen", bestätigte Edda. Von einem versteckten Geld ihres Vater wisse sie nichts, es würde sie auch nicht interessieren. „Wir hatten mit unserem Vater nach der Scheidung der Eltern keinen Kontakt." Der Sohn drückte es wenig später etwas plastischer aus: „Lassen Sie uns damit in Ruhe. Wir wollen von dem alten Saufkopf nichts wissen. Und wenn er Millionen verbuddelt hat, es interessiert uns nicht."

„Was hältst du davon?", wollte Ilse Strasser wissen.

„Ein bisschen dick aufgetragen. Ob einer der beiden heimlich auf Schatzsuche ging, um im Falle eines großen Fundes nicht teilen zu müssen? Falls dem so ist, wird die Spusi die Fingerabdrücke auf einem der Werkzeuge finden, und schon wissen wir's. Denn mit Handschuhen übergezogen hat der Eindringling wohl kaum das Meißel geführt."

Ilse Strasser hörte nicht hin, sondern zählte halblaut die Wandfliesen über dem Herd. Drei davon waren herausgestemmt worden. Da, wo die dritte, von oben nach unten gezählt, geklebt hatte, war ein ziegelgroßes Loch in der Wand. Sie trat an den Herd, machte eine Faust und fuhr damit in die Öffnung der Mauer. Ihr Unterarm versank darin fast bis zum Ellenbogen.

„Was immer hier versteckt war, es war wertvoll. Überleg mal, Leo. Wir wissen, unser Karl Wagner kam in den Neunzigerjahren zu Geld, weil der Flughafen Schwechat von ihm Grund kaufte. Er schien plötzlich mehr Geld gehabt zu haben, als er vor dem Finanzamt deklarieren und der Bank anvertrauen wollte. Deshalb versteckte er einen Teil davon hier hinter der Fliese. Fällt dir dazu etwas auf?"

„Dass da wahrscheinlich ziemlich viel Geld reingeht."

„Schon, aber das meine ich nicht. Wenn ich mir das ansehe, erkenne ich zwei Ziffern, nämlich die Neun und die Drei oder die Zahl Dreiundneunzig. Schau hin: neunte Fliese von rechts, dritte von oben. Das ist kein Zufall. So merken sich Piraten das Versteck ihrer Schatztruhen."

„Ist nicht dein Ernst."

„Klingt ziemlich weit hergeholt, wenn du mich fragst."

Zu dem Kollegen von der Wachstube Ebreichsdorf gewandt, sagte sie: „Könntet ihr für uns herausfinden, an welchem Tag Karl Wagner geboren wurde?" Der so Angesprochene telefonierte mit seinem Chef. Es brauchte bis die Meldung kam: „9.3.1957".

Ilse Strasser schien hochzufrieden, brabbelte halblaut vor sich hin und konzentrierte sich auf das Muster des Fliesenbodens zwischen dem Tisch mit dem Nudelbrett und dem Herd.

„Vielleicht wollte der Reichgewordene das Risiko verteilen und es gibt noch andere Schatzgruben. Lass uns mal die Bodenfliesen abklopfen. Kann sein, dass etwas darunter ist."

Leo Pfeiffer klopfte. Alles klang dumpf nach Masse. Doch plötzlich änderte sich der Ton.

„Weg mit der Fliese", entschied Ilse Strasser.

„Womit? Das Werkzeug auf dem Tisch ist wohl ein Fall für die Spusi und für uns off limits."

„Moment", sagte der Kollege vom Posten Ebreichsdorf und war binnen Sekunden mit einem Stemmeisen und einem Maurerfäustl zurück. „Aus dem Auto, immer dabei", sagte er nicht ohne Stolz.

Pfeiffer griff danach und zerdepperte die Fliese mit dem verdächtigen Klang. Eine Öffnung in der Größe eines Bierkrügels wurde erkennbar. Sie war mit Sand gefüllt. Nach kurzem Kratzen zog er ein Billa-Sackerl aus dem Loch, in dem ein dickes Bündel 1000-Schilling-Noten vergraben war.

Ilse Strasser triumphierte: „Danke, Mister Stevenson."

„Von wem redest du?"

„Von Jim Hawkins, Kapitän Flint, dem Galgenvogel John Silver und dem ganzen Seeräuberpack, die das Kommando auf der Hispaniola an sich rissen, um den Schatz Captain Flints zu heben. Alles Geschöpfe aus der Fantasie des schottischen Erzählers Robert Louis Stevenson. Sein Roman *Die Schatzinsel* brachte mich auf die Idee. Aber pssst, nicht weitersagen." Und plötzlich hatte sie es eilig: „Um den Fund kümmert ihr euch", sagte sie zum Kollegen von Ebreichsdorf. „Für uns geht's nach Wien, Leo. Wir besuchen diese Greilinger, die Vorgesetzte Alfred Eders in der Versicherung."

Während Pfeiffer die Auffahrt auf die Autobahn nahm, rief sie in Wien an und ließ sich verbinden. Eine weibliche Stimme meldete sich mit: „Greilinger", Ilse Strasser legte auf. Die Frau war da, das genügte.

Für Frau Greilinger gehörten unangemeldete Besucher offensichtlich zur Routine: „Sie kommen mir wie gerufen. Seit sieben Stunden quäle ich mich hier durch einen komplizierten Schadensfall. Ich brauche eine Kaffeepause. Wollen die Herrschaften auch?" Die Herrschaften wollten. Greilinger drückte auf einen Knopf, im Nebenzimmer brummte es und ein junge Dame von auffallender Schönheit erschien in der Tür.

„Lotte, bringst du uns von deiner Hausmarke bitte?"

Ilse Strasser war überrascht. Auch Greilingers Sekretärin bevorzugte Melitta.

„Man schmeckt den Unterschied zur Kapsel", sagte Grete Greilinger besonders freundlich in Richtung der servierenden Lotte. Und in Richtung Ilse Strasser und Leo Pfeiffer: „Was führt die Kriminalpolizei von Baden zu mir?"

Nach einem ersten Schluck erklärte Ilse Strasser, sie wolle nur in Erfahrung bringen, wer für die Versicherung 1993 den Karl Wagner aus Ebreichsdorf betreut habe.

„Sie haben Glück, dass der Vorgang, um den es Ihnen geht, so weit zurückliegt. Ansonsten hätte ich keine Auskunft geben dürfen. Ich seh mal nach."

Sie ging zu ihrem Schreibtisch und recherchierte. Dann meinte sie bekümmert: „Der Bogner war's. Rupert Bogner. Ein bedauerlicher Fall. Wir mussten uns von ihm trennen, aber bitte, erwarten Sie sich von mir keine Details. Vielleicht genügt es Ihnen, wenn ich erwähne, dass es Politik des Hauses ist, nur in ganz besonders krassen Fällen gegen Mitarbeiter die Hilfe Dritter in Anspruch zu nehmen."

„Mit Hilfe von Dritten meinen Sie wohl Hilfe von Gerichten, oder?"

„So ist es. Das ist Hauspolitik. Mehr darf ich dazu nicht sagen. Für Details müsste ich Sie leider an eine vorgesetzte Stelle verweisen und ich glaube, die würde Ihnen ohne richterliche Anordnung nicht mal bestätigen, dass heute Montag ist."

„Und doch muss ich diesen Rupert Bogner sprechen. Seine Geburtsdaten würden mir helfen, um die Adresse beim Zentralen Meldeamt ausheben zu lassen. Geht das?"

„Reicht es, wenn ich Ihnen sage, dass er einmal vor Kollegen erwähnte, Wassermann zu sein, und sehr lautstark betonte, um ein Jahr jünger zu sein als ich? Ich bin '71 geboren."

„Ich glaube, das müsste reichen. Wir danken, Frau Greilinger. Auch für den Kaffee."

Leo Pfeiffer konnte sich nur schwer von der kaffeeservierenden Lotte losreißen. „Hast du diese Schönheit gesehen? Die hätte wohl so mancher männlicher Kollege der Greilinger gern in seinem Vorzimmer sitzen."

„Denk du an deine Hochzeit, Leo."

„Brauch ich nicht. Das tut schon mein zukünftiger Schwiegervater."

Ilse Strasser grübelte auf dem Beifahrersitz. „Ob unser Schatzgräber wiederkommt? Zum Beispiel heute Nacht? Vielleicht lag deshalb sein Bruchwerkzeug einfach so auf dem Tisch herum. Wie in Wartestellung, meinst du nicht auch?"

„Denkst du etwa schon wieder ans Auflauern?"

„Ja, und diesmal hoffentlich mit mehr Glück als zuletzt zum Schutz der Apothekerswitwe. Aber zuerst lassen wir die beiden Wagner-Kinder Karl und Edda überprüfen. Du meintest ja, sie hätten ein bisschen dick aufgetragen, und ich gebe dir da recht. Also schauen wir mal, ob sie ein wasserdichtes Alibi für die Nacht hatten, in der die Nachbarin die Geräusche hörte."

Sie hatten. Sohn Karl Wagner, Vizeleutnant beim Bundesheer, war mit einer Gruppe von Wehrpflichtigen auf Nachtmarsch gewesen und hatte sechsundzwanzig Zeugen dafür zu bieten, Tochter Edda Wagner war bei einer Freundin in Graz, hatte dort übernachtet, den Frühzug genommen und um zehn Uhr morgens ihren Dienst als Krankenschwester im Klinikum Wiener Neustadt angetreten.

„Also auflauern", entschied Ilse Strasser.

Zuerst arrangierten sie am Tatort alles so, wie sie es vorgefunden hatten.

„Elektrisches Licht wäre nicht schlecht", meinte sie bei der Absprache auf dem Polizeiposten Ebreichsdorf.

„Kein Problem, ich weiß, wie man blockierte Sicherungen überbrückt", gestand der Kommandant. „Ist zwar streng verboten, aber so auf die Schnelle wird uns der Energielieferant nicht zur Verfügung stehen."

Danach wurden zwei Nachtschichten eingeteilt. Pfeiffer übernahm mit einem Kollegen von der Wachstube die erste, Korninger und die hypochondrische Verstärkung Friedl Helfgott ab zwei Uhr früh die zweite. Ilse Strasser konnte nur bedingt mit von der Partie sein: „Ich warte hier auf dem Posten auf euren Anruf. Ich kann mich mit euch nicht im Garten auf die Lauer legen. Mein Husten ist noch zu heftig. Das könnte uns im entscheidenden Moment verraten."

Erst um zwei Uhr früh, Ilse Strasser hatte inzwischen den zweiten Glühwein intus, der Postenkommandant den vierten oder fünften, summte das Handy.

„Er ist da", hauchte Pfeiffer. Im Hintergrund hörte man Hammerschläge.

„Okay. Zugriff. Ich mache mich auf den Weg."

Als sie in die Straße zum Wagnerhaus einbog, sah sie schon Licht hinter allen Fenstern des Wagner-Hauses und in den Wohnungen gegenüber. Der Einbrecher stand neben dem Herd und schenkte ihr einen hasserfüllten Blick.

„Leo, darf ich vorstellen? Rupert Bogner, der von der Versicherung, von dem die Rede war."

Ilse Strasser aber vermisste die Kollegen Korninger und Helfgott. „Wo sind die hin?", fragte sie etwas ungehalten.

„Es war gerade Schichtwechsel, also sind sie ab ins Bett."

„Ruf sie zurück, Leo. Sie sollen unseren Vogel hier nach Baden überstellen."

„Da wird der Helfgott aber winseln. Er meinte, er müsse so rasch wie möglich ins Bett, du hättest ihn angesteckt."

„So ein Blödsinn. Meine Grippe ist ausgeheilt. Also, her mit den beiden."

Danach musterte sie den Einbrecher genauer. Wie ein Maurer oder Fliesenleger sah er nicht aus. Auf dem linken Zeigefinger hatte er einen Verband.

„Sie sind also Rupert Bogner. Was haben Sie denn mit Ihrer Hand gemacht? Haben Sie sich gestern bei der Schatzsuche auf die Finger gehämmert?"

Statt einer Antwort hielt ihr Bogner die Hände entgegen: „Handschellen, muss das sein?"

„Ja, denn ich verhafte Sie wegen dringenden Verdachts, Helene Wagner mit einem Nudelholz erschlagen zu haben. Es ist kalt hier und feucht, und wir sind alle müde. Meine Kollegen Korninger und Helfgott werden Ihnen Ihre Rechte vorlesen, Sie nach Baden mitnehmen, und morgen, das heißt, genauer gesagt, heute Früh werden Sie mir erklären, warum Sie die Wagner erschlugen und wie Sie darauf gekommen sind, dass es hier etwas zu holen gibt."

Korninger und ein herzzerreißend hustender Helfgott kamen, verfrachteten Bogner in ihren Wagen und fuhren gleich wieder los in Richtung Baden. Und Ilse Strasser hieß dem Kollegen vom Posten das Licht auszumachen, und empfahl: „Ihr solltet einen Tatortreiniger kommen lassen. Das ist neuerdings so Brauch. Die Kosten werden beim Notar mit der Hinterlassenschaft verrechnet. Sagen Sie das Ihrem Kommandanten, und gute Nacht auch."

Am Morgen fühlte sich Ilse Strasser wie neu geboren. Hatte sie ursprünglich befürchtet, über die quälende Frage, ob Rupert Bogner das gesuchte Wienerwaldphantom sei, nicht einschlafen zu können, stellte sie bei den Verrenkungen zur Morgengymnastik fest, der

Schlaf war kurz, intensiv und viel erfrischender als ein langer, der sich zwischen Munterwerden und halbmunterem Herumliegen dahinschleppt.

Rupert Bogner hatte allem Anschein nach weniger gut geschlafen. Er sah reichlich zerknittert aus der Wäsche und hatte einen frischen Verband an der linken Hand.

„Tut's sehr weh?", fragte Ilse Strasser eher schnippisch als ehrlich interessiert.

„Geht so. Der Arzt hat gemeint, den Fingernagel werde ich auf jeden Fall verlieren."

„Ach, der Arzt war auch schon bei Ihnen?"

„Die übliche Aufnahmeuntersuchung."

„Aha. Und? Gesund?"

„Er meinte, der Blutdruck sei zu hoch."

„Na ja, bei lebenslangem Sitzen wird er sich ja bald beruhigen."

„Lebenslänglich? Wovon reden Sie?", fragte er provokant.

„Von Mord."

„Und wen, bittschön, soll ich ermordet haben?"

„Helene Wagner, Ihre einstige Kundin."

„Ach, meine Schwägerin ums Eck also. Dass ich nicht lache!"

Ilse Strasser glaubte sich verhört zu haben: „Schwägerin ums Eck?"

„Na ja, die zweite Frau des verstorbenen Karl Wagner ist meine Lebenspartnerin."

„Wie bitte?"

„Sie haben richtig gehört. Carmen Wagner, bis zu seinem leider viel zu frühen Tod die zweite Ehefrau Karl Wagners, ist meine Lebenspartnerin. Im Grunde gehört alles, was er hinterließ, ihr."

„Kinder hatte er auch. Also bestenfalls nur ein Teil davon."

„Das sehen Sie falsch, Frau Kontrollinspektor. Karl Wagner hat seine Kinder nämlich gegen Verzicht auf Erbschaft schon zu Lebzeiten ausbezahlt."

„Aber auf das, was Sie im Haus fanden und nach dem Sie noch suchten, hat die zweite Frau Wagner, Ihre Carmen, also wohl keinen Anspruch."

„Wiederum falsch. Das hat Karl Wagner vor seinem Tod versteckt. Damit gehört es ganz sicher nicht der ersten Ehefrau, sondern ist Teil des Erbes der zweiten."

„Wenn Sie sich dessen so sicher sind, warum mussten Sie dann die erste Frau Wagner, Helene Wagner also, erschlagen?"

„Habe ich nicht. Wann soll ich sie denn erschlagen haben?"

Es stellte sich heraus, dass Rupert Bogner zur Tatzeit ein wasserdichtes Alibi hatte. Er saß im Gerichtssaal Wiener Neustadt, angeklagt wegen Fahrerflucht nach einem Verkehrsunfall, an dem er natürlich keine Schuld gehabt haben wollte.

Nachdem das geklärt war, zeigte sich Rupert Bogner von seiner gesprächigen Seite. Er berichtete, dass Carmen Wagner von ihrem Mann wusste, dass er Gold vergraben hatte, aber wo, wusste sie nicht. Wagner hatte nur gesagt: „Unter meinem Dach."

„Und deshalb haben Sie in Ebreichsdorf unser Siegel durchbrochen und zu graben begonnen", schlussfolgerte Ilse Strasser.

„Nicht sofort. Zuerst haben wir das Werkzeug gekauft und unser Haus umgedreht."

„Welches unser Haus?"

„Na, das von Carmen. Da hat sie ja mit ihm gewohnt."

„Sie haben also das ganze Haus, in dem Carmen Wagner jetzt wohnt, umgedreht und nichts gefunden. Und weil Sie nichts gefunden haben, kamen Sie auf Ebreichsdorf. Habe ich mir das so zu erklären?“

„Carmen kombinierte. Sie fragte sich, aus welchem Grund man die alte, also die erste Frau Wagner umgebracht hatte. Vielleicht war der Schatz dort versteckt, schließlich war das ja früher auch einmal für Wagner ‚unter meinem Dach‘. Vielleicht wusste noch jemand von dem Gold. Vielleicht war dem die alte, also die erste Frau Wagner dazwischengekommen, als er den Schatz heben wollte, und er hat ihr eins über den Schädel gezogen. So kamen wir auf Ebreichsdorf. Zufällig stießen wir auf eine Fliesenrechnung aus dem Jahr 1993. Er hatte sich von der damaligen Renovierung keinen einzigen Beleg aufgehoben. Nur diese Fliesenrechnung. Und da standen von ihm hingekritzelt in ein gezeichnetes Viereck eine Neun und eine Drei. Ich war dann zwei Nächte lang hier, um mich umzusehen. Schließlich begriff ich: Die Fliesenwand war das Viereck, die Neun und die Drei standen für die Fliesen darin.“

„Und Sie haben das Gold gefunden. Wie viel war es denn?“

„Nein, kein Gold, sondern Tausender. Aber nicht in Euro, sondern natürlich in Schilling. Carmen war stinksauer und sagte: ‚Er hat von Gold, immer wieder von Gold gesprochen.‘ Deshalb meinte sie, ich solle es nochmals versuchen und den Fliesenboden aufgraben. Der war ja damals laut Rechnung ebenfalls neu verlegt worden.“

„Gar nicht so dumm, Ihre Carmen. Geiz ist also nicht nur geil, sondern macht auch erfinderisch.“

Für Ilse Strasser war das Ganze zum Haareausreißen. Sie waren losgespurtet, hatten sich auf die Lauer gelegt, den Einbrecher gestellt, einen Haufen von Tausendern in Schillingen gefunden – und wieder nichts. Abgesehen von diesem skurrilen Einbruch, um den sich das Ekel Gerhard Kobenter vom Raubdezernat kümmern würde müssen. Er sollte Rupert Bogner nochmals vernehmen. Wahrscheinlich würde er ihn danach enthaften müssen.

18

Der Abend dämmerte zur Nacht der Casino Redoute. Am liebsten hätte Ilse das Ganze abgesagt. Das Vorhaben passte einfach nicht zu ihrer Laune. Doch Alfred hatte sich so darauf gefreut. Endlich könne er mit ihr ausgehen, ohne negative Folgen für Ilse befürchten zu müssen. Denn die würde nicht nur eine Maske tragen, sondern sich regelrecht verkleiden. Ganz nach Brauch des venezianischen Karnevals. „Keiner wird dich erkennen", freute sich Ilses Friseurin Jenny auf ihre Arbeit mit der Camouflage. „Im Optimalfall nicht mal du dich selbst."

Friseurin Jenny war wahrlich kein Kind halber Sachen. „Du gehst als Madame Biedermeier. Dazu brauchen wir eine Perücke, eine Augenmaske und ein langes Korsettkleid. Und für dieses braucht es wiederum ordentlich Holz vor der Hütte. Nichts ist schlimmer als ein langes Kleid, über vorne Brett und hinten Latte."

Für die Prozedur musste Ilse ihre Kleider ablegen. Als sie nur in ihrem Höschen dastand, reichte ihr Jenny einen BH mit Silikonstaffagen. Ihren Protest erstickte diese mit einem resoluten: „Mach!"

„Und jetzt das Push-up-Höschen", diktierte Jenny.

Gehorsam schlüpfte Ilse in ein Kleidungsstück, das als Antipode des Busenwunders ihre hinteren Rundungen wuchtete.

Jenny strahlte: „Jetzt seh sich einer diesen Knackarsch an." Wieder im Korsettkleid, stülpte Jenny ihr die Perücke über. Zuletzt band sie ihr die Maske um. „Jetzt darfst du in den Spiegel schauen."

Ilse tat, wie erlaubt, und ihre Stimmung nahm Fahrt auf. Biedermeierlocken in blond kullerten auf ihre Schultern. Die Maske verwandelte ihre Nase in eine jener Stupsnasen, um die sich laut Heimatfilmen die Söhne des Hochadels im 19. Jahrhunderts reihum duellierten.

„Und jetzt mach ein paar Schritte“, kommandierte Jenny.

Und Ilse ging nicht, sondern schritt. Es fehlte nur noch ein Galan als Begleiter. Allerdings kam Alfred dafür nicht in Frage. Der musste sie im Trubel der Redoute erst einmal erkennen. Also hatte Jenny einen Limousinenservice mit Chauffeur organisiert.

Alfred wiederum hatte sich zum Erkennen für zwei strategisch wichtige Plätze entschieden. Einen beim Eingang. Da würde er sie abfangen. Schließlich musste sie ja da vorbei. Falls das nicht gelingen sollte, den zweiten auf der Balustrade. Von dort aus würde er sie auf der Tanzfläche ausmachen.

Ilse sah ihn, mit gestrecktem Hals die Auffahrt fixierend. Sie musste direkt an ihm vorbei. Er musterte sie einen Augenblick lang, sah forschend in ihre graugrünen Augen. Sie fühlte sich bereits erkannt, wollte schon etwas sagen, als er sich sichtlich enttäuscht von ihr abwandte, um weiterhin Ausschau zu halten.

Jenny hatte für sie beide einen Tisch reserviert. Das Bestreben, unerkannt zu bleiben, zwang Ilse, kaum zu sprechen. Flüstern war das Maximum. Jenny hatte dieses Problem nicht. Munter schnatterte sie drauflos, grüßte die und grüßte den und schwang eifrig das Tanzbein. Sie legte geradezu Wert darauf, erkannt zu werden, wusste sie doch zahllose Kundinnen im Saal.

Ein älterer Herr mit Fettansatz bat Ilse schließlich zum Tanz. Und prompt walzerte Alfred mit einer schlanken Kleinen direkt an ihr vorbei. Mit Staunen registrierte sie, dass Alfred als vollendeter Tänzer seine Partnerin fast trug. Alfred ein geübter Tänzer? Wer hätte das gedacht? Sie beneidete die schlanke Kleine. Wie gern hätte sie mit ihr getauscht. Am liebsten hätte sie auf jetzt und gleich die Maske fallen lassen, um sich ihm an die Brust zu werfen. Doch das war gegen die Abmachung. Außerdem war Vorsicht geboten: Gekko vom Einbruchsdezernat stand als Gaffer am Rand des Tanzparketts.

Alfred machte sich zur gleichen Zeit ernste Sorgen. Von Ilse weit und breit nichts zu sehen. Offensichtlich war ihr etwas dazwischengekommen, sagte er sich. Zu blöd, dass Handys bei Redouten verpönt waren. Gleich nach dem Tanz mit dieser leichten Feder würde er von irgendwo aus telefonieren.

Die Garderobiere zeigte Verständnis und reichte ihm ihr Handy. Er rief bei Ilse zu Hause an. Keine Antwort. Er rief bei ihrer Dienststelle an. „Frau Strasser? Nein die hat erst übermorgen wieder Dienst." Also nahm er sich ein Taxi, um bei ihr zu Hause nachzusehen.

Kaum war Ilse an ihrem Tisch zurück, bat sie tatsächlich dieses Ekel Gerhard Kobenter alias Gekko um den Tanz.

„Ich kenne Sie, und ich habe noch jeden zum Reden gebracht", keuchte er zur Rumba. „Sie sind die Flamme des Direktors der Brozzi-Bank."

Schweigen.

„Ich habe Sie gestern mit ihm in Rust dinieren sehen."

Schweigen.

„Und vor Weihnachten waren Sie mit diesem FPÖ-Fritzen in Abano."

Schweigen.

„Sie können ohne weiteres mit mir reden. Ich habe Sie erkannt."

Schweigen.

„Im März kure ich wieder in Abano. Werden Sie auch da sein?“

Schweigen.

„Na gut, ich warte nach Mitternacht an der Bar auf Sie. Champagner winkt.“

Ilse trat ihm dreimal in Serie auf die Zehen und rauschte nach dem Ende des Musikstücks ab, bevor er um Zugabe bitten konnte. Falls er das überhaupt vorhatte. Denn sie schien ihn an einer empfindlichen Stelle getroffen zu haben. Bei jedem Tritt auf seine Zehen hatte er gezuckt.

„Wo ist Alfred?“, fragte sie sich. Sie wollte mit ihm tanzen, mit ihm ein Glas Sekt trinken, am Roulettetisch mit ihm gewinnen oder verlieren, egal was, sie wollte ihn fühlen lassen, wie viel er ihr bedeutete. Maskerade mochte ja für Verliebte lustig sein, nicht aber für Liebende. Und zu Jenny sagte sie, als diese wieder einmal am Tisch verschnaufte: „Alfred ist nicht da. Er ist wie vom Erdboden verschluckt.“

„Hast du schon in den Schmuseecken nachgeschaut?“, kicherte Jenny, und es tat weh.

Endlich tauchte Alfred wieder auf. Sein Smoking schien feucht zu sein.

Ilse schossen hundert Fragen durch den Kopf: „War er draußen unterwegs? Regnete es noch immer? Wieso trieb er sich im Freien herum? Und mit wem trieb er sich im Freien herum? Na, warte, Bursche.“

Ein Herr bat sie zum Tanz. Alfred fixierte sie von vielleicht einem Meter Entfernung zwischen den sich drehenden Gesichtern der Tänzer an. Wieder schien ihm die Farbe ihrer Augen verdächtig. Doch dann wieder Befremden in seiner Miene. Sie musste mitansehen, wie er sich wieder abwandte. Mit einem gedachten „Jetzt reichts aber!“ ließ sie ihren Tanzpartner stehen, pirschte sich an Alfred heran, zerrte ihn ohne ein Wort aufs Parkett und lüftete für einen kurzen Augenblick ihre Maske.

Er konnte ihren Kuss kaum erwidern, so verdattert war er. Dann schob er sie von sich weg und meinte: „Ilse! Ich hab bei dir zu Hause angerufen, bin mit dem Taxi bei dir gewesen, weil ich schon dachte, dir sei etwas dazwischengekommen. Die Rede war von Maskieren, aber doch nicht von Verkleiden. Ich war echt in Sorge."

Sie legte ihm ihren Zeigefinger auf die Lippen und sagte tröstend: „Schon vorbei, Alfred, und tut auch nicht mehr weh. Das Ganze war ein Blödsinn und für den Rest des Abends lasse ich deine Hand nicht mehr los."

Er aber jammerte: „Schade um jeden Tanz. Dabei habe ich zwei Monate lang Tanzunterricht genommen. In Einzelstunden. Nur für dich und diesen Abend."

Sie war sprachlos. „Wann?"

„Immer nachmittags. Denn abends wollte ich ja für dich Zeit haben, und merken solltest du auch nichts."

„Aber gesucht hast du mich nicht wirklich. Mit dieser Gräte hast du getanzt. Und sag mir nicht, du hättest im Ernst geglaubt, das sei ich!"

„Nein, ich hab sie gemustert und sie dabei länger angeschaut, als es sich ziemt. Und danach war es ein Gebot der Höflichkeit, sie um den Tanz zu bitten."

„Sagte der Fuchs und entschied sich für eine tiefer hängende Traube."

„So steht's aber nicht bei Äsop."

„Nein, aber im Buch des Lebens."

Der Moderator auf der Bühne kündigte den Mitternachtswalzer an. Mit den ersten Tönen aus dem Cello wurde es mucksmäuschenstill. *An der schönen blauen Donau*. Alfred nahm Ilse zärtlich um die Taille und führte sie in einen Linkswalzer. Für sie verschmolzen die vier Wände des Saals zu einem einzigen Rund, in dem es glitzerte und Luftballons aufstiegen, um an der Decke knallend zu zerplatzen. So hatte sie sich eine Ballnacht vorgestellt. Und Alfred? Sie schärfte sich auf sein Gesicht ein. Er schien glücklich. Und Stolz spiegelte sich auch in seinen Zügen. Stolz worauf? Dass sie ihm gehörte? Darauf konnte er auch stolz sein, sagte sie sich entschieden.

Nach dem Walzer führte er sie in Richtung Treppe, die hinunterführte in die Folterkammer des Mammons. Herren und Damen beugten sich über die Roulettetische und folgten mit ihren Blicken der Kugel. An einem Tisch, durch eine Kordel abgetrennt, saßen die Profis. Man merkte es an der Stille in dieser Zone und an dem Hinweisschild mit der Aufschrift: „Mindestgebot 50 Euro". Zwischen zwei Herren mit verknitterten Gesichtern in Grau saß eine Frau und studierte Frequenzen.

Alfred blieb unvermittelt stehen und zog Ilse mit heftigem Druck weg an die Bar. „Lass dir bitte nichts anmerken und schau nicht in Richtung Roulettetisch: Die Greilinger sitzt davor und hat eine Handtasche neben sich liegen. Ich bin mir sicher, es ist die Handtasche der ermordeten Schotterkönigin. Du weißt, was das bedeutet?"

„Weshalb bist du so sicher, dass es die Tasche von Gertrude König ist? Sicher gibt es mehrere davon."

„Von der höchstens ein paar Stück. Ich weiß aus der Anpassung der Hausratsversicherung der Königs, dass diese Tasche eine Hermes Kelly 28 ist und in Malaysia von einem dortigen Händler um 116.000 Euro verkauft wurde."

„Das glaube ich jetzt aber nicht."

„Doch, so ist es. Ich habe das auch nicht glauben können und mich auf der Homepage des Händlers überzeugt."

Ilse riskierte einen versteckten Blick in Richtung Greilinger, doch deren Platz war leer.

„Sie ist weg", sagte Ilse zu Alfred. „116.000 Euro für eine Handtasche? Die haben dich angelogen."

„Nein, bestimmt nicht."

„Wusste die Greilinger von der Tasche?"

„Ja, ich hab mich noch vor ihr über diesen Frevel alteriert."

„116.000 Euro für eine Damentasche. Ich fasse es noch immer nicht."

„Überzeug dich selbst."

„Wie? Mein Handy liegt mit meinen Sachen bei Jenny."

Er führte sie zu den Wechselschaltern: „Hast du deinen Dienstausweis?"

„Als Biedermeierschönheit?"

„Versuch's dennoch. Geh ins Büro, stelle dich vor und öffne auf ihrem Computer die Homepage von kabinetprive.com. Das ist ein Händler in Kuala Lumpur, der solche Stücke auf Lager hat. Denn bei Hermès Paris bekommst du die gar nicht so mir nichts, dir nichts."

Als Ilse aus dem Büro zurückkam, funkelten ihre Augen vor Zorn: „So ein Wahnsinn. Ich darf gar nicht daran denken, dass die EU-Länder Millionen Euro für Dienststellen des Zolls aufwenden, um ganz im Sinne der Erzeuger der echten nach Fakes zu schnüffeln. Wenn es nach mir ginge, würde ich solchen Unfug erst gar nicht gesetzlich schützen. Handtaschen für über 100.000 Euro, eine um 270.000 Euro versteigert, das ist ein Schlag in das Gesicht des arbeitenden Volkes."

„Und was tun wir mit der Greilinger? Die war am Tatort, als die Schotterkönigin ums Leben kam, konnte nicht widerstehen und hat sich die Tasche gegriffen. Meine Meinung."

„Okay, und wenn sie's selbst nicht war, wird sie uns zum Mörder führen. Alfred. Sei mir bitte, bitte nicht böse, aber Ende der Ballnacht. Ich muss ins Kommando. Hast du die Privatadresse der Greilinger?"

„Nein."

„Macht nichts, wir heben sie aus."

Im Auto fragte sie ihn: „Kann ich kurz deinen Mantel haben? Ich will so von keinem mehr gesehen werden."

Auf sein Ja begann sie, sich zu entkleiden. Sie riss sich den BH mitsamt dem Silikon von der Brust, streifte das Knackarschhöschen ab, schlüpfte in Alfreds Mantel und war auch schon in ihrem Wohnhaus verschwunden. Er sollte kurz im Auto warten und sie dann bitte zum Kommando fahren.

Keine zehn Minuten später tauchte sie wieder auf. In ihren Jeans und in der Lederjacke.

„Und was ist mit der Perücke?"

„Wie bitte?"

„Du hast noch die Perücke auf. Die blonden Wuggerln passen nicht wirklich zu deiner schwarzen Jacke."

Flutsch, war sie herunten und auf Alfreds hinterer Sitzbank. Mit „Unglaublich, was sich die Leute antun, nur um Spaß zu haben!" und „Nie wieder!" war für sie das Thema Maskerade erledigt.

„Wie wirst du jetzt vorgehen?"

„Fährt die Greilinger noch immer den BMW?"

„Ich meine schon."

„Wir machen Straßensperren auf allen Ausfahrtstraßen Richtung Wien und Autobahn. Ich fahr in ihre Wohnung und lasse sie behördlich öffnen. Blöd wär, wenn wir in ihrer Wohnung nichts finden sollten. Das könnte mit einem Verweis enden. Aber dieses Risiko ist es mir wert. Einen bundesweiten Haftbefehl brauchen wir auch, Flughäfen und Grenzübergänge müssen informiert werden. Hoffentlich kann ich Pfeiffer und Korninger so auf die Schnelle auftreiben, ganz auf mich allein gestellt schaffe ich das nicht."

„Kann ich mitkommen und helfen? Du weißt: Liebe ist, wenn man sich von seinem Geliebten beim Mörderjagen helfen lässt."

„Nein, Alfred, mein Lieber. Noch können wir nicht als Paar auftreten. Wir wollen doch beide nicht, dass mir der Fall entzogen wird. Gekko war bei der Redoute, ich musste sogar mit ihm tanzen."

„Hat er dich erkannt?"

„Nein, nach Abano zur Kur wollte er mich, die Unbekannte, abschleppen. Einfach so. Beißen darauf Frauen an?"

„Ich bin ihm auch begegnet. Auf der Balustrade ist er ziemlich ausfällig geworden. Ob er etwas von uns weiß?"

„Ganz sicher nicht, sonst hätte er garantiert schon damit gezündelt. Gedulden wir uns also noch die paar Stunden. Sollte die Greilinger das Wienerwaldphantom sein, sind alle drei Fälle und der Bruch in Heiligenkreuz auf einen Schlag gelöst. Ist sie's nicht, führt sie uns zum Täter oder zur Täterin. Dessen bin ich mir sicher. Gutes Auge gehabt, Alfred. Wusste gar nicht, dass du so auf Taschen stehst."

„Wenn du den Schrott versicherst, wirst du geradezu Experte."

„Aber sie hatte doch ein Alibi. Ihre Mails auf dem Druckerreport. Erinnerst du dich?"

„Kann ich mir auch nicht ganz erklären."

„Na ja, in ein paar Stunden werden wir schlauer sein."

19

Pfeiffer und Korninger waren binnen Minuten im Kommando, Tallian irgendwo im Salzburgerland beim Skifahren. Also hielt Korninger die Kommandostelle in der Zentrale, während Ilse Strasser und Leo Pfeiffer losfuhren in Richtung Wien.

Die Wohnung der Greilinger lag in einer Seitengasse zum oberen Ende der Hietzinger Hauptstraße. Ilse Strasser hatte zwei Kollegen vom örtlichen Kommissariat dorthin gebeten. Sie sollten beim Durchsuchen der Wohnung jeden ihrer Handgriffe verfolgen und allenfalls später auch bezeugen können, dass sie und Pfeiffer nichts rein- oder raustrugen.

Es fanden sich zwei Münzalben mit den Initialen EF für Ernst Frey. Genau wie die zwei Geraubten von Alfred Eder beschrieben worden waren. Beide waren leer. Es fand sich ein Umschlag mit Greilingers Kontoauszügen. Saldo 2200 Euro im Minus. In einer Lade im Vorzimmerschrank lag ein Paar Glaceehandschuhe in Schwarz und ein goldenes Feuerzeug. Würde die Spusi auf dem rechten Glaceehandschuh Mehlstaub vom Nudelholz der Helene Wagner finden, wäre bewiesen, dass sie den tödlichen Schlag gegen die Witwe des reich gewordenen Bauern mit den Grundstücken in Schwechat geführt hatte.

Im Schrank hatte sie eine ganze Menge Männerkleider aufbewahrt. Ilse Strasser roch daran. Sie hielt Pfeiffer ein Stück unter die Nase. Dem sagte der Geruch nichts. „Alles ihr Parfüm, Leo. In diesen Kleidern hat sie gesteckt. Sie hat sich als Mann verkleidet. Sie ist unser Wienerwaldphantom! Sie ist die alte Frau, die Tallian aus der Kirche St. Christoph herauskommen sah. Wir dachten, ein Mann hätte sich als Frau verkleidet und den Mantel unter der Bank versteckt. In Wahrheit hatte sich eine Frau als Mann verkleidet und versucht, ihre Maskerade loszuwerden. Das hätte doch der DNA-Test zeigen müssen. Warum hat uns die Kriminaltechnik nicht darauf hingewiesen?"

„Weil wir nur eine Abgleichung verlangt haben und nicht eine Geschlechtsbestimmung haben wollten."

„Und das, weil wir zu sehr auf einen männlichen Täter fixiert waren. Alle, die das Phantom gesehen haben, sprachen von einem Mann. Zu blöd aber auch. So ein Versäumnis kann Leben kosten. Dem müssen wir uns noch stellen."

Ilse Strasser nahm alles an sich und bat einen der beiden Kollegen im Range eines Gruppeninspektors, die Wohnung zu versiegeln. Die Spurensicherung, entweder die einer Wiener Truppe oder die aus Baden, würde sich noch genauer umsehen. Auf der Rückfahrt nach Baden meinte Pfeiffer, die Hochzeit in Krakau müsse jetzt wohl oder übel verschoben werden."

„Nichts da", kommandierte Ilse Strasser. „Mach deine Ludmilla und ihre Familie nicht unglücklich. Egal was passiert, du fährst."

Korninger meldete, dass die Kontrollen an den Ausfallstraßen zur Autobahn und in Richtung Wien nichts erbracht hätten. Zwei Posten stünden an den Ausgängen des Casinos, einer an der Garagenausfahrt, für den Fall, dass sich die Gesuchte in den Nebenräumen des Ballsaals verkrochen hatte.

Um halb fünf Uhr Früh waren Leo Pfeiffer und Ilse Strasser zurück im Bezirkskommando. Korninger sah müde aus: „Alles ruhig, nichts rührt sich."

Ilse Strasser ging die Bankauszüge der Greilinger durch. Plötzlich sagte sie: „Leo, schau mal." Sie reichte ihm ein Anlageblatt zu einem mehrere Monate alten Kontoauszug. Er belegte eine Überweisung von einem Konto Grete Greilinger bei der Sparkasse Wiener Neustadt auf ihr Wiener Konto. Das Konto der Sparkasse Wiener Neustadt verwies auf eine Adresse auf der Hohen Wand.

Ilse Strasser rief in der Polizeiinspektion Meiersdorf an der Hohen Wand an, und siehe da, die Greilinger war dem Kollegen vor Ort bekannt: „Die hat sich einmal fürchterlich bei uns aufgeregt, weil sie keinen Passierschein für die Mautstraße bekommen hat. Sie bewohne ein Appartement in dem umgewidmeten Alpenhotel nächst dem Skywalk, behauptete sie, war aber dort nicht polizeilich gemeldet. Folglich gab es keinen mautbefreienden Anrainerschein. Richtig ausfällig ist sie deshalb geworden. Wenn sie mich fragen, eine aufgeblasene, dumme Gans."

„Sie sagten Skywalk? Was ist das?"

„Eine Plattform, die über den Abgrund hinausreicht, sodass man nicht nur ungehindert einen Rundblick auf das Panorama bekommt, sondern auch die zerklüftete Wand unter sich einsehen kann. Die Konstruktion ist größtenteils aus Stahl, und durch den Gitterboden sehen Sie in die Tiefe. Manchen gruselt davor sie zu betreten, aber die meisten finden das toll."

Ilse Strasser legte auf und riss Pfeiffer vom Datensalat auf seinem Bildschirm los: „Komm, Leo, wir machen eine Bergtour."

Noch war es völlig dunkel, als sie die Mautschranke der Bergstraße passierten. In dem Appartementhaus, das sie ansteuerten, brannte das Ganglicht. Jemand startete ein Auto. Näherkommend, erkannte Ilse Strasser das dunkelfarbige Fahrzeug als BMW. Falls es der BMW der Greilinger war, musste sie irgendwie an den Straßensperren vorbeigekommen sein. Oder sie war einfach schneller als die Kollegen der Sperre.

„Das muss sie sein“, sagte sie und Pfeiffer stellte den Dienstwagen quer in die Ausfahrtsstraße des Anwesens. Wer immer hinter dem Steuer des BMW saß, kam nicht mehr an ihnen vorbei.

Der BMW hielt an. Ilse Strasser öffnete ihre Tür einen Spalt. Damit ging die Innenbeleuchtung an und sie war für einen Augenblick wie geblendet. Sie sah nur noch den offenen Wagenschlag des BMWs und eine schemenhafte, dunkle Gestalt, die losspurtete.

Ilse Strasser hinterher. Was nicht so einfach war. Denn die Person, die sie jagte, hatte ganz offensichtlich Ortskenntnis. Sie bog in einen schmalen Weg. Ilse Strasser folgte ihr. Doch plötzlich war sie irgendwo im Unterholz verschwunden.

Über dem Höhensaum des Leithagebirges wurde es langsam hell und das Weiß der felsigen Wand begann sich schemenhaft vom Dunkel der Bäume, die auf Vorsprüngen wuchsen, abzuheben. Von der Person, die sie jagte, keine Spur, kein Laut.

Nach etwa hundert Schritten gabelte sich der Weg. Einer führte direkt in Richtung Abgrund. „Die wird doch nicht“, schoss es Ilse Strasser durch den Kopf, und die folgte ihm zögernd. Plötzlich stand sie vor den Stahlsträngen der Aussichtswarte, von der der Kollege in Meiersdorf wohl gesprochen hatte. Sie ragte weit über den Abgrund hinaus ins Nichts. Vier Stufen führten hinab zu der mit Gitter und Stäben bewehrten Plattform.

In einem der beiden äußeren Ecken kauerte eine Gestalt. Ihr Schluchzen verstärkten die Stäbe des Schutzgitters zu einem Tremolo der Verzweiflung. Ilse Strasser betrat auf Zehenspitzen den Bodenrost der Plattform. Dennoch löste sie damit ein hörbares Schwingen der Stahlstreben unter ihr aus, dessen Klang selbst sie erschreckte.

„Gehen Sie weg“, sagte das kauernde Wesen mit Frauenstimme.

„Sie wissen, dass das nicht geht.“

„Gehen Sie weg, oder ich springe.“

„Das glaube ich Ihnen nicht. Wenn, wären Sie längst gesprungen.“

„Wollte ich auch. Aber es wurde zu schnell hell. Und sehenden Auges in die Tiefe springen, das konnte ich nicht.“

„Hat sich das gelohnt? Drei ruchlose Morde des Mammons wegen?“

„Nein, der Liebe wegen.“

„Zum Geld?“

„Nein, zu Lotte. Meiner Sekretärin. Sie hat Ihnen Kaffee serviert. Sie erinnern sich?“

„Kommen Sie, Frau Greilinger. Wir haben hier nichts verloren.“

Die Greilinger erhob sich, sah über das Schutzgitter in die Tiefe, Ilse Strasser meinte für einen Augenblick, die Greilinger wollte doch noch springen, stattdessen aber streckte sie ihr ganz friedlich die Hände entgegen.

„Ich habe keine Handschellen dabei, bin aber sicher, wir brauchen auch keine. Was meinen Sie?“

Schluchzen und Kopfschütteln.

20

Nachdem sich alle Beteiligten erst mal ausgeschlafen hatten, wurde die Greilinger zur Einvernahme vorgeführt.

Ilse Strasser begrüßte sie mit: „Wie geht's so?"

„Sie werden lachen. Ich habe geschlafen wie schon lange nicht. Jetzt, wo alles vorbei ist."

„Sie sind also das Phantom des Wienerwalds. Wer hätte das gedacht? Wir haben ein sehr gutes Phantombild von Ihnen nach den Angaben einer Zeugin anfertigen können. Aber die Zeugin sprach von einem Mann. Also ging die Suche an Ihnen vorbei ins Leere."

„Und ich habe mich gefragt, warum Sie nicht schalteten. Es waren doch sicher DNA-Spuren auf meinem Hut. Und als ich hörte, er sei gefunden, war ich sicher, Sie würden jeden Moment anklopfen."

„Ein Versäumnis unsererseits, Sie hatten mit Ihrem Bangen ganz recht. Wir hätten der KTU nicht nur Abgleichung der DNA auf Hut und Mantel, sondern auch Geschlechtsbestimmung auftragen müssen. Ein Glück, dass es keine Konsequenzen für Unschuldige hatte. Sie müssen wissen: So ein DNA-Test könnte viel mehr, als wir abrufen dürfen. Er könnte Ihre Abstammung und Ethnie bestimmen. Dürfen wir aber nicht erfahren, weil infolge der Fahndung die Gefahr einer Generalverdächtigung bestünde. Er könnte uns Ihre Haarfarbe, Ihr Alter verraten und sagen, ob Sie mit einem einsitzenden Mörder oder Pädophilen verwandt sind. Aber das alles darf uns ohne richterliche Erlaubnis auf Analyseerweiterung nicht mitgeteilt werden. Doch lassen wir das. Möchten Sie das Gespräch mit einem Anwalt fortsetzen?"

„Ach nein, lassen Sie nur. Das hat Zeit bis später. Aber Protokoll unterschreibe ich ohne Rechtsbeistand keines."

„Auch ich finde, das hat Zeit bis später. Worum es mir jetzt vor allem geht, Frau Greilinger: Wie konnte eine Frau Ihrer Intelligenz einen so blöden Fehler wie den mit der Tasche machen, die Sie zum Spieltisch mitnahmen?“

Wenn irgendetwas, dann war dieses indirekte Kompliment am ehesten dazu angetan, eine Gesprächsatmosphäre herzustellen, um Grete Greilinger zum Reden zu bewegen. Und tatsächlich, sie wollte den Fehler nicht unkommentiert lassen und relativierte: „Ich hätte nie geglaubt, dass dieser Eder zu einer Casino Redoute gehen würde. Ich meine, er hat einmal gesagt, er könne nicht tanzen. Und dass er Bälle hasse, das betonte er mehr als einmal. Und plötzlich umrundet er mit einer Schönheit am Arm die Spieltische.“

„Tja, wie sagt man so schön? Unverhofft kommt oft. Aber wie sollte es denn weitergehen, Frau Greilinger? Wie oft wollten Sie denn noch killen?“

„Ach, es war eigentlich schon vorbei.“

„Inwiefern?“

„Lotte wollte mich verlassen. So viel hätte ich in Jahren nicht rauben können, als ihr diese Schotterkönigin zu bieten hatte. Zu blöd nur, dass ich zu feig war, um zu springen. Wäre ich nur eine halbe Stunde früher auf dem Skywalk gewesen, kein Problem. Aber bei Licht, angesichts der Tiefe, das habe ich nicht fertiggebracht.“

„Es gibt aber viele Stellen, wo Sie springen hätten können. Die Wand ist etliche Kilometer lang. Warum unbedingt vom Skywalk?“

„An den anderen Stellen ist die Gefahr zu groß, dass man auf einem Felsvorsprung aufschlägt und nicht gleich tot ist, sondern elendiglich verreckt.“

„So wie Ihre Opfer.“

„Die sind nicht elendiglich verreckt. Die waren sofort tot, darauf habe ich Wert gelegt.“

„Frau Greilinger, Sie spinnen. Was trieb Sie eigentlich an?"

„Ich habe gespart für ein stilles Leben in Zweisamkeit mit Lotte. In Tropea. Wissen Sie, wo das liegt?"

„Sie werden es mir gleich verraten."

„In Kalabrien, Süditalien. An dreihundert Tagen scheint die Sonne. Der Ort liegt auf einem Felsen über dem Meer. Ihm zu Füßen ein feinsandiger Strand und hinter dem Glitzern des Meeres am Horizont der Vulkan von Stromboli und die Liparischen Inseln. Dort gibt es eine kleine Pension, unweit der Wallfahrtskirche Santa Maria dell'Isola. Die wollte ich kaufen und mit Lotte führen. Acht Doppelzimmer, eine kleine Bar, ein kleines Glück. Aber offensichtlich zu klein für Lotte. Die träumte plötzlich von einer Yacht und einem Haus mit großem Pool in Saint Tropez."

„Und wie genau wollte sie sich das leisten?"

„Die König hat ihr den Floh ins Ohr gesetzt, mit ihr an die Riviera zu übersiedeln und im Winter nach Kitz."

„Ihre Lotte und Gertrude König kannten einander?"

„Klar. In einer Lesbenbar haben sie sich kennengelernt. Von da an war ich ihr zu alt, zu arm, zu dick, zu fantasielos. Es gab nichts Negatives, von dem ich plötzlich nicht zu viel gehabt hätte."

„Da muss es aber schlimm gewesen sein, sie als Ihre Sekretärin täglich um sich zu wissen."

„Es war immer noch erträglicher, als sie nicht bei mir zu wissen. Und sie hat es genossen, mich leiden zu sehen. Nach dem Tod von Gertrude König war sie dann wieder brav."

„Wie ist die Schotterkönigin gestorben?"

„Oh, das war ganz einfach. Sie hat uns einen Kaffee machen wollen, ich bin von hinten an sie herangetreten und habe sie erschossen."

„War das dann eine Eifersuchtstat oder wegen der Cognacflaschen?“

„Mehr eine Eifersuchtstat. Die Cognacflasche und der Whisky um 300.000 waren sozusagen eine Aufwandsentschädigung.“

„Woher hatten Sie die Pistole?“

„Von der Agnes Brunner. Mit der hat sie mich bedroht, die blöde Kuh.“

„Und die haben Sie ihr gewaltsam abgenommen?“

„Nein, ich habe gütlich auf sie eingeredet und ihr gesagt: ‚Geben Sie mir die Pistole, sonst geht sie am Ende noch los, und es geschieht ein Unglück.‘“

„Und da hat sie Ihnen die Waffe gegeben?“

„Nein. Aber sie war einen Moment unschlüssig, verunsichert, erschrocken, was weiß ich. Da habe ich sie ihr entrissen, und das war’s.“

„Und was wurde aus dieser Waffe?“

„Verrostet im Wasser irgendwo im Schilfgürtel von Rust.“

„Und die Waffe, mit der Sie die Schotterkönigin getötet haben?“

„Ist seit Jahren in meinem Besitz.“

„Waffenschein?“

„Wozu?“

„Na gut, also zurück zu Agnes Brunner. Da lag sie nun, tot auf dem Teppich. Sie war tot und Sie haben sie beraubt.“

„Na ja, aber wegen der paar Kröten musste sie nicht sterben. Sie wollte die Lebensversicherung ausbezahlt bekommen. Alfred Eder könne als ihr Investor viel mehr daraus machen als die paar Prozentpunkte der Polizze.“

„Und?“

„Das ging nicht. Ich hatte die Polizze ja schon eingelöst. Also musste Agnes Brunner sterben.“

„Eingelöst? Wie haben Sie das gemacht?“

„Oh, eine Schwäche im System. Das ging ganz einfach. Man musste nur an der richtigen Stelle sitzen.“

„Können Sie das genau beschreiben?“

„Na ja, ich rufe von meinem Büro an der Kasse an und kündige eine größere Barbehebung für den nächsten Tag an, damit genug Geld in der Kasse ist. Am darauffolgenden Tag rufe ich an und sage, Frau XY sei da und werde mit dem Auszahlungsschein zur Kasse kommen, um das Geld zu beheben. Ob alles vorbereitet sei. Wenn der Kollege von der Kasse bejaht, verkleidet sich Lotte ein wenig, setzt eine Perücke auf und geht mit dem Ausfolgeschein zur Kasse. Zuvor aber liegt sicherheitshalber ein gefälschter Ausweis auf den erforderlichen Namen bei mir im Schreibtisch.“

„Wozu?“

„Um ganz sicher zu gehen, dass alles klappt. Der Kollege prüft bestenfalls die Unterschrift, er ist ja von mir vorinformiert, das Kommen der Beheberin angekündigt. Er verlangt also keinen Ausweis mehr. Wenn aber doch, sagt Lotte, sie habe ihn im Büro Greilinger liegen lassen, würde ihn holen, um dann zu beheben. Viermal hat der Kassier keinen Ausweis sehen wollen, erst beim fünften Mal war einer genau. Wie vereinbart hat Lotte gesagt, den hätte sie im Büro bei Frau Greilinger vergessen. Der Kollege hat bei mir angerufen, ich habe das Vergessen bestätigt, und er hat anstandslos ausbezahlt.“

„Sie hatten also schon Routine?“

„Na ja, wir wollen nicht gleich übertreiben.“

„In wie vielen Fällen?“

„In fünf.“

„Schadenssumme?“

„Bei den Versicherungen siebenhundertzehntausend Euro, gerundet.“

„Und alle Frauen mussten sterben?“

„Um Gottes willen, nein. Genau genommen, deshalb nur die Agnes Brunner. Bei Helene Wagner war das ganz anders.“

„Ach ja, die Wagner. Wie war das bei der?“

„Da war's ein wenig komplizierter. Nein, Unsinn. Eigentlich war es fast noch leichter: Ich habe beim Tod des Bauern Wagner dessen Einmalzahlung über zweieinhalb Millionen Schilling für ein Versicherungssparen auf ein Konto überwiesen, das ich davor mit Hut und Mantel und gefälschtem Ausweis als Karl Wagner bei der Raika Fischamend eröffnet hatte. Ich bin davon ausgegangen, dass kein Hinterbliebener von der seinerzeitigen Einzahlung wusste. Doch der Bauer Wagner hatte die Unterlagen dazu in einem alten ausgedienten Ofen in der Scheune versteckt. Die hat Frau Wagner, also die erste Frau Wagner, gefunden und wollte Geld sehen.“

„Beim letzten Besuch, bei dem sie sterben musste?“

„Ja. Sie wollte das Geld haben, bevor die zweite Frau Wagner auch nur eine Ahnung von dem Depot bekommen würde. Also habe ich mein Kommen angekündigt. Ich sagte, ich würde mir etwas einfallen lassen, wie man die gesetzliche Erbfolge zugunsten der zweiten Frau Wagner umgehen könne. Sie aber hatte einen Verdacht und wurde ausfällig. Da zischte das Knödelwasser am Herd hinter ihr, sie drehte sich um, ich habe zugeschlagen. Sie machte noch zwei Schritte und fiel tot um.“

„Wie konnten Sie sicher sein, dass sie tot war?“

„Ich habe den Schlag gehört und gespürt, wie ihre Schädeldecke nachgab.“

„Sie dachten also, sollte sie Ihren Schlag überleben, würde sie kaum Angaben über das Geschehen machen können.“

„Ich habe mir gedacht: ‚So und jetzt weg hier.' Das habe ich mir gedacht."

„Kleine Zwischenfrage, Frau Greilinger: Sind Sie Diabetikerin?"

„Wie kommen Sie darauf?"

„Wir haben vor dem Haus der Schotterkönigin eine Pillendose gefunden. Es waren laut Spusi Reste von einem Antidiabetikum darin."

„So? Keine Ahnung, wie das da reinkommt. Ich habe das Döschen auf einem Flohmarkt in Süditalien gekauft, weil es mir gefiel."

„Wofür haben Sie es denn verwendet?"

„Meine Tabletten gegen Bluthochdruck habe ich darin aufbewahrt."

„Brauchen Sie etwas, ist Ihr Blutdruck jetzt vielleicht auch zu hoch?"

„Nein, es geht mir blendend. Auch psychisch. Das Phänomen der schuldbefreiten Brust."

„Ich fürchte, Sie verwechseln da etwas, Frau Greilinger. Sie meinen wohl die Befreiung von einer schweren Last. An Schuld gilt es noch eine Menge abzuarbeiten."

Dazu sagte Grete Greilinger nichts.

Ilse Strasser fuhr fort: „Was haben Sie mit dem vielen Geld und den Wertgegenständen gemacht?"

„Das bleibt zunächst einmal mein Geheimnis."

„Was mich noch ganz persönlich interessiert: Haben Sie in Alfreds Computerfach – ihr nennt es intern Kastl – haben Sie also da hineingegriffen?"

„Ach, Sie meinen, weil Sie sich als Lockvogel hergegeben haben? Natürlich habe ich. Und ich habe auch gleich Lunte gerochen."

„Was hat er falsch gemacht?"

„Er bekam doch alle Kundennamen und Kundenadressen von mir. Und da war dann plötzlich eine Frau

Drose, von der ich nichts wusste. Von dem Tag an wusste ich, dass er mit der Polizei kooperierte. Und jetzt, da Sie das anschneiden, dämmert mir, wer die hübsche Blonde war, die sich im Casino an ihn schmiegte. War das eigentlich Schauspielerei oder echt?"

Ilse Strasser ging nicht darauf ein und versuchte, der Greilinger klarzumachen, dass sich ein Hinweis auf den Verbleib der Beute oder dessen, was davon noch da war, positiv auf die Atmosphäre vor Gericht auswirken würde, Straferleichterungen ermögliche und bei einer eventuellen Begnadigung schwer wiege.

„Dann hat diese Frage ja noch Zeit", sagte die Greilinger, und ihr Ton war plötzlich bissig.

„Drei Morde und der Einbruch in Heiligenkreuz, da kommt ganz schön was zusammen."

„Es waren keine Morde. Allenfalls Totschlag im Affekt und bei der Brunner Notwehr."

„Im Protokoll wird natürlich nur von Tötung die Rede sein. Ob Mord, entscheidet zuerst der anklagende Staatsanwalt und letztlich die Geschworenen."

„Aber ohne Anwalt kein Protokoll. Das verstehen Sie doch, Frau Kommissar."

„Kontrollinspektorin, um genau zu sein. Für Österreich gibt es den Kommissarentitel nur im Fernsehen und neuerdings nicht einmal mehr da. Das reicht fürs Erste, Frau Greilinger. Wenn Ihr Anwalt da ist, holen wir Sie wieder her. Abführen."

Als die Greilinger draußen war, fauchte Ilse Strasser: „Hast du den Unterschied im Ton gehört, Leo? Bei Gesprächsbeginn vorbehaltlos geständig, dann Totschlag und Notwehr. Vielleicht kommt sie damit sogar durch. Um den Fall Greilinger werden sich nämlich bei der zu erwartenden Publicity die besten und berühmtesten Strafverteidiger geradezu reißen. Am besten, wir rüsten uns. Deshalb müssen wir Beweisstück für Beweisstück sammeln. Es steht uns noch ein schönes Stück Arbeit bevor. Aber zuerst wird geheiratet, Leo. Nicht, dass du glaubst, du kommst drumherum."

Ilse Strasser musste noch kräftig nachhelfen, bevor Pfeiffer planmäßig in das Flugzeug nach Krakau stieg, um dort wie versprochen seine Ludmilla vor den Altar zu führen: „Kommt gar nicht in Frage, du verschiebst nicht. Wir haben alles im Griff, du wirst vorerst hier nicht mehr gebraucht. Wer immer Grete Greilingers Anwalt sein wird, er wird es schwer haben. Korninger, zähl auf!"

Und Korninger verlas im Stile eines Expeditionsleiters, der sich vergewissern möchte, dass er alles für sein Vorhaben gepackt hat: „Zum Fall Agnes Brunner in Baden haben wir die Tatwaffe, Fingerabdrücke vom Stiegenaufgang ihres Wohnhauses und vom Glas der Haustür. Wir haben die Zeugin, nach deren Angaben wir das Phantombild angefertigt haben. Sie hat Frau Greilinger, ausstaffiert als Mann mit Hut, bei der neuerlichen Gegenüberstellung gestern in einer Reihe von Männern, ebenfalls mit Hut, auf Anhieb wiedererkannt. Wir haben als Tatmotiv die Unterschlagung der Lebensversicherung des Opfers. Zum Einbruch in Heiligenkreuz haben wir das Münzalbum. Zum Fall der Schotterkönigin haben wir die Pillendose, die Frau Greilinger vor dem Haus des Opfers verloren hat, die Geldbörse und die Tasche, die sie ihr entwendet hat. Dazu Fingerabdrücke auf einer der beiden Kaffeetassen. Offensichtlich hat sie die Handschuhe kurz ausgezogen. Vielleicht, weil sie dachte, damit Kaffee zu trinken würde auffallen. Zum Mord in Ebreichsdorf haben wir die Glaceehandschuhe mit Mehlstaub von Helene Wagners Nudelteig. Und stündlich entdeckt unsere Spusi neue Beweise zu den drei Fällen."

Am Nachmittag, Pfeiffer hatte sich schon in Richtung Polen verabschiedet, fragte Ilse Strasser Tallian, wo das Schreiben mit dem DNA-Abgleich von Hut und Mantel der Greilinger sei.

„Im Akt. Hole ich sofort."

Sie studierte das Papier, und ein schrecklicher Verdacht bestätigte sich. Sie hatte sich den Wisch ja nie angesehen, sondern einfach die mündliche Nachricht „Passt!" zur Kenntnis genommen. So sah sie erst jetzt am unteren Ende des Blattes die verschlüsselte Nachricht des Kriminaltechnikers.

„Tallian, haben Sie das nicht gesehen?"

„Ja schon, aber ich konnte das Gekritzel nicht entziffern."

„Das ist das Symbol für weiblich. Es steht für den Handspiegel der Liebesgöttin Venus. Damit wollte uns der Kollege von der Kriminaltechnik bedeuten: ‚He, schaut mal, ihr sucht eine Frau.'"

„Ich habe geglaubt, es sei eine Paraphe, der Kollege hätte die Nachricht mit seinen Initialen abgezeichnet."

Tallian war am Boden zerstört. Ilse Strasser half ihm wieder auf: „Es hat ja zum Glück keine Folgen gehabt, Tallian. Und es ist vor allem meine Schuld. Ich hätte den Wisch in die Hand nehmen und prüfen müssen. So ist es oft in einem verantwortungsvollen Job wie dem unseren. Große Brocken räumt man zur Seite, wenn man stolpert, dann meist über Flöhe. Das merken wir uns, Kollege Tallian, okay?"

Als Trost reichten diese Worte nicht. Noch bei Dienstschluss war Tallians Gesicht von Kummerfalten zerfurcht.

21

Alfred, der sich jetzt, da er völlig reingewaschen war, endlich mit Ilse hätte öffentlich in Baden zeigen können, ging wieder leer aus. Denn sie war schwer im Stress, ihre Sachen für Krakau zu packen. Sie verabscheute Fliegen, wehrte den Verdacht ab, dass diese Abscheu auf Flugangst zurückzuführen sei, und argumentierte: „Was ist denn schöner, als abends in den Schlafwagen zu steigen und am nächsten Morgen ausgeschlafen und geduscht am Zielbahnhof auszusteigen? Keine hektischen Anfahrten zum Flughafen, keine Schlange vor den Sicherheitskontrollen, kein Gedränge im Bus zum Flieger und nicht nochmals die gleiche Misere in umgekehrter Reihenfolge nach der Ankunft."

Alfred hatte sich erbötig gemacht, die Bahn- und Schlafwagenkarte nach Krakau zu besorgen. Er entschied sich für ein Einzelabteil erster Klasse. „Wenn man so selten verreist, darf es schon ein wenig mehr kosten", führte er ins Treffen. Gemeinsam würden sie per Südbahn von Baden zum Wiener Hauptbahnhof fahren, dort würde er sie zum Nachtzug nach Polen bringen, um dann wieder mit dem Regionalzug nach Hause zu fahren.

„Warum bringst du mich nicht mit deinem Wagen?", wunderte sie sich.

„Weil es am Hauptbahnhof keine Parkplätze gibt und wir endlos deine Koffer schleppen müssten. Am Wiener Hauptbahnhof sind das Kilometer. Nein, nein, das ist schon besser so: Ich begleite dich mit dem Regionalzug nach Wien und fahr dann brav mit dem Regio wieder zurück nach Baden. Und du bestellst dir beim Schlafwagenschaffner einen Gutenachttrunk, schlüpfst in dein Bettchen, machst das Licht aus und träumst von mir."

„Das fängt ja gut an mit uns zwei. Jetzt willst du mir auch noch vorschreiben, was ich träumen muss."

„Du würdest doch nicht lieber von was anderem oder gar von einem anderen träumen?"

„Aber warum kommst du eigentlich nicht mit? Es wäre unsere Hochzeitsreise."

„Hochzeitsreise?"

„Wieso wirst du plötzlich ganz blass?"

„Ganz und gar nicht werde ich blass, aber wie kommst du darauf?"

„Wir würden gemeinsam zu einer Hochzeit reisen, also Hochzeitsreise."

„Es geht aber nun einmal nicht. Ich bin nicht eingeladen. Da kann ich doch nicht einfach auftauchen."

„Weil es dir an Mut fehlt?"

„Vielleicht hast du recht. Die Furcht vor deinem Hilfssheriff steckt mir halt noch immer in den Knochen."

Es war für Ilse lustig zu beobachten, wie mit jeder Stunde, die ihre Abreise näher rückte, bei ihm das Reisefieber zunahm, obwohl er doch gar nicht mitkam. Unentwegt sah er auf sein Handy. Um eine halbe Stunde waren sie zu früh auf dem Badener Bahnhof, eine ganze zu früh standen sie vor dem Schlafwagen nach Krakau. Er brachte sie in ihr Abteil, hievte die Koffer in die Ablage über ihrem Bett und empfahl ihr, zum Frühstück Tee zu bestellen, denn man habe ihm gesagt, der Schlafwagenkaffee sei grausam. Danach sah er sich im Abteil nochmals um, erinnerte daran, dass sie drei Gepäckstücke habe, keines davon vergessen dürfe, und hatte es plötzlich eilig: „Ich hasse Abschiede am Bahnhof. Drum küsse ich dich jetzt, steige aus und gehe. Und bitte ruf mich an, wenn du angekommen bist."

Das fand sie aber nun ganz schön enttäuschend. Abschiede am Bahnhof waren für sie großes Kino. Aus dem offenen Waggonfenster winken, sehen, wie die Zurückbleibenden immer kleiner wurden, bis schließlich der Zug in einer ersten Kurve seine ganze Länge zeigte und die Stadt hinter dem letzten Waggon im Dunst verschwand. Sie sagte es ihm. Er aber meinte nur: „In den Zügen von heute lassen sich die Fenster gar nicht öffnen."

„Das ist nicht fair."

„Aber sicherer. Komm jetzt und küss mich."

„Noch nicht, später."

Er aber stellte sich taub, drückte sie an sich, drehte sich an der Waggontür noch einmal nach ihr um, und weg war er.

„Vielleicht ein kleiner Drink gefällig?", sagte der Schlafwagenschaffner mit polnischem Akzent. Oder war es ein tschechischer?

Sie jedenfalls sagte: „Gute Idee, Herr ...?"

„Wenn Sie gestatten, Svoboda mein Name."

Sie schlief herrlich durch die Nacht und wurde erst wach, als Svoboda an der Abteiltür klopfte und das Frühstück brachte. Das mit dem Tee hatte sie vergessen. Deshalb gab es Kaffee, der allerdings passabel schmeckte.

„Werden wir pünktlich ankommen?"

„Gewiss doch", sagte Svoboda stolz, so als ob die Bundesbahn ein Familienunternehmen der Svobodas wäre. Das bedeutete, sie musste schnell machen, unter die Dusche, sonst würde sie nicht rechtzeitig fertig werden. Svoboda schien Gedanken lesen zu können und meinte, sie könne ganz ruhig bleiben. Krakau ist Endstation. „Und das mit den Koffern mache ich, gnädige Frau. Sie brauchen nur auszusteigen."

Auf dem Peron erwartete sie Pfeiffer, neben ihm seine Ludmilla und um beide herum Verwandtschaft in mittlerer Dorfstärke. Zu „Witamy w krakowie!“ wurde sie von so vielen Onkeln und Tanten geküsst, dass sie am Ende ganz rote Wangen hatte. Teils von den Lippenstiften der Tanten, teils von den Bartstoppeln der Onkeln.

„Tut mir leid, dass wir so viele sind“, sagte ein besonders stattliches Mannsbild am Ende der Reihe. „Polen ist katholisches Land, macht große Familien.“

Danach schritt er ein wenig zur Seite und gab den Blick frei auf einen ihr ganz und gar nicht Unbekannten mit Hund zwischen den Beinen. Sein „Willkommen in Krakau!“ ging im freudigen Winseln des Hundes unter.

„Alfred! Wo kommst du denn her?“, schrillte sie.

„Schon mal was von Flugzeugen gehört?“

„Deshalb konntest du nicht bis zur Abfahrt des Zuges warten!“

„Es war zugegeben etwas knapp. Die AUA war nicht bereit.“

„Alfred hat sich schon heftigst in der Zentrale beschwert“, funkte Pfeiffer beschwichtigend dazwischen.

„Alfred? Höre ich recht? Seit wann seid ihr beide denn per Du?“

„Seit unseren gemeinsamen Tanzstunden. Er hat mich mitgenommen, damit ich als Bräutigam beim Ehrenwalzer bella figura mache.“

„Und seit wann weißt du, dass Alfred und ich ein Paar sind?“

„Dem Alfred merkte man es ja nicht an, aber die Frau Kontrollinspektor war beim Verbergen ihrer Gefühle gar nicht gut.“

„Ihr Gauner, ihr Schwindler, ihr Lügner! Ludmilla, ich an deiner Stelle würde mir das mit dem Jawort noch gründlich überlegen.“

Werner Stanzl
Ball der Mörder
Commissario Vossi ermittelt
220 Seiten
HAYMON taschenbuch 276
ISBN 978-3-7099-7923-5

Er tötet mit archaischen Mitteln. Er schickt verschlüsselte Botschaften. Und er hat ein Ziel ...
Beim Sonnenaufgang über Cormòns läuten die Glocken Sturm: Das italienische Städtchen unweit der Adria wird Zeuge einer Steinigung per Fernbedienung. Willkommenes Futter für die Medien, die rasch auf Dschihadisten schließen. Dass ein Papstbesuch bevorsteht, erschwert die Ermittlungen für Bruno Vossi. Schon bald sieht sich der Commissario in einem undurchsichtigen Netz aus Interessen verstrickt. Was bezweckt der geheimnisvolle Mörder? Und wer zieht wirklich die Fäden beim finalen Showdown?

„Werner Stanzl hat mit seinem Commissario Vossi einen italienischen Kriminalisten geschaffen, der das Zeug zur Kultfigur hat.“
Wiener Journal, Mathias Ziegler

www.haymonverlag.at

Werner Stanzl
Der Würger von Triest
Commissario Vossi ermittelt
296 Seiten
HAYMON taschenbuch 265
ISBN 978-3-7099-7912-9

Die junge Italienerin Mia bricht aus ihrer strengen Familie in Monfalcone aus und möchte mit ihrer großen Liebe ein neues Leben beginnen. Am nächsten Tag wird die junge Frau erstickt in einem Friseursalon aufgefunden. Bald gibt es ein weiteres Opfer: In einem Fangobad stirbt eine Physiotherapeutin. Commissario Vossi ist zunächst ratlos, der »Würger« scheint seine Opfer völlig willkürlich auszuwählen. Doch dann bringt ihn seine Frau auf eine außergewöhnliche Spur: An allen Tatorten liegt ein unverwechselbares Aroma in der Luft ... und Vossi muss einmal mehr beweisen, wie fein seine Spürnase ist.

„Stanzl weiß zu fesseln."
Die Presse

Werner Stanzl
Aussicht auf Mord
Commissario Vossi ermittelt in Triest
304 Seiten
HAYMON taschenbuch 240
ISBN 978-3-7099-7881-8

Verhängnisvoller Goldrausch vor der Kulisse Triests: In einem Marmorsteinbruch werden Goldmünzen gefunden. Sind es etwa die legendären Münzen, die Kaiser Maximilian I. von Mexiko vor seinem Tod ins Schloss Miramare bringen ließ? Ein Goldrausch bricht aus und schon bald gibt es die ersten Toten. Commissario Vossi und sein Team von der Mordkommission Gorizia haben es nicht leicht: Zwielichtige Gestalten und ein Sumpf aus Korruption und Verbrechen erschweren die Ermittlungen rund um die malerische Hafenstadt an der Adria ...

„Ein erschreckend treffendes Bild menschlicher Gier."
Wiener Zeitung, Heiner Boberski

KULTUR NIEDERÖSTERREICH

Gedruckt mit freundlicher Unterstützung durch das Amt der Niederösterreichischen Landesregierung, Abteilung Kunst und Kultur.

FSC www.fsc.org MIX Papier aus verantwortungsvollen Quellen FSC® C083411

Auflage:
4 3 2 1
2024 2023 2022 2021

HAYMON tb **293**

Originalausgabe

www.haymonverlag.at

ISBN 978-3-7099-7934-1

Inhaltliche Betreuung: Haymon Verlag / Linda Müller
Lektorat: Veronika Schuchter; Haymon Verlag / Linda Müller
Projektleitung: Haymon Verlag / Melissa Modersbacher
Buchinnengestaltung nach Entwürfen von himmel.
Studio für Design und Kommunikation, Innsbruck / Scheffau – www.himmel.co.at
Umschlag: Eisele · Grafik Design, München
Umschlagabbildung: AustrianImages.com / Rainer Mirau
Satz: Da-TeX Gerd Blumenstein, Leipzig
Autorenfoto: Barbara Stanzl

Gedruckt auf umweltfreundlichem,
chlor- und säurefrei gebleichtem Papier.